분강(汾江) **이유걸**(李裕杰) 산문집

- 콩트 수상록 및 수필 -

서달산

신세림출판사

분강(汾江) 이유걸 님의 문집에 부쳐

이 시 환 (시인/문학평론가)

분강(汾江) 이유걸 님의 70평생을 마무리 짓는 문집(文集)이 2권으로 나오게 됨을 먼저 축하드린다.

한 권은, 시집(詩集)으로서 『초목도 존엄이 있다』인데, 전체 344페이지로 330여 편의 작품이 /생활/산/자연/ 등 3부로 나뉘어 실려 있다. 그리고 다른 한 권은, 『서달산』인데, 전체 352페이지로 154편의 작품이 /콩트(이야기가 있는 詩)/잠언 및 수상록/수필/ 등 3부로 나뉘어 실려 있다. 두 권을 합치면 700여 페이지가 되는 방대한 양이다.

분강 선생은 1948년 2월 경북 안동 출생으로 안동중학교와 대구상업고등학교를 졸업하고 은행에 입사하여 행원으로부터 지점장 직까지 무사히 마친 금융인으로서 평생을 살아왔다 해도 틀리지 않는다. 뿐만 아니라, 면학(勉學)도 꾸준하게 하여 서경대학교 경제학과를 졸업하였으며, 또한 틈틈이 붓글씨를 써서 다수 입상한 서예가로서 활동하기도 했으며, 일기를 쓰듯 성실하게 써온 글들로써 만년(晩年)에 시인으로서 등단 절차를 밟은 늦깎이 문사(文士)가 되어 열심히 살아가고 있다.

두 종의 작품집에서 분강 선생 스스로가 밝히고 있듯이, 문장(文章)은 다소 투박하고 거친 면이 없지 않으나 진솔하고 소박하여서 오히려 화려한 문체가 주는 감동과는 다른, 보다 근원적인 큰 울림이 있다. 그 울림의 뿌리는 자신에게 솔직한 진실(眞實)에 있지 않나 싶다. 따라서 분강 선생의 이 책들을 다 읽고 나면, 분명, 분강 선생 개인의 일상적인 태도, 관심 분야, 가치관, 세계관 등을 있는 그대로 다 들여다보는 셈이 될 것이며, 동시에 '이유걸'이라는 한 개인의 성격, 기질, 문장력, 타고난 심성까지도 충분히 헤아릴 수 있게 될 줄로 믿는다. 필자 역시 이 두 종의 책을 처음부터 끝까지 다 읽음으로써 분강 선생의 진면목을 비로소 이해하게 되었음은 부인할 수 없다.

분강 선생이 70평생을 살면서 지금껏 가꾸어온 과수(果樹)의 결실인 이 두 종의 문집 속에는 자연의 조화로움과 아름다움에 대한 예찬이 있고, 사람과 사람 사이 관계에 대한 온정과 의리가 넘치며, 간간이 그만의 풍류도 엿보인다. 뿐만 아니라, 인간 사회에서 직간접으로 경험하게 되는 위트 넘치는 익살과 해학도 있고, 동시에 우려와 근심도 없지 않다.

아무쪼록, 분강 선생의 인생을 총정리하는 이 문집이 가까이 있는 가족과 지인들로부터 사랑 받기를 원하며, 가능한 한 널리 읽히어 일상생활 속의 재미 내지는 지혜를 더해 주었으면 하는 바람이다. 아울러, 분강 선생 개인의 영예가 뒤따르기를 기원해 마지않는다.

2016. 04. 30.

산문집을 내면서

IMF로 직장을 잃고 헤맨지가 어언 16년이 지났으나 그간 人生 이막 가장 중요한 길목에서 중심을 잡지 못하고 백수신세로 너무 긴 시간을 허비했음을 뼈저리게 느껴 볼 겨를도 없이 고희(古稀)를 맞게 되니 부랴부랴 남은 생애나마 무엇을 하나 남겨야 되겠다는 욕심이 앞섬을 숨길 수가 없다. 그래서 긴 인생길을 걸어오면서 틈틈이 생각하고 보고 느끼고 귀동냥한 것들을 이것저것 짜깁기하여 어설픈 작품집을 내려다 보니 이것은 산문집이 아니라 하나의 잡서(雜書)처럼 되어 버렸다. 또한, 문학의 문외한이며 순수 아마추어가 서투른 지식으로 책을 내려다보니 내용은 불실하고 문장이나 文法, 표현방법 등 무엇하나 제대로 된 것이 없고 초라하기 짝이 없어 감히 세상에 내 놓기가 부끄럽다. 그러나 추호의 거짓이나 가식없이 나름대로 재미있고 털털하게 쓰려고 노력했다.

한편, 건방지게 누구 비평이나 하는 듯한 문장이 무슨 비평가 같은 사람으로 비칠 것 같아 심히 두려우나 이는 누구의 잘못을 꼭 집어 말하려는 것은 아닌 한 예시에 불과한 것이고, 세상살이에 이러한 일도 있으니 앞으로는 이런 일이 되풀이되지 말기를 바라는 충정에서 말한 것이니 부족한 점을 두루 해량하시기 바란다.

콩트와 콩트조의 시를 이 책 앞에 실어 재미를 더할 생각이었으나 이는 재미가 아니라 쓴웃음을 드릴까 걱정이다.

옛 성현의 말씀을 많이 인용(중복 인용 포함)한 것에 대해서도 송구스럽게 생각하나 그래도 옛 어른들 말씀이 그릇된 것이 없다는 말이 있듯이 인생살이에 조금이나마 가르침과 되새김이 되었으면 하는 마음뿐이다.

서달산을 자주 오르다 보니 자연히 서달산을 사랑하게 되었고, 이 산에 대한 소재가 많았음도 이해해 주기 바란다.

처음에는 육필문집(肉筆文集)을 내고 싶었으나 사정상 통상인쇄로 출간하게 되어 아쉽지만 부록속에 몇 편 남겼으니 이것으로 만족을 달래려 한다. 부디, 어여쁜 마음으로 보살펴 주시기 바라고 끊임없는 질책과 용서와 격려를 바란다.

끝으로, 볼품없는 책 발간을 위해 힘써 주신 시인 겸 평론가이신 이시환 선생님과 신세림출판사 관계자 여러분께 깊은 감사를 드리고, 항상 곁에서 격려해 준 가족과 벗들에게도 감사드린다.

2016. 봄 흑석골에서

이 유 걸

산고(産苦)

매화는 한 떨기 꽃을 피워 그윽한 향기를 발하기 위해 북풍한설 찬 서리 맞으며 그렇게 인고의 시간을 견디어 낸다는데, 내 너를 이 세상에 한줄기 빛을 보이기 위해 많은 나날의 산고를 겪어야 했으나 잉태한 너를 걱정스런 눈으로 마음으로 이리보고 저리보고 내가 보고 그들이 보며 지샌 시간이 너무 짧고 편했고 안일했느니라.

이제 산통의 날이 다가와 네가 이 세상에 모습 보일 쯤 행여나 버림받거나 손가락질 받지나 않을까 걱정으로 밤잠 설치고 선잠 잔 적이 한두 번이 아니었는데 너는 너의 미래를 아는지 모르는지 큰 산통을 깨고 드디어 힘차게 태어났구나.

내가 너를 이 세상에 부른 것은 네가 가정 또는 사회에 조금이나마 밑거름이 되었으면 하는 기대를 걸어보는 것이었는데 그러나 그건 한낱 헛된 꿈이었고, 욕심이었고, 또 나의 한계였느니라.

그러나 걱정하지 말거라. 한 줌의 부끄러움이나 추호의 거짓이 없다면….

용기를 내거라! 힘 내거라!

그리하여 사회와 가정에 대들보가 되고 길잡이가 되거라. 아무리 세상이 너를 욕하고 저주하더라도.

차례 ǀ 서달산

콩트(CONTE) ·······································

잠언 및 수상록

차례 ｜ 서달산

수필(隨筆)

콩트
(CONTE)

허무맹랑한 행복

나는 어릴 적 남보다 조숙하였는지
내가 왜 태어났으며
내가 어떻게 지금 여기 있고
남들이 모두 찾는 행복은 과연
어디 있는지가 궁금했습니다.
어느 날 나는 친구를 꾀어 산을 넘고 물을 건너
행복을 찾아 정신없이 떠난 적이 있었습니다.
그러나 행복은 찾지 못하고 허무만 찾았습니다.
길을 잃고 헤매다 해는 저물고 무서웠습니다.
멀리서 나를 찾는 불빛이 보이길래
울면서 달려갔지요.
정말 허공만 헤매다 온 것입니다.
행복은 과연 어디 있는지 어리석게도 아직도 찾아 헤맨답니다.

기발한 아이디어(idea)

　일제시대(왜정시대)에는 고관대작이나 부호들은 품위 있는 모시옷을 입고 머리에는 중절모자를 쓰고 목에는 금줄을 한 회중시계(懷中時計)를 걸고 지팡이를 짚고 위엄있게 열차를 타고 다녔다고 한다. 그 당시에도 열차에는 쓰리꾼(소매치기)이 많이 득실거린 모양이다. 쓰리꾼은 주머니 안의 돈이나 물건들은 훔칠 수 있었으나 부자들이나 고관대작들의 목에 건 회중시계는 훔칠 방도가 없었다.

　그 당시 회중시계가 비싸 훔치기는 훔쳐야 하는데 말이다. 그들이 시계를 손에 넣으려면 목을 자르던지 아니면 폭력을 가해 빼앗으면 되나 많은 사람들 앞에서 그건 도저히 불가능한 일이다.

　소매치기들이 궁리에 궁리를 거듭하다가 어떤 머리 좋은 쓰리꾼이 기발한 아이디어를 찾아냈다. 즉 회중시계를 아주 비싼 값을 치루면 팔지 않겠나 하는 생각이었다. 그 아이디어는 즉시 실행에 옮겨졌다. 한 쓰리꾼이 고관대작에게 다가가서 "각하! 시계가 아주 좋습니다. 내 평생소원이 그 시계 한 번 가져 보는 건데 요사히 값이 얼마나갑니까" 하고 물으니 100원(가칭) 쯤 한다고 한다. "각하! 그러면 150원 드릴테니 저에게 파세요" 하니 거절한다. 그러면 200원하면 어떠냐 물으니 그렇게 하잔다. 쓰리꾼은 200원을 지불하고 시계를 손에 넣었다. 기차는 드디어 종착역에 도착했고, 그 고관 대작은 만면에 미소를 띄며 "그 돈으로 시중 시계점에서 구입할 것이지 이처럼 나에게 큰 행운을 안겨 줄꼬"하며 어깨를 으슥해 하며 정거장을 빠져 나갈 즈음, 이때다 하며 쓰리꾼이 그 돈을 소매치기 하니 귀중한 회중시계에다 아까 지불한 시계대금 200원과 기왕에 고관이 가지고 있던 돈까지 완전히 손에 넣으니 이거야말로 꿩먹고 알먹는 격이었다. 쓰리꾼은 의기양양하게 역을 빠져 나가 유유히 사라졌다. 이처럼 몸에 걸친 것은 훔치기 힘드나 시계대금으로 교환된 돈을 훔치니 그거야 식은 죽 먹기다.

아이디어(idea)는 기발한데 좋은데 쓰는 아이디어 였으면 얼마나 좋았을까.

문(門)

나는 나의 집에 문 세 개를 가지고 있습니다.

하나는 천국문(天國門)

또 하나는 지옥문(地獄門)

나머지 하나는 이승문(今生門)입니다.

나는 평소 이승문을 드나들고 있지만

언제 어느 문으로 갈지는 나도 모르겠습니다.

왜냐하면,

나는 현재 천국문과 지옥문 두 열쇠를 잃어 버렸습니다.

열심히 찾고있으나

어리석어 아직까지 찾지 못하고 있습니다.

언젠가 열쇠를 찾는다면

먼저 찾는 문으로 가지 않을까요?

똥·I

푸드득 큰 소리를 내면서
밑으로 쏟아진다.
머릿속의 복잡스런 일과
몸속의 썩어빠진 더러운 것이
한꺼번에 쓸려 내려간다.
잊었던 추억들이 주마등처럼 스쳐가고
이윽고 정신은 맑아진다.
온 몸이 가벼워지고 상쾌하다.
세상의 모든 괴롭고 힘든 일이
이처럼 한꺼번에 쏟아져 내렸으면…
똥아!
나는 너를 정말 사랑한다.
뭇 사람들이 푸대접 하더라도….

얼빠진 세상

내 옆을 바삐 지나는 者
웃는 듯 우는 듯
즐거운 듯 괴로운 듯
입은 벌렸다 오므렸다
얼빠지고 정신나간 듯
삼포세대 칠포세대라지만
정신마저 빼앗겨서야
귀에는 무얼 꽂은 듯
손에는 무얼 든 듯
머리는 무얼 생각하는 듯
손가락은 꼬물꼬물
입은 오물오물
팔은 올렸다 내렸다
발걸음은 술 먹은 듯 갈지자다.
누가 불러도 누구와 부딪혀도
비가 와도 바람이 불어도
귀로 눈으로 손으로 발로 바삐
움직이는 듯하나 실속은 없는 듯
변해도 너무 변해 남은 변화 얼마일까.
이 세상 사는 건지 꿈속을 헤매는 건지
정신 안 차리면 낭떠러지
미래만 지향 말고
옛것도 사랑했으면….

부끄러운 줄을

하도 부탁하여
어렵사리 뽑아 주었는데
뽑아 주었으면 뽑은 자리
좋은 것 심어야 하거늘
부탁 할 때는 머리가 $90°$
뽑힌 후에는 배가 $90°$
전과 후가 이다지도 달라서야
하는 언행 참기 역겨워
통분하여 안절부절해도
그 자들 오히려 약만 올리고
위로해 주는 자 없다.
삼시세끼 밥잘 먹으면서
싸우는 일로 세월 보내니
지금이라도 당장 단상에 올라
멱살 잡고 중도하차 시켜야
국민들 두려워하고
지역주민 무서워 할 텐데
개와 그자들 물에 빠져 허우적대니
농부가 발견하고
개를 먼저 구해주었다는 이야기
사실이 아니길 비네
열심히 국민 위해 일하지 않으면
우리국민 누굴 믿고 사오리까.

치매기(癡呆氣)

직장 퇴직 후 친구들과 공인중개사 사무실을 운영할 때의 일이다. 집에 퇴근해서 생각하니 사무실 가스불을 끄지 않은 것 같아 다시 사무실을 출근하여 확인하였다. 번번히 헛수고인 이런 행위를 반복하는 것이다. 하는 수 없이 이를 방지 할 수 있는 방법을 강구했다. "불 껐다"를 세 번 외친 후 퇴근하는 것이다. 그랬더니 어느 정도 효과가 있었다.

주유소에서 차에 기름 넣기 위해 주유기 앞에 차를 주차하고 기다리고 있는데 총각이 기름은 안 넣고 그냥 멍하니 서 있다. 왜 주유 않느냐고 다그치니 그 총각 왈, 기름값이 너무 많이 나올 것 같아 망설인다는 것이다. 왜 그러냐고 물으니 내가 차의 주유구를 누른 것이 아니라 뒷 트렁크를 눌렀다는 것이다. 트렁크에 기름을 넣으려니 얼마나 기름이 많이 들어가겠는가, 하하하…. 걱정해줘서 고맙구만….

관악산 정상에서 처와 쉬는데 언뜻 가스불을 끄지 않은 것 같고 문단속도 잘 안된 것 같아 걱정한 것이 몇 번이었던가. 그러나 돌아와 보면 다 기우였다. 또한 지갑을 가지고 가지 않아 차를 못탄 적, 비상금을 못 찾아 온 책장을 뒤진 적이 한 두 번이었던가. 그래서 이제부터는 생각나는 것은 그 자리에서 메모, 실천하고 잃어버리지 않기 위해서는 몸에 걸치든지 주머니에 넣는 습관을 드리려 하나 그렇게 하려는 그 자체를 잊어버리니 한심한 일이다.

이것이 강박증인지 치매 사촌(癡呆氣)인지는 몰라도 점차 심해지니 걱정이다. 강박이여, 치매여, 어서 물러가라! 저멀리 우주밖으로!

순발력

어느 날 뒷동산에 올랐다.
이마에 흐르는 땀을 씻어줄 시원한 바람이 불고
지천에서 매미소리 요란스럽다.
잠시 쉬고 있는데 어느 외국인 여자가 내게 다가와
손가락으로 나무를 가리키며
저기 저 소리 무슨 소리냐고 묻는다. 내가 매미 영문자
를 몰라 그냥 한국말로 매미라고 할 수도 없고 손짓발짓
할 수도 없는 처지여서 우물쭈물 하고 있는데 그 여자가
새소리(Bird's voice?)냐고 반문한다. 그래서 엉겁결에
Yes라고 헛소리로 대답했다. 외국인이 간 뒤 의자에
앉아 어리석음을 걱정하고 있는데 불현듯 생각이 났다.
휴대폰 검색이었다. 한영사전을 누르니 Cicada, Locust
라고 되어 있었다. 그때 이런 생각이 났으면 얼른 찾아
"Lady, That is cicada's voice"라고 힘차게
대답했을 것을… 쯧쯧쯧… 순발력이 이래서야…
차 지나간 뒤에 손드는 격이라….

춘래불사춘(春來不似春)

설 쇠고 얼어 죽는다는 말이 있듯이
올해는 봄이 오는 게 늦다.
4월에 눈이라니 어안이 벙벙하다.
휘몰아치는 눈보라에 귀가 시리고 손도 시리다.
아직 거리엔 겨울옷이 대세다.
예년 이맘때면 벌써 온갖 꽃들이 만발할 텐데
이제 망울이 맺힌다.
지구의 기상 상태가 다시 옛날로 돌아가 주었으면 하고
노인정에서 어르신들이 TV보면서 떠들썩한다. "저 많은 돈, 세탁기
에 세탁하면 돈이 헐어서 어째쓰노!
청와대 사찰이라고? 대통령의 종교가 불교인가?"하며
의아해서 웅성거린다.
돈을 세탁하는 것처럼 정치인의 오리발 세탁, 마음 세탁
을 하여야 하고, 청와대가 사찰을 해서라도 맑고 깨끗한
정치가 되었으면 이 사회가 따사한 봄날을 맞지 않을까요.
얼어붙은 경기도, 싸늘하게 식은 人心에도
봄날이 오지 않을까요.

*춘래불사춘(春來不似春) : 봄은 왔으나 봄날 같지 않음
*돈 세탁 : 돈의 출처를 모르게 이리저리 돌리는 것. 연로하신 분들이 돈 세탁하면 정말로 세탁기에 넣어 씻는 줄로 이해하는 분이 의외로 많은 듯함.
* 청와대 사찰 : 청와대 민정 수석실에서 하는 査察을 寺刹로 오해

봄[春]

조팝나무 봉오리가 곧 터질 것만 같다.
좁쌀과 너무 닮아 조팝이라했던가.
뜰 앞 목련 꽃 망울이 곧 꽃을 피울 태세다.
자목련, 백목련 화려하게 피는 짧은 생이지만
한껏 뽐낼 만하다. 나무에 피는 연꽃이라 목련이라했던가.
쥐똥나무 잎이 망울망울 피기 시작했다.
꽃이 피면 그 향기 그윽하다. 뚝배기보다 장맛이라
했던건 너를 두고 이름이랴. 어찌 맺는 열매도
그렇게 쥐똥 같아 쥐똥나무라 했던가.
질세라, 은행나무가 젖망울같은 새싹을
터트리려 한다. 좀 초라하기는 해도 꽃도 핀다.
가을에 은행 열매를 갈무리하려 해도
어찌나 그 냄새가 지독한지 모두 나를 보고
똥 쌌냐고 한다. 온 가을 내내 풍겨 고역이다.
나무들이여!
어서 꽃 피우고 열매 맺어 풍성한 가을 맞을 준비를!

건망증

비가 주룩주룩 내린다
비 오는 날은 공치는 날
친구와 술 먹는 날
우산 셋이 나란히 걸어간다
약령시장 보쌈집을 향하여…
점심부터 먹은 술자리
저녁이 되어서야 끝났다.
헤어질 때는 모두가 빈손이었다.

※저녁에는 비가 그쳐 모두가 우산을 술집에 두고 오다.

적반하장(賊反荷杖)

길을 간다.
앞도 옆도
위도 아래도 보지 않고
자기 갈 길만 간다.
무슨 상념이 그리 많은지,
눈은 떴으되 보이지 않는다.
이윽고 옆사람과 부딪힌다.
까만 두 눈동자가 빛나며 노려본다.
죄송해요가 아니라
개 쌍소리다.
이런 게 바로 적반하장이오.

벚꽃축제

몇 년 전 우리 마을에 지하철역이 들어섰다. 그 지하철로 생전처음(사실은 오래전에 간 기억이 있으나 가물가물 함) 여의도 벚꽃 구경을 갔다. 국회의사당역을 올라서니 거대한 규모의 국회의사당 건물이 나타났다. 지지고 볶고 부수고를 밥 먹듯이 하고 자기실속 차리기엔 선수인 구정물 냄새 나는 국회지만 오늘은 휴일이라 썩은 냄새는 나지 않는다.

여의 벚꽃축제겸 국회 벚꽃축제 및 참관행사가 열려 이 세상 태어나서 처음으로 국회의사당 마당을 밟아 보았다. 넓디넓은 마당과 건물 규모가 엄청나다(마침 의정회관이 대단한 규모로 신축 중이다). 의사당 건물 꼭대기의 구리(?) 덮게는 엄청나서 저것이 산업계에 쓰였으면 얼마나 유용 했겠나를 어리석은 마음에서 생각해 보았다. 세계에서 가장 작은(?) 나라에서 가장 큰 규모(?)의 의사당에서 생산 되는 상품의 양과 질의 규모를 생각해 본다. 이렇게 규모가 커야 좋은 제품이 많이 생산되는지 아니면 조그마한 판잣집 같은데서는 생산적인 국회가 열려질수 없는지를 생각해 보는 계기가 되었고 한편으로는 마음이 씁쓸해 짐을 막을 수가 없었다.

윤중로는 온통 인파로 들끓었다. 소문과는 달리(원래 소문난 잔치 먹을 게 없다 하지 않는가) 이제 벚꽃이 겨우 기지개를 켜는 중이다. 사진사가 김빠진 맥주처럼 힘이 없다. 아직은 며칠 더 있어야 만개하여 멋있고 아름다운 꽃을 볼 수 있으리라!

나는 축제는 별로 좋아하지도 많이 가보지도 못했지만 그런대로 재미가 솔솔 했다. 공짜사진에 공짜 막걸리 한 잔하며 멋있게 라이방(선그라스) 끼고 가슴에는 카메라 걸치고 인파를 헤치며 벚꽃나무 밑을 걸으니 과연 축제는 축제구려!

일석삼조(一石三鳥)

동작역에서 4호선 열차를 타고 대야미역을 향해 떠났다.

도중에 많은 사람이 타고 내렸지만 특히 경마역에서는 많은 인파가 내렸다. 이는 경마 경기에 참여하여 많은 돈을 따보겠다는 사행심의 발로인 것 같아 마음이 씁쓸했다.

대야미역에 내려 갈치 호수까지 산보하는 길가에는 꿩이 꿩꿩 꾀꼬리 꿱꿱 울어대고 씹이씹이 하며 우는 욕쟁이 새소리도 오랜만에 들었다. 특히 납다골 산등성이 여기저기에는 홍매화 철쭉 등 아름다운 꽃들이 만개해 길손들의 기분을 즐겁게 하고, 아직 기온이 낮은 탓에 이제 막 만개한 벚꽃들이 새소리와 하모니를 이루니 무릉도원 못지않다. 또한 호수에는 오리들이 유유히 헤엄치며 호수 주위의 아름다운 경치와 어우러져 한 폭의 풍경화를 연상케 한다. 여기저기 들판에서 나물캐는 아낙네들 정경이 평화로와 보여 우리 부부도 잠시 멈춰 아내는 쑥을 뜯고 나는 민들레를 듬뿍 캐니 오늘 일당은 충분하다.

정신없이 나물을 캐다보니 벌써 점심때라 인근 보리밥집에서 막걸리 한 잔 곁들이며 맛에 취하니 건강과 아름다운 경치에 맛있는 음식까지 즐기니 이것이야말로 一石三鳥가 아니던가!

텃세[勢]

마당 앞 목련에 직박구리 한 쌍이 터 잡았다.
노래는 아예 부르지 못하고 "찍찍" 귀청 찢어 지는 소리만 낸다.
제보다 덩치 큰 비둘기나 까치도 얼씬 못한다.
우중충한 잿빛 털 지닌 못난이에다
심술은 왜 그리 심한지…
어느 날 참새 한 마리가 죽어있었다.
분명, 그 놈의 짓이려니…
오늘따라 참새 수십 마리가 그 나무 위에서 겁없이 재잘거린다.
주인 그들이 또 봉변당할까 은근히 걱정된다
"참새들이여! 어서 빨리 도망가소!"
"겁 없는 짓거리들 그만 하고…"
직박구리는 분명 수다쟁이고, 사람들에게
환영 받지 못한다.
하지만 자연은 나름대로의 질서가 있다.
그걸 존중해야 한다.
인간이 간섭할 일이 아니다.
텃세를 부리는 건 인간이 더 심하다.
기득권(旣得權)을 가진 잡배들이
더 시끄럽고 탐욕을 부린다.
직박구리를 통해 작금의 세태를 엿본다.
왠지 씁쓸한 뒷맛을 남기노라.

봄은 언제

천 원짜리 꿀꺽 삼키니
쿵더덕 하고 물건 떨어지고
쨍그랑 동전 떨어진다
재작년엔 쨍그랑 쨍그랑 쨍그랑
작년엔 쨍그랑 쨍그랑
금년엔 쨍그랑
내년엔 어떤 소릴까
속절없이 오르는 물가
하염없이 얇아지는 민초들의 주머니
이들 무거운 마음에는
언제나 삽상한 봄날이올까요

안타까움

실외기 안에 비둘기 한 마리
집을 짓고 사네
아침마다 구구하며 운다
님을 찾는 애절한 부름인지
슬퍼서 통곡하는 울음인지
아파서 끙끙 앓는 소리인지
배가 고파 탄식하는 소리인지
아니면 실연하여 한탄하는 소리인지
도무지 알 수가 없네
말이 통하면 물어나 볼 건데
너 왜 우는지
제발 말 좀 해 다오!

고부지간(姑婦之間)

며느리 행동이 얄미운 시어머니
큰 소리로 한바탕 쏘아댄다.
언짢은 며느리,
두 눈 동그랗게 뜨고 노려본다.
화가 난 시어머니
두 눈 동그랗게 뜨고 쳐다보면 어쩔래!
며느리 질세라,
어머님, 네모나게 눈뜨고
보는 사람도 있나요?

새옹지마(塞翁之馬)

人間萬事 새옹지마란 속담이 있다. 이는 人生의 吉凶禍福이 하도 변화무쌍하여 앞 일을 예측하기가 힘든다는 뜻일 것이다.

淮南子(회남자) 人間訓(인간훈)에 이런 이야기가 나온다.

옛날 북방의 한 노인이 애지중지 키우던 말이 갑자기 북방 오랑캐 땅으로 달아나버려 몹시 애석해하고 있는데 어느 날 느닷없이 그 말이 더 좋은 말 한 마리를 데리고 왔다고 한다. 더 없이 좋은 일이 일어난 것이다. 그러나 그것도 잠시 노인의 젊은 아들이 이 말을 타다가 떨어져 다리가 부러졌다고 한다. 너무나 슬픈 일이다. 그런데 얼마 후 북쪽 오랑캐가 이 땅을 쳐들어와서 이 곳의 젊은이들이 모두 징집되어 싸우다 전사했다고 한다. 그러나 이 아들만은 부러진 다리 때문에 죽음을 면할 수 있었다는 이야기에서 새옹지마라는 말이 유래되었다고 한다. 사실 꾸며낸 이야기 같지만 우리 인간사엔 이런 일이 비일비재하다고 할 것이다. 즉 말기암 환자의 기적적인 삶, 비행기나 기타 교통수단에서의 위험에서 기적적으로 위기를 모면했다는 이야기, 거부가 갑자기 거지가 되는 일 등 변화무쌍하고 기적적인 일들을 많이 본다.

부자여! 부자라고 너무 뽐내지 마라!
가난한 자여! 지금 가난하다고 너무 낙담하지마라!
즐겁고 행복한 자여! 너무 좋아하지 말라.
슬프고 괴로운 자여! 너무 괴로워하고 슬퍼 말라!

어차피 人生이란 一場春夢이 아니더냐.

구름에 가려진 태양도 구름 속에 있을 땐 어둡고 음산하지만
구름을 박차고 나왔을 때는 밝은 빛을 발하듯
현실에 너무 우쭐할 필요도 위축될 필요도 없다.
양지가 음지 되고 음지가 양지 되듯
모든 人生살이가 새옹지마가 아니던가!

맹(盲)

부유한 친구가 있었다.
어린 시절 어려울 때
그 친구집 신세지지 않은 사람 없을 정도다.
어느 날 친구들과 산길을 걸어가는데
까치 한 마리가 깍깍거리며 운다.
그 친구에게 저것이 무었이냐? 물으니
까마귀란다.
까자라도 한 자 맞추니 친구들 놀란다.
친구들과 시골길을 걷는데
황소 한 마리 나무에 매어 있다.
그 친구에게 '저것이 무었이냐?' 물으니
염소라고 우긴다.
그래도 또 한 자 맞추었으니
친구들 대견하고 대견하다고 아우성이다.
친구들과 어깨 나란히 들길을 걷는데
칡넝쿨 여기저기 우거졌다.
그 친구에게 '저게 뭐냐?' 물으니
너는 아느냐 반문한다.
과외 받아 수학 영어 잘해
명문학교 나왔지만
자연을 모르고 세상을 저렇게 몰라서야
친구들 왈(曰),
저런 친구를 무슨 맹(盲)이라고 해야 하나?

똥 · II

푸드득 아! 설사다.
이것저것 주는 대로
먹고 싶은 대로 집어 먹었더니…
꿍꿍 아! 변비다.
기름지고 맛있는 것
이것저것 삼켰더니…
달님이 창문으로
빠끔히 들여다 보더니
그래! 주는대로 이것저것
덥석 받아먹지 말라했지
예! 말씀 어거 죄송합니다.
이제 모든 것 내려놓고
삼시세끼 정양만 먹을께요.
야식도 삼갈께요.
똥이 술술 잘도 흘러 내린다.
정신은 맑고 기분도 상쾌하여
몸이 날아갈 듯 가볍다.
달님 고맙습니다.

너나 잘하소

친구와 산길을 간다
친구 왈
자연을 사랑하라
꽃 꺾지 말라 한다
우리는 산길을 계속 간다
속도를 늦춰라
누가 너를 기다리기라도 하느냐 한다
나는 말 없이 산길을 그냥 간다
그가 꽃 참 예쁘다!
너무 탐난다! 하며
한송이 꺾어 내 손에 쥐어 준다
그가 숨을 헐떡이며 더 빨리 가자한다
나는 그에게 한 마디
너나 잘하소!

종교

기독교 불교 유교 신자(신도)
3人이 식사를 같이 한다.
포도주 한 잔 주거니 받거니 하며 흥이 난다.
어느 덧 종교이야기
처음엔 서로 남의 종교 치켜세우더니
점차 자기 종교 자랑한다.
어느 덧 남의 종교 비판이더니
급기야는 삿대질이 오가고 욕설이 난무한다.
그 옛날 세 분 성인님이 이걸 보시면 어떻게 생각하실런지…
예수님 말씀에 서로 사랑하라 하였거늘…
부처님 가르침에 자비를 베풀라 하였는데…
공자님 가로되 인간으로서의 도리(道理)를 다하라 하였는데…
무엇이 어쨌거나
서로 사랑하고 인간의 도리를 지키고 자비를 베풀면
이것이 진정한 종교가 아닐까요?

異性의 사랑

사랑은 스쳐가는 바람이다
바람처럼 왔다가 바람처럼 가나니

사랑은 뜬 구름이다
어처구니없는 짝사랑도 있으니까

사랑은 장님이다
잡을 듯 잡힐 듯 술래잡기하니까

사랑은 안개이다
눈에 보일 듯 말 듯 아리송하네

사랑은 냄새이다
은은한 향기가 나기도 고약한 악취가 나기도

사랑은 멀미다
가슴이 울렁울렁하니까

사랑은 강아지다
살랑살랑 꼬리치며 추파 던지니까

사랑은 도깨비다
잡을 수도 볼 수도 냄새 맡을 수도 없는
이상 야릇한 도깨비인가 보다.

일모도원(日暮途遠)

여태껏 바보처럼 멍하더니
지금 와서 글 쓰고 시 쓴다고 나부댄다.
남이장에 가니 나도 거름진다.
그래도 늦었지만 안 하는 것보다 낫다고 자책하며
그 많은 세월 여태껏 뭘했는지 자성해보니
하고 싶은 것 많기도 하네.
한 가지도 이룬 것 없는
지난 세월 생각하니 마음만 바쁘네.
가끔씩 지금 나이 열 살만 덜 먹어도
내 해내지 못할 일 없다고 허튼 수작 떨기도…
아! 세월은 흐르는 물과 같아
막을 수가 없구나!
갈 길은 머나 먼데 해는 서녘으로 뉘엇뉘엇…
해야! 제발 좀 쉬어가렴.
너 없다고 세월도 없어질까.

*일모도원 : 날은 저물고 갈 길은 멀다

야성(野性)

멧비둘기가 "지지부꾸 지지부꾸" 하며 운다. 옛날 우리 어릴 적엔 시골 황초지붕(담배 말리는 원두막) 위에다 집을 짓고 알을 낳고 새끼를 기르며 살았는데 이제 아파트 단지 내 베란다에서도 심심찮게 울어댄다. 사람이 옆에 가도 별로 도망갈 생각이 없다. 청계산, 우면산 등 인근 야산에는 언제부터인가 몰라도 꿩들이 "꿩꿩" 울어댄다. 역시 사람이 가도 피할 생각이 별로 없는 듯 눈치만 살핀다.

아내와 우면산 범바위 약수터 인근에서 더위를 피해 자리 잡고 누웠는데 우리 머리맡에 꿩 발자국 소리가 남과 동시에 어느 사진작가(?)가 "가만히 계세요"하며 사진을 찍는다. 아마, 특종감이 아닌가 생각되어 사진을 보내줄 것을 요구했으나 그 후 감감 무소식이다.

그뿐 아니라, 박새(?)는 손에 땅콩을 쥐고 휘휘 부르면 손에 거침없이 앉아 땅콩을 물고 날아간다. 다람쥐도 먹던 사과 잠시 옆에 두었더니 슬쩍해 간다. 이처럼 야생동물들이 먹이 때문인지 인간과 사랑의 교감이 깊어져서 그런지는 몰라도 옛날보다 야성이 무척 약해진 듯하다. 척박한 자연 환경에서 처절한 생존경쟁을 벌여야 먹이를 구할까 말까 하는데 이렇게 야성을 잃는다면 앞으로 큰 재앙이 아닐 수 없다.

우리 어릴 적엔 애기 낳으면 별 돌봄 없이 그냥 둬도 쑥쑥 잘 자랐다. 산과들 시궁창 등에서 야생마처럼 마음껏 뛰놀며 천덕꾸러기처럼 건강하게 자랐고 취직도 스스로해서 부모님 속 썩이는 일이 거의 없었다. 이것도 일종의 야성으로 키운 탓이리라.

요즈음 아이들은 부모 치맛자락에 쌓여 애지중지 키워지다보니 점차 마마보이가 되어 간다. 특히, 대학생 아니 대학원생까지도 부모의 도움 (과제물, 리포트 등) 없이는 해낼 수 없다 한다.

　서구사회는 이미 오래전부터 18세가 되면 경제적으로 독립한다고 한다. 내가 캐나다 처형집에 갔던 적이 있었는데 18살된 조카가 저녁 늦게까지 돌아오지 않아 물으니 학비 벌려고 매일 아르바이트한다는 것이다 (지금은 어엿한 검사가 되었다). 나와 같이 간 아들은 그것을 보고 어떤 생각을 했는지 궁금하다. 지금 우리 사회는 개천에서 용 난다는 말은 옛 말이 되어간다. 돈 없고 배경 없으면 더 이상 클 수 없는 사회가 되어간다. 글로벌시대 세계 유수 국가들의 인재와 싸워 이기려면 야생마처럼 힘 있고 활기찬 인간 즉 미국의 스티브 잡스(어릴 때부터 양부모 밑에서 자람) 같은 사람이 되어야 한다.

　각종 범죄와 사회악을 뿌리 뽑고 정의와 도덕과 신뢰가 살아 숨쉬는 사회를 만들려면 과거 어렵던 시대를 되돌아 보는 것이 어렵고 힘든 이 사회를 살아가는데 밑거름이 되지 않을까요!

상처(傷處)

상처에는 육체적인 상처와 정신적인 상처가 있다. 육체적인 상처는 약을 먹거나 바르면 낫을 수 있지만 정신적(마음의) 상처는 그 사유가 해소되지 않으면 결코 낫지 않는다. 가족이나 사랑하고 아끼는 사람의 사망 혹은 중병, 이혼, 사기, 자녀의 유괴, 서로의 상처를 주는 말 등 이루 말 할 수 없을 정도로 정신적 상처는 많다.

수 십 년을 같이 살던 배우자가 어느 날 갑자기 이승을 하직한 경우 그 빈자리는 가슴 아픈 깊은 상처로 남게 된다. 이는 상당한 시일이 흘러야 겨우 잊을 수 있다. 물론, 이를 극복하지 못하고 결국 그 뒤를 따르는 사람도 가끔 있다. 배우자를 상실한 사람이 그렇지 않은 사람보다 그 수명이 짧다는 통계를 보더라도 가족의 상실이 얼마나 깊은 상처를 남기는 지를 알 수 있다.

내가 어릴 적에 나의 이웃동네에서 애들이 강에서 물놀이를 하다가 한 어린이가 물속으로 사라져 그 부모가 울부짖으며 강을 따라 찾는 모습을 보았다. 마침 하류 부근에서 목숨이 끊어진 어린아이(아들)를 거꾸로 들고 슬피 울부짖는 아버지의 모습을 생생히 보았다. 그 후로 그 모습이 나의 뇌리에서 사라지기까지는 무척 오랜 세월이 걸렸다.

부부 파탄의 원인은 주로 부부간 서로 상처를 주는 말 때문인 경우가 많을 것이다. 즉 따사한 말 한마디 주어도 충분치 않는데 폭력이나 폭언 등으로 서로의 마음에 깊은 상처를 주는 것이 부부간의 불화의 원인이 아닐까 한다.

그러면 이러한 마음의 상처를 치유하는 방법은 없을까.

가족이나 사랑하는 사람의 상실로 인한 상처는 치유하는데 상당한 기간이 소요되므로 우선 명상 기도 등 정신활동과 등산, 스포츠, 서예, 노래교실 등 취미활동을 통해 해소하도록 하고 나아가 친구, 친지들과 자주 어울림으로써 하루 빨리 상처를 잊어버리는 것이 상책이다. 또한 부부지간의 갈등 기타 인간관계에서 발생하는 정신적 상처에 대해서는 상대의 말을 경청하고 공감을 가짐으로써 서로 이해하는 자세를 갖는다면 더 이상 서로 간에 상처받는 일은 발생하지 않을 것이다. 즉 역지사지하는 마음의 자세가 필요하다. 말을 할 때도 三思一言이란 격언처럼 깊이 생각을 한 다음 말을 함으로써 상대에게 상처를 주지 않도록 노력해야 할 것이다.

*三思一言 : 세 번 이상 생각한 연후 한 번 말함(여러 번 생각한 후 말을 꺼내라는 뜻).

전쟁(戰爭)

전쟁의 의미는 싸움 또는 무력에 의한 국가간의 투쟁을 의미한다. 영어로는 War, Battle 이다.

전쟁의 상징적인 의미를 살펴보면 국가간에 총칼을 들고 싸우는 무력전쟁, 자기 자신과의 전쟁, 출퇴근 전쟁 등 무수히 많다.

여기서는 무력전쟁을 말하려고 한 것은 아니다. 격심한 경쟁에서 살아남기 위한 피나는 노력과 수고를 말함이다. 고시나 자격시험, 입학시험, 취직시험 등 경쟁상대와의 싸움에서 이기기 위하여 불철주야 자기자신과의 피나는 싸움은 무력전쟁 못지 않는 전쟁이다.

또 무력싸움과 버금가는 전쟁으로는 출퇴근 전쟁이다. 출퇴근 대의 지하철 내의 홍수같이 밀려드는 승객을 보노라면 애처롭기 그지 없다.

20여 년 전 일본 동경(토오쿄)엘 간 적이 있었는데 계단을 빠져나오는 구름 같은 인파를 보고 놀라움을 금치 못했는데 그게 우리의 현실로 닥친 것이다.

특히 一部 환승역은 이제 포화상태다. 폭풍이 쓸고 지나간 자리엔 운동화 여자 하이힐 등이 널려있는 것을 보면 어젯밤 심한 홍역을 치렀으리라.

이제 무한 경쟁시대를 슬기롭게 살아남기 위해서는 선의의 경쟁, 신사적인 경쟁, 질서의 경쟁을 통하여 사회가 더 이상 경쟁이 전쟁이 되지 않도록 노력해야겠다.

-汾江 李裕杰

단맛

세상에 단맛은 입으로만 즐기는 것이 아닌가 보다.

입으로 즐기는 단맛

속담에 음식과 약은 써야 몸에 좋고
약이 된다고 했다.
역으로 말하면 입으로 즐기는 단맛은 독이 된다.

피부로 즐기는 단맛

어디서 시원한 산들바람이 불어
온 몸에 흐른 땀을 씻어주니
이 또한 피부를 위한 상큼한 단맛이 아닌가.

눈으로 즐기는 단맛

아름다운 경치를 감상하다보면
눈이 시릴 정도로 달콤하다.
이는 눈요기로 요기중에는 가장 좋은 요기요,
몸과 마음을 즐겁고 달콤하게 한다.

기분으로 즐기는 단맛

신혼여행을 가서
첫 사랑 단꿈을 꾸니
세상에서 가장 꿀맛 같은 단맛이 아닌가.

가족 이름으로 지은 賦

(나)   이 유 ㉦ 죽한 가방을 메고
(처)   김   ㉠ 없이 걸었으니
(큰딸) 이 재 ㉢ 은한 바람이 부는
(작은딸) 이 현 ㉧ 막에 걸터앉아
(아들) 이 재 ㉭ 대가 늘어지도록
            마셔 보리라.

46

악화가 양화를 구축하다[八言詩]

착한 사람 빨리 가고
악한 사람 오래 남네
좋은친구 어디 가고
악바리만 남았구려
오곡백과 자라는데
잡초들만 무성하네
아배어매 산소에다
예쁜 잔디 입혔더니
쑥만 쑥쑥 숙밭이다
좋은 인심 어디 가고
이웃인심 흉흉하네
토종어종 어디 가고
수입고기 풍성하냐
악화양화 구축하니
동서고금 동일하네.

전화위복(轉禍爲福)

전화위복은 언짢은 일이 계기가 되어 오히려 좋은 일이 생긴다는 말이다. 즉 화가 도리어 복이 된다는 말이다.

우리가 세상을 살다보면 예기치 못한 이상야릇한 일을 많이 경험하고 보고 듣게 된다. 욕지미래(欲知未來)면 선찰이연(先察已然)이라는 말이 있다. 미래를 알고 싶으면 지난 일을 미리 살펴보라는 뜻일 것이다. 그러나 지금은 세상이 너무 변화고 변화무쌍하여 지난 일을 돌이켜본들 1시간 뒤의 일도 제대로 예측 할 수 없다. 유명한 예언가나 점술가가 되지 않은 한 신만이 미래를 알 수 있지 않을까 생각되어진다.

禍兮! 福之所倚(화혜, 복지소의) 福兮! 禍之所伏(복혜, 화지소복)(노자) 이라는 말이 있다. 지금 화를 입고 있지만 거기에는 복이 기대어(기다리고) 있고, 지금 행복하지만 거기에는 화가 숨어 있다는 것이다. 지금 행복하다고 너무 좋와할 일이 아니고 지금 불행하다 하여 너무 상심할 일도 아니다라는 말이다. 누가 언제 화를 입을지, 누구에게 언제 축복이 내려질지는 아무도 모른다는 것이다.

세상만사 새옹지마(塞翁之馬)라고 하지 않는가!

人生에 있어서 길흉화복(吉凶禍福)은 하도 변화무쌍하여 예측할 수 없다는 말이다.

나는 젊은 시절 집을 장만하기 위해 무척 노력했다. 먹을 것 입을 것 아껴 재개발 딱지를 하나 매입했다. 그런데 부동산 광풍이 불어 부동산 중개업소에서 해약하자는 통지를 받았다. 안된다고 우겨보았지만 허사였다. 눈물을 머금고 두 배의 배상금을 받고 해지했다.

그때 친구도 같이 샀는데 그 친구는 나의 안타까운 처지를 위로했다. 세상 살다보면 흔히 겪는 일이니 잊어버리라는 것이다. 나는 속으로 무척 원망스러웠고 한편으로는 그가 부러웠다.

지금은 어떤가. 그는 사당동 꼭대기에 새 아파트를 분양받아서 살고 있다. 나는 어떤가. 그 해약한 돈으로 강남에 재건축 딱지(분양권)를 살 기회가 생겼다. 그 결과로 나는 강남에 버젓한 아파트를 소유하게 되었다. 그의 아파트 몇 채를 팔아야 내 아파트를 살 수 있는 처지가 되었다.

지금은 내가 그를 위로하는 처지로, 내가 술을 더 많이 사곤 한다.

여행을 떠나는데 교통이 막혀 현장(공항)에 늦게 도착하는 바람에 비행기를 놓쳐 발을 동동 구르며 아쉬움을 안고 귀가 했는데 얼마 후 그 비행기가 추락하여 화를 모면했다는 기사를 본 적도 있다.

지금 괴롭고 슬프고 빈한하다하여 결코 희망을 버리거나 좌절하지 말 것이며, 지금 주지육림에 비단금침을 하며 부유하고 행복하게 산다고 너무 좋아할 일도 아니다. 미래를 위해 항상 자중하고 대비하고 검손해 하면서 사는 삶이 고귀한 삶이 아닐까 한다.

코가 닮았네

의성 어느 고을에 두 박씨 가문이 살았다.

한 가문은 밀양 박씨이고, 또 한 가문은 고령 박씨다.

두 가문은 대대로 행세깨나 하는 집안이다. 두 집안 모두 왕족 출신이라며 서로 양반을 다투는 지경이다. 한 가문은 신라시조의 후손으로 또 한 가문은 거기에 더하여 대한민국 대통령 출신 집안으로 둘 다 왕족임에는 틀림없다.

서로 위세도 대단해 대대로 경쟁관계로 살았다. 형편상 H, Y라고 부르겠다.

H집안은 할아버지가 진사 출신이고, Y집안은 왜정 때 도치(은행장) 출신이다.

그 아들 또한 H집안은 면장이고, Y집안은 산림조합장 출신이다. 면장 아들은 지금은 은퇴했지만 얼마 전까지도 검사였고(T지역 고검장), 지금은 변호사 사무실을 운영하고 있다.

Y집안 아들은 행정고시 출신으로 모 중앙관서 차관까지 지냈다. 물론 이들은 대구 모 고등학교 동기동창이고, 서울 유명 대학교 동기동창이다. 이들은 초등학교 때부터 경쟁관계였다. 학기말 통지표를 받아오는 날이면 한집은 잔치집이고 다른 한집은 초상집이다.

마을 어귀에 두 영감이 섰다가 집으로 돌아오는 아들 얼굴 표정만 보고도 누가 이겼는지를 짐작한다. 물론 둘 다 1등 아니면 2등이다. 누가 봐도 부러워하는 등수이지만 이 집안들은 그게 아니다. 물론 이 등수는 서로 번갈아 가면서 얻는다.

한집은 부침개 부치고 고기 굽는 냄새가 온 동네에 풍긴다. 동네 사람들 불러 모아 잔치판이 벌어지고 정자에서 덩실덩실 춤을 추며 1등을 자축하며 딴 집안 약을 올린다.

반면 2등 집안은 초상집이다. 회초리 소리가 담 넘어까지 들리고 질책하는 불호령 소리가 온 동네를 떠들썩하게 한다.

두 영감 길에서 마주치면 서로 흥! 하면서 한 쪽은 어깨에 힘주고 한쪽은 어깨가 축 처진다. 이런 현상은 아들들이 대학을 졸업하고 직장을 얻을 때까지 계속된다.

H집안 아들은 사법고시에 합격하여 머리에 월계관을 쓰고 온 면내에 잔치가 벌어졌다. 또한 Y집안 아들은 행정고시에 합격하여 그 당시는 사법시험보다는 덜 알아주었지만 이 또한 면의 큰 경사였다.

이러한 이들은 훌륭한 법관으로서 또는 훌륭한 중앙관서 고급관료로서의 소임을 다하고 이제는 은퇴하여 한사람은 변호사로서 한사람은 유명회사 고문으로 번듯하게 제2인생을 살고 있다.

물론, 이들은 초등학교부터 대학졸업까지 줄곧 동기동창으로 윗 어른들의 욕심으로 심한 스트레스와 경쟁에 시달렸지만 둘은 아주 친한 죽마고우이다.

이들은 어느 날 친구 20여 명과 함께 제주도 여행을 떠났다. 제주에서 20인승 승합차를 빌려 이곳저곳 즐겁게 여행을 즐기고 있는데 술이 거나하게 취한 채 언쟁이 벌어졌다. 물론 이들 둘이서 말이다. 그 사연인즉, 이들은 학교 동기동창인 동시에 결혼도 한날한시(정확히 말하면 한사람은 12시 30분 또한 사람은 1시다)에 했다.

한사람은 서울서 또 한사람은 대구에서 결혼식을 올렸다. 서로 결혼하는 날짜와 시간 장소는 알았지만 신혼여행은 서로 어디로 가는지 평소 이야기가 없었다.

그런데 제주 서귀포 어느 호텔 식당에 식사를 하러 갔다가 서로 만난 것이다.

"너 어찌된 일이냐, 너는 어찌 여기에" 하며 서로 반갑게 맞았다. 운명이라는 것이 묘하여 신혼 여행지와 호텔까지도 같단 말인가. 둘은 (사실 4명) 저녁 후 바닷가로 2차 한 잔하러 나갔다. 술이 술을 부른다고 또한 몸도 젊디 젊은 지라 술은 2차 3차 4차로 계속 늘어났다. 물론 어부인들도 한껏 술기운이 올랐다. 인사불성이 된 이들은 택시를 타고 호텔로 돌아왔는데 방은 제대로 찾은 건지 혹시 남의 방에 들어갔는지는 아직도 알 수 없으되 아침에 방에서 나온 사람은 서로 짝이 달랐다 한다. 추측컨대 인사불성 상태에서 무슨 일이 있었겠냐 하지만 지금 그 이야기를 들어본 친구들은 고개를 갸우뚱하며 반신반의하는 눈치들이었다. 문제는 이들이 만날 때마다 농담 반 진담 반으로 아이들 때문에 언쟁이 잦았다는 것이다. 이날도 바로 이 문제로 언쟁이 벌어졌다.

한 친구의 아들은 아버지의 뒤를 이어 법조인이 되었다. 다른 한 친구 딸은 공교롭게도 행정고시에 합격하여 중앙관서 사무관이 되었다. 그런데 친구 아들 코가 아버지를 닮지 않고 딴 친구의 코를 쏙 빼닮았고, 다른쪽 딸아이는 새끼 손가락 굽은 것이 꼭 저쪽 아버지를 닮았다는 것이다.

우연의 일치인지 아니면 옛날 그 일이 요동친 것인지는 이들도 의아해 하고 있단다. 친구들이 농담 삼아 유전자 검사라도 해보는 게 어떠냐고 꼬드겨 보지만 농담이 진담된다고 누구 집안 파탄낼 일일 것이다.

친구들 왈, 농담 삼아, 그때 바뀐 게 맞어하면서 한바탕 웃으면서 떠들어댔다.

독자들은 이러한 기이한 현상에 대해 스스로의 상상에 맡기기 바라고 당사자나 친구들 역시 이를 아는 것은 하느님밖에 없다는 결론을 내렸다.

구경(물구경, 불구경, 싸움구경)

사이렌 소리가 요란하다.
강섶의 집이며 가재도구 가축 등이 누런 황토빛 강물을 따라 수없이 떠
내려간다. 모든 재산 송두리째 다 떠내려가는데 온 마실 사람 다 나와
물구경한다.

불자동차 경적 소리가 요란하게 울린다.
창밖을 내다보니 시뻘건 연기가 하늘 높이 솟아오른다. 전 재산 송두리
째 타는데 온 동네 사람 모여 불구경한다. 밤에 저 멀리 산마루에 시뻘
건 불띠가 온 산을 수놓는다. 실화인지 자연 발화인지 몰라도 밤새도록
탄다. 잠을 설치면서 쳐다본다.

멱살잡고 싸운다. 코피를 흘리며 싸운다.
지나가던 사람들 말릴 생각 않고
재미있게 구경한다.
사람싸움 외에 닭싸움, 소싸움, 개싸움 등
인간들이 재미삼아 붙인다.

이 세상에서 가장 재미 있는 구경꺼리는
뭐니뭐니 해도
물구경, 불구경, 싸움구경이로다.

황당한 욕심

　지금은 모두의 뇌리에서 잊혀진 이야기인 듯 여기 믿거나 말거나 한 오래전 언론에 가십으로 소개된 황당한 인간의 욕심 이야기 몇 개를 소개하고자 한다.

　지금은 청계천 고가도로가 철거되어 맑은 물이 흐르지만 철거 전에는 화공약품, 동물 및 인간의 배설물 등 온갖 오물 및 폐수가 청계천으로 흘러들어 그야말로 오물천이었다.

　오죽하면 미군 트럭이나 짚차가 청계천 복개도로에 진입이 금지되었을까. 이는 언제 가스로 가득찬 복개천이 폭발할지 모르기 때문에 내려진 조치가 아닌가 한다. 그 당시 필자는 KATUSA로 근무했기 때문에 그때의 일을 생생하게 기억하고 있다.

　그런데 그 당시 청계천 인근 선술집의 동동주가 적게 마셔도 아주 잘 취하고 맛도 괜찮다는 소문을 듣고 이들 선술집을 찾아가 술을 마신 사람들은 소문대로 술이 빨리 취할 뿐만 아니라 심지어는 머리가 빙빙 돌고 픽픽 쓰러지기까지 했다고 한다. 그 이유인 즉슨 이 독한 청계천의 오물과 폐수로 막걸리를 만들었다는 것이 밝혀진 것이다. 막걸리를 먹은 것이 아니라 결국 독약을 먹은 셈이다. 정말 이 술을 먹은 사람들은 그 후 이 소식을 듣고 얼마나 많은 구역질을 했을까?

　이번 이야기는 이렇게 시작된다. 어느 촌로가 부인에게 몸보신 시켜주려고 장에서 흑염소 한 마리를 사 와서 마당에 매어두었는데 사정이 있어 당장 잡지 못하고 있었다고 한다. 그런데 수주 일 후 흑염소가 흰 염소로 변해가더라는 것이다. 날로 그 털은 점점 더 희어져 완전히 백염소가 되었다는 것이다. 나중에 그 자초지종을 알고 보니 판매업자가 수입을 올리기 위해(아마 그때는 흑염소가 백 염소 보다 더 비쌌던 듯) 흰 염소에 검은 물을 들여 판매한 것으로 판명되었다. 참으로 웃지 않을 수 없는 일이었다.

다음 이야기는 이렇다.

수 십 년 전 어느 주택가에서 어떤 할아버지가 쓰레기통을 뒤져 헌 가죽구두를 찾아 자루에 담는 것이 어느 기자의 눈에 띄었다는 것이다. 그 기자가 이상한 생각이 들어 물었단다. "할아버지! 이 지저분한, 버린 구두를 어디 쓸려고 주우세요"하고 물으니 할아버지의 대답은 이렇다. "이걸 2~3일 가마솥에 푹 고으면 부드러운 멋진 설렁탕이 되지" 하더라는 것이다. 아마 이것을 사서 설렁탕을 만드는 식당이 있어 이런 일이 있지 않았나 생각된다. 물론, 그 당시는 고기가 귀한 때문이긴 해도 사람이 먹는 음식을 이런 쓰레기로 만들다니 어처구니없고 소가 웃고 개가 웃을 일이 아닐 수 없다.

이보다도 더 많은 사례도 있었겠지만 위의 사례들을 볼 때 인간의 탐욕의 끝이 어디까지인지 씁쓸하기만 하다. 수 십 년이 지난 이야기지만 사실이 아니었길 바랄 뿐이다.

북한산 두부

친구들과 북한산(北漢山) 등산 후 하산하여
식사를 하려고 이집 저집 살피는데
어느 집 간판이 북한산 두부다.
우리 모두 北韓山 두부맛이 어떤지
궁금하여 그 집에 들었다.
모두 자리에 정좌하고 있는데
드디어 두부음식이 나왔다.
우리는 北韓山 두부가 어떤 경로로 우리나라(남한)에
수입되는지 궁금하여 주인에게 물었다.
그런데 주인장 빙그레 웃으며 한마디 한다.
"이 두부는 북한에서 수입된 것이 아니고
이 북한산(北漢山) 자락에서 만든 것이어서
북한산 두부라고 합니다" 라고 한다.
우리 모두 웃으며 즐겁게 두부를 먹었다.
"언제 北韓山 두부를 먹어 볼런지 혀를 차면서

바둑

하도 심심하여, 사실은 바둑이 두고 싶어 기원을 갔다.

기원은 만원이었다. 마침 두는 사람 옆에 서서 열심히 관전하는 사람이 있길래 곁으로 다가가 "형씨! 구경만 말고 우리도 한판 둡시다"하고 거드름을 피우니 그도 하는 수 없는 듯 "그렇게 합시다"하며 응했다.

우리 둘이는 자리를 잡고 앉았다.

나는 그에게 몇 급 두느냐고 물었다. 그는 "저는 급이 없습니다" 한다.

얕잡아 본 나는 "그럼 맞둡시다." 하고 제안했다. 우리는 열심히 두었다.

그런데 20분도 안 되어서 나의 바둑돌이 거의 전멸되다시피 되었다.

약이 바짝 오른 나는 그에게 물었다.

"형씨! 급도 없다는 사람이 어찌 이렇게 잘 둘 수 있습니까? 나도 아마 5급은 되는데" 하니

그가 한마디

"나는 급은 없고(아니고) 프로 단(段)이 올시다" 한다.

예~ 홍당무가 된 나는 몸둘 바를 몰랐다.

벼가 익으면 고개를 숙이듯이

나도 앞으로는 겸손하고 겸허해야 겠다는

다짐을 하고 오늘의 무례한 언행(言行)을 사죄했다.

나의 펑계

당신이 나에게

"당신은 어찌 그리 멋이 없고 못생겼으며,

당신은 어찌하여 그리 무식하고 교양이 없으며,

당신은 어찌하여 인기가 없으며 남과 화합하지 못하오."

라고 물으면

나는

"저로서 무슨 뾰족한 수가 있겠습니까?

저를 만들어 준 창조주께 물어보세요"라고 대답하겠소.

화가 난 창조주 왈,

"너는 왜 내 펑계를 그리 대는가, 이놈!"

머쓱해진 나는,

"죄송합니다. 저는 아무리 화장을 하고 이발하고 몸을 가꾸어도

잘생긴 모모처럼 되지 않고

아무리 책을 읽고 공부해도 항상 머리는 쪽박 같아서

학식 있고 똑똑한 모모씨에 못 미치고

내 성질 지랄 같아서 융화도 인기도 없어

인기 만점인 모모씨를 따라갈 수가 없습니다.

아!… 내가 너무 자학했나!…

창조주 曰(왈),

"너는 너를 조금 이해하려고 하는 것을 보니 조금 더 노력하면

발전 가능성을 5% 정도는 더 높일 수 있을꺼야!"

허허참…

잠언 및

수상록

부운(浮雲)

글 잘 쓴다고 뽐내지 마라
권세 있다고 힘주지 마라
가진 것 많다고 자랑마라
지나고 나면 다 뜬구름(浮雲) 같은 것
뜬구름이라고 생각될 때는 이미 늦은 것
아무리 후회해도 소용없는 것
글 잘 쓰고 권세 있고 재산 많아도
갈 때는 아무 것도 없는 빈 손인 것을
벼가 익으면 고개를 숙이고
물이 흘러 낮은 곳으로 가듯
겸손하고 겸허해지면
주위 좋은 사람 모여드는 것
해와 달은 매일 뜨고 지지만
저 높이 흘러가는 흰 구름은
한 번 가면 다시 돌아오지 않은 것이니
흰 구름 벗 삼아 멀리멀리
떠나는 여유 가져봄이 어떨는지.

약하고 부드러운 것이 제일이다

바람이 바위 치면 바람이 부서지고,
파도가 바위 치면 파도가 부서진다.
강한 자 약한 자 이기고
부자가 가난한 자 업신여긴다지만
낙수(落水)가 바위를 뚫고
바람이 나무를 꺾듯이
강하면 부러지기 쉽고
많으면 잃기 쉬우며
단단한 것은 깨어지고 닳기 쉬우니
약하고
부드럽고
온화한 것이 제일이다.

실개천

대기업은 협력업체
본점은 지점
본사는 지사
중앙정부는 지방정부
이처럼 경직된 인간조직은
위에서 아래로 통제하고 지휘하며
권위 있고 힘센 곳에서
힘약한 곳으로 내려가지만
겸손한 물길 흐름은
실개천에서 개천으로
개천에서 강으로
강에서 바다로
누가 시키지 않아도 거침없이 흘러가지만
강과 바다는 겸허하게 포용하고 받아준다.
인간의 조직은 아래서 위로 가면
항명이고 하극상이 되지만
큰 바다는
실개천에게 어떠한 명령이나
괴로움을 주지 않는다.

일하는 者와 노는 者

밥 먹는 일 외엔 할 일 없는 者
무료하고 갑갑하단다.
오전엔 무얼하고 오후엔 무얼할꼬
오늘 지나 내일은 무얼할지
이래저래 시간 보낼 걱정이 태산이다
무료하여 잡생각하니
사고 저지를 일도 많아라
일하며 움직이니 활기차고 생기돈다
책 읽고 글 쓰며 열심히 운동하니
시간가는 줄 몰라라
일하는 이 휴일이 꿀맛 보 듯 기다려지나
노는 이 휴일 올까 걱정이 태산이다
노는 이 지겹고 무료하다하니
일하는 이 고개 갸우뚱
이해할 수 없다한다
일 하는 것과 노는 것이
하늘과 땅 차이로구나.

미련

오늘이 가면 어제가 된다
오늘이 가면 내일이 오고
내일이 가면 또 오늘이 된다
미련과 후회 남지만 오늘은 간다
잡아도 잡아도 머물지 않는 날들
미련만 남기리
내일이 와서 오늘이 되면
분명 후회는 안 하리
미련도 남기지 않으리 맹서하지만
내일이 다가와 또 오늘이 되면
그건 어느새 또 어제가 되고
남은 것은 미련과 후회뿐
이것이 인생이던가
빈 하늘 쳐다보며
다시 오지 않을 어제를
또 다시 아쉬워하노라.

세월

뭐가 그리 급하신지
서둘러 달려 왔다가
소리 없이 떠나는 그대
언젠가는 나를 데려가더라도
남는 것은 다시 희노애락과 생노병사들뿐
저번엔 누굴 데려가더니
이번엔 누구차례인가요.
멈춤도 쉼도 말도 없는 그대는
정령 누구란 말인가
언젠가는 말도 없이 인정사정도 없이
인사 한마디 없이 내곁을 떠날 것이고
그 누군가에게 다가가
또 다른 추파를 던지겠지요.

부모님 전 상서

아버님 어머님, 그간 안녕하신지요?
그곳 날씨는 어떤지요?
여기는 오곡이 무르익고 단풍이 아름답게 지는 가을입니다.
자주 찾아 뵈야 하는데 올해는 찾아뵙지 못해 죄송합니다.
진지는 잘 드시고 방은 따뜻한지요?
이제 곧 겨울이 닥치는데 걱정이 됩니다.
내년에는 여기서 농사지은 과일과 곡식으로
맛있는 음식 장만하여 찾아 뵙겠습니다.
어머니의 따뜻한 밥 한 그릇
보글보글 끓는 된장 뚝배기 한 그릇 먹고 싶습니다.
문을 활짝 열고 기다려주세요.
다시 찾아 뵈올 때까지
저 넓고 높은 천상에서 편안히 쉬시기 바랍니다.
제가 만나 뵐 때는 사랑과 희망을 주시고
또한 따끔한 채찍과 훈계도 주세요.
생전의 이 못난 자식 꾸짖고 꾸짖어 주실 것을
이 불효자는 이렇게 엎드려 비옵니다.
뵈올 때까지 안녕히 계세요.

-불효자 배상

육영수 여사를 추도하다

여사님 가신지가 어언 39년
반세기가 되어갑니다.
공산당의 총부리에 홀연히
우리곁을 떠나신 겨레의 어머니!
민족중흥을 꿈꾸며
인자하고 어진 자태로 우리 국민 보살피시던 그 모습
다시 볼 수 없어 아타깝습니다.
서달산 기슭 양지바른 곳에서
이제나 저제나 나라걱정 하시더니
이제 이 나라 부강국가 되었습니다.
오늘 39주년 맞아 처음 찾는 추도식에
전국 각지에서 여사님을 기리려 먹구름처럼 모였습니다.
지나가던 구름도 머리숙여 추모하고
스쳐가는 바람도 여사님을 그리워합니다.
한강의 저 물결도 슬피 울며 유유히 흐릅니다.
이제 제2의 국가중흥을 위하여
다시 한 번 한강의 기적을 일으키게 해 주시옵소서.
현충원 좁은 음택에서 고이고이 잠드소서.

당신

백년 가약 맺은 지가 어언 반세기가 되었구려.
산전수전 다 겪으며 참고 또 참으며 살았지요.
돈 없으면 서글프고 괴로웠지만
돈 있다고 우쭐하지 않았지요.
서슬 퍼런 전세주인 업신여김 고추처럼 매서웠지요.
남들 다 갖는 휴대폰 없고 남들 다 가는 백화점 자제했지요.
애새끼 장성하여 남은 생 즐기려하나 팔다리 힘 간데없고
세상에서 무섭기로 이름난 혼사 아직 끝내지 못했구려.
당신이 가장 잘 하는 두 가지 화나면 웃고 좋아도 웃는 것
누가 뭐라고 욕하고 짓밟아도 전혀 개의치 않는 당신,
머리는 약속대로 파뿌리가 되었고
눈과 귀 이빨은 늘 돈 달라고 조르지요.
임자!
너무 괴롭히고 고생 많이 시켰구료.
이 모든 게 이 못난 남편 때문이라오.
이제 지난 것은 역사 속으로 묻어 버리고
약속대로 저승 갈 때까지 오순도순 살다갑시다.

회한의 눈물

나는 웁니다
슬퍼서도 아니고 외로워서도 아닙니다
지난 날 생각하니 그저 눈물이 납니다
지나온 세월 곱씹어 보니 왠지 깊은 눈물 납니다
어느 하나 이룬 것 없고
어느 행동 하나 바른 것이 없으며
어느 말 한 마디 옳은 것이 없었으니
회한의 눈물 주루루 흐릅니다
지난일 회상해 보니
모든 게 이리저리 얽히고 설켜 풀기 어렵고 힘듭니다
몸서리치게 후회하고 뉘우치며
정신 차리고 마음 고쳐 보지만
언제 그랬냐는 듯 다시 도루묵 되는 비행(非行)
어찌해야 좋을까요?
이렇게 하염없이 빈 하늘 쳐다보며 웁니다.

바람이 크면 실망도 크다

    희망이 크면 실망도 크단 속담처럼 인간은 태어날 때부터 욕심으로 점철되어 과도한 기대를 걸어보게 된다. 즉 복권이 당첨되기를 바라 일확천금을 꿈꾸는 사람, 경마에 도전해 보려고 경마공원역을 내리는 초췌한 인파들, 모두 욕심으로 그득한 표정들이다. 집에 돌아오는 길에 다시 지하철을 타는 사람들을 보면 대부분 어깨가 축 처져있다. 지하철이나 Bus를 타보면 어떤 때는 피곤하고 다리가 아파서 누가 내려주었으면 하고 바란다. 그러면 한명도 일어서는 사람이 없어 원망스러운 경우가 많다. 그러나 "괜찮아" 하며 속으로 만족해하며 목적지까지 처음부터 기대하지 않고 가다보면 이외로 바라지도 않던 행운이 온다. 이는 처음부터 욕심을 버린 마음가짐의 영향이 아닌가 한다. 희망을 갖는 것은 좋은 일이지만 과도한 욕심과 기대는 마음의 짐만 지게 되는 것이다. 이처럼 큰기대를 갖지 않으면 설사, 일이 성사되지 않아도 애초부터 크게 기대한 것이 아니므로 실망도 적다. 그러나 너무 기대하고 있다가 일이 안되면 마음의 상처는 아주 크지 않을 수 없다.

    바람이 크면 실망도 크고, 희망이 크면 절망도 큰 만큼 너그러운 마음을 가짐으로써 이 복잡다난한 세상을 이겨나가는 지혜로 삼아야 할 것이다.

우리들의 자화상(自畵像)

길을 간다
코를 휙 푼다
코에다 손을 찍 누르고 휙 푼다
온 사방으로 콧물이 튄다
침을 텍 뱉는다 가래침이다
앞뒤 누가 가는지 오는지 개의치 않고
힘차게 내리 뱉는다
기하철 안에서 다리를 꼰다
옆사람 옷에 발이 닿을 정도다
지나가는 사람이 발에 걸려 넘어질 것 같다
기침을 한다
재치기를 한다
아무것도 가리지 않고 힘차게 꽥꽥거린다
이것이 우리들의 자화상이다.

菽麥(菽麥不辯)

보리(대맥)와 밀(소맥)을 구별 못하는 사람이 있다.
잎과 이삭이 워낙 비슷하여
마치 한국인과 몽고인 관계와 같다.
이를 약숙맥(弱菽麥)이라 이름한다.
콩을 보리라고 하는 사람이 있다.
이를 菽麥이라 한다.
선(善)과 악(惡)을 구별 못하는 사람이 있다.
이를 강숙맥(强菽麥)이라 이름한다.
치매도 1기 2기 3기가 있듯이
숙맥도 등급이 있는가 보다.
아주 흡사하여 구별 못하는 사람을 숙맥1기
흡사하지는 않으나 글자 한 자라도 맞히고 범주에 들면 2기
성인(聖人)과 소인(小人)을 구별 못하는
얼토당토 아니한 사람을 3기가 이름한다.

빚

빚을 졌다.
여기저기 많이졌다.
이리저리 바빠 살다보니 빚지지 않을 수 없었다.
빚을 갚기 위해 은행대출을 신청했으나
양심불량 積善不良으로 거절당했다.
살아야겠기에
길거리에 좌판도 깔아보고 공사판 막노동에 외판원까지
人生막장까지 갔어도 빚은 줄지 않는다.
열심히 노력하고 아끼고 봉사하여 못다한 빚 갚아보려하나
시간은 기다려 주지 않고 어언 고희(古稀)로 접어든다.
이제 체력 순발력 정신력 모두 쇠잔하여
남은 빚 갚을 수 있을지 걱정이 태산이다.
그래도 이미 진 빚
후손에게 미치지 않게 하겠다는 다짐을 한다.
빚이 빚을 부르고 죄가 죄를 부르며 악이 악을 부르니
빚 지고 죄 짓고 악한 일 하지 말자고요.

허상(虛想)

계단을 훅훅 오른다.
한 계단 한 계단 밟을 때마다 백만 원 천만 원
아니 1억 2억 3억 하며 오르니 어느덧 끝이다.
너무 많은 재산이다.
지금 내가 갖고 있는 재산보다 훨씬 많다.
다 허상이다!
그러나 허상이 실상보다 좋을 때도 있다.
계단을 그냥 오르면 얼마나 힘들까.
그러나 한 계단 한 계단을 돈으로 생각하면
더 오르고 싶고 어떻게 이렇게 빨리 올라왔는가 싶다.
허상!
어차피 인생(人生)이란 허상이 아니던가!
空手來空手去가 아니던가.

부끄럼 없는 삶

서달산 둘레길 모퉁이를 도는데
갑자기 나타난 청설모 한 마리
나도 놀라고 그도 놀라 꼼짝 않고
까만 두 눈을 부릅뜨고 서로 노려보고 있다가
그는 조금 후 안정이 되었는지
나에게 우리 땅엔 뭣하러 왔어 하며 나를
노려보며 유유히 사라진다.
나는 부끄러워 몸 둘 바를 몰라 멍하니 바라볼 뿐이다.
놀라지 마라. 당황하지 마라.
하늘을 우러러 한 점의 부끄럼이나
추호의 잘못도 저지르지 않았다면…….

기대하지 말라

기대하지 말라.

그렇게 바라고 소원하지만 그대로 되는 것 보았드냐.

안된다고 걱정하지만 또한 그렇게 되는 것 보았는가.

기대하지 마라.

모든 게 허상이 아니던가.

자식 잘 되 달라고 기도하지만 기대대로 되던가요.

좋은 짝 만나기를 그렇게 빌었지만 그대로 되던가요.

기대하지 말라.

우리 가족 건강하게 해 달라고 빌었지만

그대로 되는 것 보았는가.

매일 같이 뛰고 오르고 걸었지만 매일같이 콜록콜록…

기대하지 말자.

자식 잘 되고 내 잘되라고 빌고 빌지만 모든 게 허상이다.

人生이란 빈다고 기대한다고 되는 게 아니야.

그저 욕심 안내고 남 피해 안 주며

자기가 좋아하는 삶 사는 거야

그것이 최고야!

내 방식대로 살리라

이래도 한 世上 저래도 한 世上
그대 삶이 아무리 아름답고 화려하다해도
나는 내 방식대로 살리라
그대 삶이 아무리 윤택하고 멋지다 해도
나는 내 방식대로 살겠소
비록 내 삶이 그대와 다르더라도
제발 나를 욕하지 말아주오
나물 먹고 물마시고 하늘을 천장삼고
팔벼개로 잠을 자도 내 행복하면 그만이지요
하루세끼 밥먹고 두다리 뻗칠 집이면 충분한데
주지육림(酒池肉林) 비단금침 웬 말이오
그대들이여!
거기갈 때 가지고 가는 것이 무엇이던고!
空手來空手去가 아니던가.

미래(未來)

미래는 항상 희망적인 것만은 아니다.
미래는 불안 근심 걱정으로 가득찬 것도 아니다.
지나보면 그리 장미빛이었던 것도
그리 근심 걱정 음울했던 것도 아닌
그저 그런 것이었다는 것을 느낄 것이다.
즉 그런 미래도 이제 지나고 나면
왜 그런 허황된 꿈을 꾸고
근심걱정을 했을까 후회하면서
그 또한 과거가 되어 버리는 것이다.
마치 바다로 간 강물이
다시 거슬러 올라 오지 않는 것처럼.

시간(時間)

시간 계절 달력 등 이런 것은
인간이 인위적으로 만든 것이다
봄 여름 가을 겨울
1월 3월 6월 12월
월 화 수 목 그런 것은
단지 그냥 흘러 가는 것
오직
잃어버리고 지나가 버리는 것은
人生이지 시간이 아닐진저.

인연

부옇게 낀 먼지 안개
밖을 나갈까 말까 망설인다
내가 나가지 않아도
누군가는 거리를 오가겠지
내가 나가면 나와의 또 하나의
옷깃을 스치는 인연
나가지 않으면
또 다른 인연의 단절
순간순간 스쳐가는 만물이
인연이 될 수도
아니 될 수도 있으니
그저
한순간 한순간의 결정이
인연의 경계선인가 보다.

사랑

접시꽃 같은 손이
조약돌 같은 몸을 안으니
안는 이 즐겁고
안기는 이 행복하다.
어머니 품처럼 야옹하고
살포시 품에 안기는 모습
평화롭기만 하다.
인간과 동물도 저처럼 교감하고
사랑을 나눌 수 있다는 것을
사랑의 눈으로 보지 않으면
어찌 보이겠는가.

발자국

떠난 자리 쓸모없다고
그대 내 발자국 밟지마오.
그 곳엔 내 모든 혼과 정열이 있다오.
나 비록
정직하고 바르며 깨끗하고 공정하게
살아왔다 자부하지만
거기엔 그르고 더럽고 위선적이며
음흉한 음모와 원망도 서려 있다오.
그대 그 어지러운 발자국 밟을까 걱정되오.
앞만 보고 달린 발자국 쉼없이
뛰고 달려도 이루어진 것 없도다.
그림자는 음지(陰地)에서 쉬고
발자국은 고요한 데서 머물러야
비로소 휴식을 취하는 것.
걱정스런 미래 때문에 너무 발악하지 맙시다.
나나 그대나
남이 남긴 발자국 따르러 하지 말고
그저 신천지(新天地)에서
새 발자국 남기도록 해요.

어버이

어버이란 이름은 너무 숭고해서
누구나 함부로 부를 수 있는 이름이 아니라오
살아생전에는
힘주어 부를 수 있고
저 생에 계실 적엔
통곡할 수 있는 자만이 부를 수 있지요
효도란 너무 존귀해서
부끄럼 없이
어버이라고 부를 수 있는 자만의 것이라오
그저
살아생전에 생색내다가
저 세상 가신 후 무심한 것은
효도를 향한
가면(假面)을 쓰고 있는 것이지요.

준아!

그리운 나의 친구 준아!
조국을 위해 산화한 너의 모습 아련하고
비를 맞은 너의 비석은
흰 구름에 반사되어 더욱 빛나는구나
그 이름 헤이그에서 장렬히 산화하신
열사의 이름과 같아 너의 이름 더욱 장해보인다
준아! 보고 싶구나!
그 옛날 낮이면 강가에서 헤엄치고 고기 잡으며
해 지는 줄 몰랐고 밤이면 모닥불 피워
화투놀이 수박서리 하면서 밤새는 줄 몰랐었지
이제 59주년 현충일을 맞아 너를 보러 왔으나
언덕배기 응달에서 외롭게 누워있는 너는
정령 말이 없구나
너보다 이 세상 더 오래 산 나를 부러워하겠지만
그래도 그때가 가장 좋았느니라
어차피 人生이란 언젠가는 가는 것
미리 아픈 매를 맞았다고 생각하거라
부디, 지하에서 편히 잠들거라
안녕! 준아!

딸을 보내고

있을 때는 미움 커서
야단 쳤지만
막상 빈 방을 보니
가슴 메인다
있을 때는 무심하게
지냈었건만
막상 집 떠나가니
보물 잃은 듯
지금와서 서운해도
소용없어라
쓸쓸한 방 여기저기
훑어보고는
손때 묻은 물건 보니
옛 생각 나네
모쪼록 세간 난 것
오순도순 살거라.

충고(忠告)

"네가 오늘보다 내일이 더 나아지지 않으려면 무엇 때문에 내일이 너에게 필요하겠는가?"라는 명언이 있다.

우리가 진정으로 더 이상 발전하지 않고 변화되지도 않고 향상도 되지 않는다면 人生에 무슨 목적이 있겠는가. 동물은 반복적인 삶을 살므로 그들에겐 하루하루가 그 전날과 조금도 다를 바가 없다.

그러나 人間은 자기분석이나 자기비판을 통하여 발전되어 간다. 비판은 우리에게 자극제가 된다. 고쳐 나갈 수 있는 단점을 지적해 주는 이에게는 병을 고쳐 주는 의사만큼이나 감사하는 마음을 가져야 한다. 즉 사람들은 자기를 낫게 해 준 의사에게는 기꺼이 대가를 지불하면서 자기의 영혼을 구제하고 자기 자신을 향상 발전시켜 주는 충고(忠告)에 대해서는 소홀하는 경향이 있다.

성인군자가 아닌 이상 누가 충고나 비판을 좋아하겠는가.

그러나 스스로 남의 충고나 비판을 겸허하게 받아들여 자기 개발에 힘쓰는 자만이 성공할 수 있을 것이다.

넋두리 · I

나는 이제 모든 욕심을 접어 두리라
이제는 더 이상 교만하지 않으리
이제 나는 그대가 무어라 욕해도
더 이상 화내지 않으리
이제 나는 그대를 보면 두려워하고
흐르는 냇물처럼 나를 낮추리
나는 더 이상 아는 것이 없으니
그대의 가르침을 겸허히 받으리
이제 나는 어떤 역경이 닥치더라도
비굴하지 않으리
그리고 물처럼 바람처럼 바보처럼
목석처럼 살아가리!

후회

새벽잠 깨어 뒤척이면
지난 일이 주마등
아니 영화필름 돌아가듯하다
좋았던 일보다
행복했던 때보다
후회스럽고 우울했던 일이
머리와 가슴을 덮친다
앞으론
이런 후회스런 일을 하지 말자며
희망하고 다짐하고 맹세해 보지만
실현될 가능성도 능력도 희망도 없는 듯하다
나만 이런 후회스런 일 하는가 하는
염려와 걱정도
온 몸을 휘감아돈다
이미 황혼 무렵
넘어가는 해를 바라보며
지난 과거 후회해 보지만
이미 때는 늦은 듯…
지금이라도
행동조심하고 말 조심하며
이성을 갖고 합리적인 사고로(思考)
남을 사랑하며 산다면
남은 생에 그나마
조그마한 밀알이 될지?

안막골 회고

안막골 외로운 산기슭 초가집엔 빈대만한 방 2개에 사람은 7명이나 와자지껄한다(형, 동생, 조카, 삼촌).

어린 학생 옹기종기 책가방 둘러메고 3년의 인고 견디었다. 휴일이면 어렵사리 걷거나 짐짝 같은 버스에 올라 60리길 귀향하지만 보고 싶기보단 한없는 짐 덩어리 보는 부모의 굳은 얼굴 마음 쓰리고 안스러웠스리.

주말 저녁 땔감이며 양식을 한 꾸러미 짊어지고 하루 2번 오가는 버스에 올라 다시 상아탑을 쌓으려고 외진골로 향한다.

강 건너 사시는 누님이 자취하는 어린동생 조카들 측은하여 비계 밖에 없는 돼지고기 한 꾸러미 끊어와 물 몇 바가지 붓고 무 넣고 펄펄 끓이면 멀건 국물 밖에 없는 돼지국밥 된다. 그래도 교통체증 심하듯 숟가락들 이리저리 왕래하며 어지러워도 그 맛 잊을 수 없었고, 오랜만에 목에 기름칠했다.

지금은 저 하늘에 계시는 누님 생각에 잠 못 이루고 평소 잘못한 죄 용서 빌어보나 가신 님은 더 이상 말씀이 없으시네.

어느 날 억수같이 비가 쏟아지는 날 밤 방 하나에 모두 모여 이야기꽃을 피우는 사이 벼룩이 간을 빼먹는 사건이 벌어지니 세상인심 이다지도 험하단 말인가. 어린 학생 자치방의 양식을 어느 도선생이 몽땅 훔쳐갔으니 가슴치고 통탄할 일인지고.

발자취 따라 열심히 헤매 보았지만 쏟아 붓는 빗줄기는 족적을 훔쳐가네. 우리 어린 학생들 풀이 죽고 기가 죽어 일찍이도 험한 세상 맛보

왔노라. 이제 모두 장성하여 이마엔 깊은주름 맺히고 머리엔 서릿발 내려 그 옛날 고추같이 맵고 어름같이 차디차며 마른 장작처럼 메마른 과거를 곱씹어보네.

오늘도 안막골 그 집은 자취를 감추었지만 가을볕이 비 오듯 쏟아져 내리고, 옷깃을 스치는 가을바람과 바삐 오가는 사람 발소리 그때나 지금이나 변함없구나.

서두르지 말라

바쁘다고 서두르지 말라
바쁠수록 돌아가라는 말 모르는가
어차피 인간의 능력은 유한한 것
한 번에 두 가지일 할 수 없는 것
욕심나서 서두르면
한 가지 일도 제대로 이루지 못하는 법
서두르면 모든 것을 망칠 수 있는 것
서두르고 욕심내면 실패가 기다리는 法
실패는 성공의 어머니라 했던가
이는 실패한 자들의 궤변
그래도 실패하지 않는 것보다 못한 것
서두르지 말고 욕심내지도 말며
차분히 하나하나 하다 보면
어느덧 바라던 것이 이루어진 것을 본다.

회상

내가 잘 나가던 시절엔
주위에 사람들로 넘쳤으나
이제 검디검던 머리엔 흰서리가 내리고
초롱초롱하던 눈엔 흰 안개 끼며
총명디 총명하던 귀엔 매미소리 왕동하네
인생은 어차피 외톨이라 했던가
그러나
저 구름 속의 태양도 곧
밝은 빛을 다시 비추듯
우리네에게도 희망찬 내일이 있지 않는가!
그립고 그리운 옛 친구들이여
우리 다시 만나 옛 회포를
소담소담 나누어 보세.

형님 먼저 아우 먼저

형님 먼저 아우 먼저
아우 먼저 형님 먼저 입씨름이 한창이다.
아우가 형님 먼저 꽃 피우소서 하며
장유유서 이유 들며 성화부리니
백설보다 더 깨끗하고 고운 형이
아우 먼저 하며 달래고 또 달랜다.
사랑하는 형의 지극한 양보에
착한 아우 받아들여
청초한 자색 꽃을 피운다.
뒤늦은 형께서
눈처럼 맑고 깨끗한
하얀 꽃을 당당히 피웠다.
자색 꽃에 자색 감자 열리고
흰 꽃에 흰 감자 열리 듯
청초한 보랏빛 비비추 꽃
맑고 청순한 옥잠화 꽃
형님 먼저 아우 먼저하며
오순도순 우애를 탐하고 있네.

그냥 주어진 대로 살자

억지로 되는 것 보았더냐
형편이 되면 되는대로
안 되면 안 되는대로
그저 무리 없이 사는 거다.
형편이 안 되는 대도 무리하면
일이 헝클어지고
마음고생만 하게 되는 것
설사, 형편이 닿는다 해도
과유불급은 금물
조심하고 절제하고 조용하게
처리해야 안정된 결과를 얻는 것
곯은 배 채운다고
한꺼번에 다 먹을 수 없고
못다 한 잠
한 번에 다 잘 수 없듯이
그저 적당해야 뒷탈 없는 법
무리하게 욕심내면
끝내 파멸은 불 보듯 한 것
그냥 그저 주어진 대로 사는 거지.

감사(感謝)

어느 젊은이가 지하철을 탔다.
무거운 기계 장치를 들고 들어와
바닥에 놓으며 안도의 한숨이다.
아마 수리하러 가는 모양이다.
몇 정거장 후 그 청년
힘들게 그 물건 들고 내린다.
내린 자리 우연히 바라보니
그 기계의 주요 부품인 듯
조그마한 물건 하나 떨어져 있다.
얼른 주워
문이 닫히기 전에
"이것 청년 것이여"하며 던져주니
그 청년 눈이 둥그래지고 입을 크게 벌리며
하마터면 큰일날 번했다는 표정이다.
문이 닫히는 찰라
밖에서 아련히 들려오는 소리
"선생님 정말 고맙습니다"
너무 고마운 표정이다.
나는 알았다. 고마운 것이 어떤 것인지를.
정말 가슴 뿌듯한 하루였다.
지금도 지하철을 타면
그 젊은이의 목소리가
아련히 들려오는 듯하다.

소외(疏外)

세상에서 가장 마음 상하는 것은
남에게 인정받지 못하고
업신여김 받으며
자존심에 상처받고
소외당하는 것이다.
가진 자와 못가진 자의
피나는 암투가 존재함은
데카브리스트가 짜증낼 만하다.
가진 자 없는 자를 괄시하고 업신여기며
주지육림(酒池肉林)하고 살지만
무산자(無産者) 멸시 받고
신세한탄하며 비탄의 나날을 보낸다.
인정 받지 못하고
초대 받지 못하는 변방의 人間들
오늘도 가슴에 응어리 안고
타고난 팔자를 한탄한다.
이것이 정말 인간의 본성이란 말인가
아니면 사회구조 탓인가.
그것도 아니면 윤리도덕이 무너진 탓인가.
아니면
이것저것 모두의 탓인가.

*데카브리스트(dekabrist(러)): 1825년 페테르스부르크에서 농노제(農奴制) 폐지와 입헌
정치를 요구하며 무장봉기한 러시아 자유주의자들(12월당이라고도 함) 주로 젊은 장교
들로 소작인을 옹호하고 지주계급을 비판함.

마음

태산이 높다하나
지조 높은 선비나
기개 높은 화랑정신 비할까.

하늘이 푸르다 한들
씩씩하고 늠름한
청년의 푸른 이상 비할까.

바다가 넓다 하되
포근한 어머니의
넓디 넓은 마음만 하겠는가.

높고 푸르고 넓은 것
무한한 자연과 우주 질서
모두 다 人間의 마음 속에 있는 것.

과거(過去), 현재(現在), 미래(未來)

지금 생각해 보니
지나온 과거가 후회로 점철된다.
그때가 지금이라면
부족했던 점, 잘못했던 일, 후회스러웠던 행동 등을
더 이상 실패 없이 더 잘 할 수 있을 것 같은 생각을 해본다.
나의 먼 미래는 결국 지금이 과거가 됨으로
먼 미래의 시점에서 지금의 현 시점을 생각해 볼 때
삶이 잘 되었는지 못 되었는지는
지금부터 후회스럽게 살지 않으면 될 것이고
그러면 과거의 후회스러웠던 일이 반복되지 않을 뿐 아니라
설사 과거의 잘못되었던 점이 있더라도
그것이 반면교사가 되어
과거의 삶을 덜 후회하는 결과를 낳을 것이다.
그렇지 않으면
과거가 후회스러웠던 것처럼
먼 미래 역시 현재의 과거를 후회하게 됨은
자명한 사실이 될 것이다.
과거를 후회하지 않으려면 현재를 열심히 살아야 하고,
현재를 열심히 사는 것만이
미래에 후회하지 않는 삶이 될 것이다.
그러므로
과거, 현재, 미래는 결국 같은 것이다.

차이(差異)

나는 너 너는 나
마치 한 몸 된 듯
한 없이 가깝다가도,
나는 나 너는 너
마치 원수로 만난 듯
한 없이 먼 사이가 되지.
아무리 가깝고 먼 사이라도
서로 차이는 있는 법.
얼굴 모습 다르고
생활방식 다르며
생각하는 것 가진 것
심지어 DNA까지 다르지 않는가.
나와 가까우면
한 없이 정을 베풀다가도
서로 삐뚤어지면
한 없는 적개심을 품지.
세상사람들!
모든 것이 다르므로
남의 삶에 대하여
콩나라 팥나라 간섭 말고
욕하지도 비판도 하지 말라.
그저 남의 삶을 존중하고
이해하도록 내가 먼저 변해야

진정한 삶의 가치를 갖게 되고
너와 나 사이가 항상
새로운 존재로 인식되리라.

조급증

버스를 기다린다.
기다려도 오지 않아 딴 차를 탄다.
저 멀리서 기다리던 차가 다가온다.
주식을 샀다. 사고나니 빠진다.
더 빠질까봐 서둘러 되판다.
팔고 나니 또 오르기 시작한다.
뒤에서 빽빽 경적이 울린다.
빨리 가려하니 비켜달란다.
서울 도착할 즈음
아까 그 차 내 앞에서 얼찐거린다.
속담에 뛰어봐야 벼룩이고
바쁠수록 돌아가란 말 잊었는가.
조금만 더 마음의 여유갖고
기다려 보는 마음가져 보는 것도…

서둘지 마라

찾지 마라.
지금 서둘러 찾지 마라.
찾는다고 보이지 않는 것이 찾아지겠는가.
마음이 안정되고
심신이 편안할 때 찾아라.
그러면
보이지 않던 것이 보이기 시작한다.
서두르지 마라.
서둘면
모든 것을 놓칠 수 있기에….

성공(成功)

성공이란 말은 흔하지만
그 실체와 모양은 없다.
성공이란
만족과 결합할 때만이
진정한 성공이 될 수 있다.
만족이 결여된 성공은
사상누각이다.
왜냐하면
성공이라는 것이 워낙
상대적인 성격이 강하기 때문이다.
또한 성공이란
양과 질의 상한선이 없기 때문이다.
그저 하한선(下限線)에 있다하더라도
그 상태에서 만족하면
대성공(大成功)이다.

갈무리와 마무리

그렇게도 화려하게 뽐내던 꽃은 지고 어느덧 아롱다롱 예쁜 열매들이 후일을 기약하고 있다. 눈이 시리도록 싱그럽고 푸르르 던 산야도 어느덧 울긋불긋 겨울 채비를 하고 씨 뿌리고 모심은 들판에는 황금빛 풍성한 결실로 농부들의 손길이 바쁘다. 다람쥐는 부지런히 모이(도토리, 밤)를 물어 겨울채비를 하고 추위를 피해 왔던 철새들도 하나 둘 떠날 준비를 하며 겨울잠을 위해 동물들도 부지런히 몸을 살찌운다. 이처럼 우주만상 살아 있는 생물체는 계절의 흐름에 순응하여 마지막 갈무리에 분주하다. 그러나 인간은 계절의 동물도 아니고 동면하는 동물도 아니어서 늘 갈무리를 잘하는 습성을 길러야 하고 늙고 병들어 마지막 이승을 하직할 때는 인생 마무리를 멋지게 해야 할 것이다.

지금은 평균 수명이 80을 넘으니 이는 어릴 때 죽고 병들고 각종 사고로 죽는 것을 평균한 수치이니 건강한 일반인들은 무려 100살을 기약한 셈이다.

내가 퇴직할 때의 나이가 50대 초반이었으니 무려 50년을 직장도 없고 수입도 없이 허송세월을 보내야 한다고 생각하니 끔찍스러웠다. 그래도 나는 다행스럽게도 퇴직금으로 투자해 모은 돈으로 충분하지는 못해도 노후를 보내는 데는 큰 문제는 없을 듯하다. 문제는 노년층이나 베이비부머세대의 대부분이 직장을 잃고 재취업도 어려워 별수입도 없이 노후준비가 별로 되어 있지 않는 상태에서 긴 노후를 보내야 하는데 문제가 있다. 그나마 노후준비가 좀 되어 있다는 사람도 자산의 대부분이 부동산이라 부동산 하락기엔 매매도 여의치 않고 은행이자도 감당하기가 상당히 벅찬 처지가 아닌가 한다.

이제 인구도 감소하고 주택에 대한 개념이 소유에서 거주로 바뀌는 추세여서 부동산 불패신화도 옛이야기가 되고 있다. 어서 재취업에 힘쓰자. 전직 생각을 하면 안된다. 이것저것 가릴 것도 없다. 기대치를 한 단계 다운사이징해야 한다. 또한 금융지식을 넓혀 투자의 다양성을 쌓아야 한다. 물론 금융인이었던 나도 금융투자에서 손실을 많이 본 경험이 있지만 경험 없고 실패 없이 성공을 이룰 수가 있겠는가.

자연의 순리대로 삶의 지혜를 가꿔가는 각종 야생동물을 본받아 우리 인간들도 노후를 슬기롭고 행복하게 보내기 위해서는 철저한 갈무리를 해서 아름다운 인생 마무리를 하도록 노력하자.

서달산 흑석골 예찬

　내가 흑석골에 이사온 날이 2013. 1. 20일이다. 30여 년 살던 반포에서 이곳으로 이주하게 된 것은 살던 아파트가 재건축되기 때문이다.

　이주를 위해 가보지 않은 곳이 없다. 이주의 우선순위는 첫째가 자녀들 직장이 가까워야 하고, 둘째는 공기 맑고 주위환경이 좋은 곳, 셋째가 전세가 싼 곳이다. 이 세 조건을 맞추기 위해 시내 곳곳을 헤매지 않은 곳이 없을 정도였다. 그러다가 마지막 찾은 곳이 흑석골 제일 꼭대기에 위치한 D아파트다. 지난 가을 이곳에 왔다가 우연히 D아파트 뒷동산을 바라보게 되었는데, 아! 이게 웬 말인가! 이곳이 무릉도원인가 지상낙원인가! 아름다운 단풍이 뒷동산을 여기저기 수놓은 것이 마치 설악산, 금강산에 온 듯했다. 나는 이에 반해서 즉시 계약하고 이주했다. 이곳에 매료된 것은 그 이후의 일이다. 우선 공기가 맑아 두통으로 고생하던 아내의 머리 아픈 증상이 싹 가셨다고 아내의 극찬이 자자했다. 또한 뒷산 입구에서 동작역까지 이어지는 서달산 자락 길은 뭇 사람들의 마음을 사로잡기에 안성맞춤이다. 서달산(179m) 정상의 2층 누각(동작대)에서는 사방팔방 서울 시내가 한눈에 들어오고 북쪽 북한산, 남산 남쪽 관악산, 동쪽 검단산, 일장산의 전경이 선연하다. 또한 서달산 달마사 뒤 전망대에서 바라보는 전경은 과히 물(한강)과 산과 건물들이 어우러진 하나의 예술 작품을 연상케 한다.

　겨울은 흰 눈이 온 산을 뒤덮어 새하얀 설국을 만들고, 봄에는 여기저기 꽃들로 만발하다. 푸른 숲에서는 이름 모를 새들이 저마다 아름다운 목소리를 자랑하듯 지저귀고 님을 찾는 꿩의 울음소리 요란하고 멧비둘기 지지부꾸하며 울어댄다. 산위에 마련된 정자에서 식구들 모여 싸온 음식 나누어 먹으니 엿 녹듯하다.

새벽 문을 열고 뒷산 입구에 들어서면 상큼한 숲 향기가 코를 즐겁게 한다. 인심은 시골 인심이라 만나는 사람마다 웃는 얼굴로 인사하니 그저 쌓인 근심 걱정 눈 녹는 듯하다.

아! 고맙도다 서달산 흑석골아!

내가 찾던 곳이 바로 여기가 아니던가!

더도 말고 덜도 말고 지금만 같아라!

나 여기 오래오래 살리라!

진짜가 좋아요

언젠가 화원 앞을 지나다가 화분에 담긴 화초가 너무 멋스럽고 보기가 좋아 비싼 값을 주고 구입하여 집 실내에서 길러보았다. 매일 정성껏 물을 주고 햇볕을 쬐어 길렀다. 그런데 시간이 갈수록 잎이 시들고 병들어 원래의 모양을 상실해 갔다. 버릴까 하다가 그래도 한 가닥 희망을 갖고 집 앞마당에 옮겨 심었다. 처음에는 시들더니 며칠 후 봄비를 맞고 난 후에는 옛날 시든 잎이 하나 둘 떨어지고 그 자리에 새잎이 돋아나기 시작했다. 잎의 색깔, 무늬 등도 처음 모습 그대로였다. 이런 걸로 볼 때 역시 인위적인 것보다는 자연 그대로의 땅 기운을 받고 사는 것이 자연의 이치구나 생각했다.

요사히 기술이 무척 좋아 조화를 꼭 생화같이 만든다. 도저히 구별 못해 물어볼 정도이다. 그러나 거기에는 생기도 없고 나비와 벌도 찾지 않으니 생화와 비교가 안 된다. 계절마다 꽃과 잎이 피고 져야 진짜가 아니겠는가.

화룡점점… 하도 용을 잘 그려서 마지막 눈 하나 남겨두었는데 왜 그리지 않는지 물어보니 눈을 하나 마저 그리면 하늘로 날아 올라가기 때문이란다. 물론 용은 입에 여의주를 물고 긴 꼬리에 발가락이 3~5개를 갖는 상상의 동물이긴 하지만 우리의 뇌리에 용은 실재 존재하는 것처럼 느낀다. 이처럼 그림을 잘 그리는 화공의 작품이라도 아름다운 꽃과 산수 전경을 그린 그림을 감상해 보면 역시 자연 그대로와는 비교가 안 된다. 우선 싱그러운 맛이 덜하고 향기도 없어 새와 나비가 찾지 않는다.

요사히 명품가방, 명품시계 등 각종 명품에는 짝퉁이 있어 어느 것이 진짜인지 구별하기 힘들 만큼 진품 같은 가짜가 판친다. 심지어는 계란까지 가짜로 만들 수 있다니 앞으로 인간도 진짜 아닌 짝퉁인간이 출현한다면 우리 진짜 인간이 살아가기가 가히 걱정스럽다.

이처럼 이웃에 피해를 주고 양심을 속이는 사람이야말로 진짜 같은 가짜인간(짝퉁인간)이 아니겠는가.

싱싱한 향과 멋을 풍기는 진짜야 말로 메말라가는 현대를 살아가는 우리에게 촉촉한 단비가 될 것이다.

손(hands)

우리는 자주 휴대폰이나 집 전화기로부터 들려오는 스팸과 보이스피싱 또는 귀찮은 광고 음성을 들을 때 혹은 TV나 라디오를 통해 각종사기와 헤킹, 도난, 살인 사건, 폭행 등 많은 악행들을 보고 듣고 또 직접 피해를 당했을 때 그 짜증이나 분노는 극에 달하게 되고 공포 또한 대단하다 하지 않을 수 없다. 이때 우리는 그 만행(蠻行)을 하는 자의 손을 하느님께서 잘 묶어서 선량한 사람들에게 불의의 피해를 주지 못하게 또는 다시는 그런 악행을 하지 못하도록 해주셨으면 하고 마음속으로 염원하고 기도도 해보았을 것이다.

손… 손… 모든 보고, 듣고, 느낀 것을 행동으로 옮기는 데는 손을 거치지 않는 것이 없다.

손에는 더러운 손, 깨끗한 손, 착한 손, 악한 손, 보이는 손, 보이지 않는 손(invisible hand), 창조하는 손, 파괴하는 손, 빼앗는 손, 나누어 주는 손 등 많은 다른 손들이 존재한다.

그러나 이 많은 손 중에서 가장 훌륭한 손은 서로에게 손을 내밀어 어루만져주고 쓰다듬어주며 손에 손을 맞잡고 평화스럽게 화해하며 어려운 사람을 도와주는 손이 王中의 王의 손이 아닐까 한다.

탐욕(貪慾)

　욕심은 하고자 하거나 가지고자 탐내는 마음이다. 그러나 탐욕은 慾心보다 한 단계 높아 매우 욕심이 많은 것을 이름이다. 인간이 더 멀리, 더 높이, 더 많이 가지려는 욕심은 예나 지금이나 한결같다. 물론 인간이 더 성공하고 부유하고 향상 발전되기 위해서는 어느 정도 욕심은 있어야 한다. 그러나 탐욕은 더 좋은 것에 이르기보다는 결국 나락으로 빠지는 지름길이 아닌가 한다.

　공자(孔子)께서 君子三戒(군자삼계)에서 及其老也 血氣旣衰 戒之在得(급기노야 혈기기쇠 계지재득)이라 말씀하셨다. 즉 노년기에 이르러서는 혈기가 쇠잔(衰殘) 하였으므로 탐욕을 경계해야 한다고 하셨다. 물론 젊어서도 마찬가지지만 노년기엔 더욱 탐욕을 삼가야지 무리하여 노년에 실패하면 더 이상 일어설(회복될) 시간이 없다. 人間의 이러한 탐욕은 결국 만족하지 못하는 마음에서 생기는 것이다.

　명심보감에 大廈千間(대하천간)이라도 夜臥八尺(야와팔척)이요, 良田萬頃(양전만경)이라도 日食二升(일식이승)이라 했다. 큰집이 천 칸이라도 밤에 눕는 곳은 단지 여덟 자면 족하고 좋은 밭이 만평이라도 하루 두 되면 충분히 먹는다는 말이다. 굳이 대궐 같은 집에서 주지육림을 즐기면서 사는 것은 지나친 과시나 욕심이 아닐런지.

　知足者(지족자)는 貧賤亦樂(빈천역락)이오 不知足者(부지족자)는 富貴亦憂(부귀역우)이란 말이 있다. 만족할 줄 아는 사람은 빈천하여도 또 즐거우나 만족할 줄 모르는 사람은 부귀해도 또한 근심한다는 뜻이다. 속담에 99섬 가진 사람이 1섬 가진 자의 것을마져 뺏어 100섬을 채운다는 말이 있다.

景行錄에 이르기를 知足者可樂이나 務貪則憂이니라 하였다.

"만족할 줄 알면 즐거운 것이나, 탐욕에 힘쓰면 근심스럽다"는 이 문구는 역시 위의 명심보감과 일맥상통하다고 할 수 있다.

이처럼 조그마한 일에도 만족한다면 그 기쁨 한량없을 것이며 자연히 탐욕은 사라질 것이다.

茶山先生께서 아들에게 쓴 편지에서 재물을 갈무리하는 방법에 대하여 이렇게 쓰고 있다.

"有形者 易壞(유형자 이괴)요 無形者 難滅(무형자 난멸)이라

凡藏貨秘密(범장화비밀)에는 莫如施舍(막여시사)라

握之彌固(악지미고)면 脫之彌滑(탈지미활)이라 貨也者鮎魚也(화야자점어야)"라 했다.

"형체가 있는 것은 부서지기 쉽고 형체가 없는 것은 없애기 어렵다. 무릇 재물을 비밀스럽게 간직하는 방법에는 베풂 만한 것이 없다. 재물은 미꾸라지나 메기(鮎魚) 같아서 단단히 잡으려 들면 들수록 미끄럽게 손에서 빠져 나간다"라는 뜻이다. 이는 쉽게 설명하면 탐욕을 부려 억지로 재물을 취하려 들면 들수록 돈은 나에게서 멀어진다는 것이다. 즉 돈이 나에게 쫓아오게 해야지 돈을 열심히 쫓으면 돈은 점점 도망간다는 뜻이다. 이렇게 욕심스럽게 벌려고 하지 말고 남에게 보이지 않게 베푼다면 결국 그 열매는 나에게 소리 없이 다가올 것이다.

그러면 이렇게 탐욕을 버리고 맑고 티없이 세상을 살아가는 방법은 없을까요.

나옹선사의 시를 한 번 음미해보고 끝을 맺는다.

"청산은 나를 보고 말없이 살라하고(靑山兮要我以無語)
창공은 나를 보고 티없이 살라하네(蒼空兮要我以無垢)
탐욕도 벗어놓고 성냄도 벗어놓고(聊無怒而無惜兮)
물처럼 바람처럼 살아가라하네(如水如風而終我)"

너무나도 멋진 말이다. 이렇게 하기란 성인군자가 아니면 하기 힘들겠지만 너무 과도한 욕심을 버리고 항상 만족하는 생활을 영위할 때 정말 티없고 맑고 밝은 삶이 되지 않겠는가.

설익은 선행(善行)

　어느 날 반포고수부지 내 서래섬을 산보하다가 열심히 헤엄치며 노는 새끼 오리 4마리를 발견하고 저렇게 귀엽고 작은 동물이 어떻게 물에 떠서 다니는지 신기해서 흥미롭게 보고 있노라니 그 중 한 마리가 물속을 가라앉았다가 올라왔다가를 반복하며 다른 3마리와는 다른 모습을 하고 있었다. 자세히 보니 낚시꾼이 던진 지렁이를 끼운 낚시 바늘을 삼킨 듯했다. 하찮은 동물이긴 하지만 나머지 3마리는 무척 형제애가 강했는지 낚시긴 한 마리를 놔두고 자기들끼리만 가기가 어려웠던 듯 가지 않고 옆에서 계속 속을 태웠으리라.

　나는 너무 안타깝고 불쌍해서 어떻게 해서든지 살려야 한다는 집념 하나뿐이었다. 구조를 하려니 뭍과 거리가 있어 팔이 닿지 않았다. 마침 들고 있던 우산으로 팔을 뻗어 건져 보려고 발은 딛는 순간 비에 젖은 이끼 낀 돌에 그만 미끄러지고 말았다. 순식간이었다. 오른쪽 발엔 피가 낭자하고 발목마저 삔 듯했다. 그러나 구하려든 새끼오리는 어떻게 해서든지 구출하고 싶은 마음뿐이었다. 노력 끝에 겨우 건져서 관리사무소로 가져 가려하는 데 발이 말을 듣지 않는다. 지나가던 사람들에게 부탁해 보았지만 무심히도 지나갈 뿐이다. 걱정하고 있는데 마침 팔순 정도 된 노인이 지나다가 이를 발견하고 자청해서 일을 도와주셔서 천만 다행이었다.

　며칠 후 궁금하여 목발을 짚고 다시 서래섬을 가 보니 다행스럽게도 노란 예쁜 4마리가 평화롭게 놀고 있었다. 너무 기쁘고 고마워서 만세를 부를 정도였다. 그러나 고장난 나의 발목은 그간 무척 고생하며 치료

115

를 받았으나 10여 년이 지난 지금도 완전치 못하고 그 여파가 무릎까지 와서 고생이 이만저만이 아니다.

나는 곰곰히 생각해 본다. 선행을 하면 복이 온다는데 나에게는 도리어 화가 미친 것을…. 이는 분명 평소 선행을 잘 하지 않던 자가 갑자기 마음에도 없는 짓을 하니 조물주께서 복을 내리시는 것이 아니라 화를 주신 거라고…. 선행은 소리 없이 해야 한다는데 너무 시끄럽게 떠벌린 모양이었다.

고기도 먹어 본 사람이 먹는다고 선행도 자주해 본 사람의 몫이구나 하는 생각을 해본다. 지금이라도 이런 풋내기 선행이 아닌 진심에서 우러나는 선행을 자주 자주해서 남에게 귀감이 되는 그런 인간이 되어 보리라 다짐한다.

음모(陰謀)

음모는 모르게 일을 꾸미는 꾀를 말한다. 인간은 어렸을 때부터 거짓말을 배우며 자란다. 거짓말도 아주 악질 거짓말, 건전한 거짓말, 어쩔수 없이 하는 거짓말 등 많은 거짓말이 난무하지만 어떠한 경우이든 거짓말은 좋지 않음은 말할 필요가 없다. 음모(陰謀)도 남모르게 나쁜 일을 꾸미는 행위이니 일종의 거짓말이 아닐 수 없다. 금융기관이 수익률을 속이며 고객은 뒷전이고 자기들에게 유리한 상품을 판매하는 행위, 특히 증권사의 펀드와 주식 거래 등을 보면 증권사 직원이나 에널리스트 등이 추천하면 상승은커녕 하락하는 경우도 많다고 한다. 주식매매로 수익과 실적을 채우면 그만이다라는 생각을 갖는지는 모르지만 오죽하면 그들과 반대방향으로 투자하면 성공할 수 있다는 우수갯소리까지 들릴까.

보험사들의 판매 보험도 과연 그들이 제시한 수익과 보장을 기대할수 있을까? 나는 20여 년 전에 매달 일정액을 불입하면 연금 수령시 큰 액수를 보장한다는 보험설계사의 말을 믿고 착실하게 불입했는데 만기가 되어 연금수령을 하려고 보니 처음 약속한 금액에 턱 없이 부족하여 항의를 하니 아주 작은 글씨로 유혹한 흔적이 역력하다. 기막힌 음모가아닐 수 없다. 병원도 마찬가지다. 어느 한 병원에서 종합검진을 하면 아주 작은 부분도 다 자아내어 다음해에도 거기를 이용하지 않을 수 없도록 한다. 필자는 그것도 모르고 고급 검진이라며 십여 년간 갖다 바친 돈만 수천만에 달한다.

정부의 물가관리도 체감물가는 천정부지인데 정부에서 발표하는 물가지수는 0%대라니 우리가 피부로 느끼는 수준과는 거리가 멀다. 국민을 속일 의도는 없다하더라도 피부에 와 닿는 지수관리를 개발해 주었으면 한다.

또한, 각종 제조공장을 보자. 단속하면 지키는가 싶다가도 비가 오면 하천으로 지독한 오폐수를 몰래 흘려보낸다. 자기 잇속만 채우면 그만이고 자연환경이나 국민 건강은 안전(眼前)에도 없는 듯하다.

이제 우리 사회는 서로 속이고 서로 먹고 먹히는 약육강식의 사회가 되어 간다. 자기와 자기 가족 밥그릇 챙기기에 바쁘고 나머지는 outsider다.

이처럼 각자 이익 챙기기에 바쁘다 보니 사회는 점점 피폐해지고 각자 뜯어먹다보니 국가는 뼈만 남은 형국이다.

이제라도 음모꾸미는 행위는 중단하고 또 자기 몫 챙기기는 자재하여 이웃과 사회, 국가발전에 이바지하는 일원(一員)이 되자.

메마른 가슴에 비가 내린다(짧은 자서전)

주룩주룩 비가 내린다. 메말랐던 산야(山野)의 초목은 푸르름을 더 하고 먼지 끼고 오염된 대지를 말끔히 씻어준다. 메말랐던 내 가슴은 시원하고 내리는 빗소리는 아름다운 멜로디다.

누가 비오는 날을 공치는 날이라 했던가.

누가 비오는 날을 우울하다 했던가.

주룩주룩 내리는 비는 나의 마음을 활짝 열어주고 메말랐던 가슴을 후련히 적셔준다.

나는 정해년 4월 20일 안동군 도산면 분천리 150번지 선비의 3째로 태어나 어릴 적부터 철없이 놀면서 부모의 속을 썩였고, 중학시절(안동중학교)엔 面部출신이라 市部 출신들과 경쟁하느라 힘들었다.(그러나 계속 우등생이었다) 또한 어린시절(중·고등학교)부터 객지에서 자취하느라 제대로 된 음식조차 먹지 못하고 자랐다. 고교시절엔 대도시(대구)에 유학 와서 각지에서 온 학생들과 경쟁하느라 고생했고, 비싼 물가 속에 공부하느라 더욱 힘든 시기를 보냈다.

고교졸업 후 외로운 서울에서 첫 직업전선(은행)에 뛰어들어 힘거운 직장생활과 못다한 학업(대학)을 병행하느라 그 고생 이루 말할 수 없었다.

마침 군대생활(KATUSA, 춘천 켐프페이지)은 나에게 커다란 희망과 위안 그리고 즐거움을 주었다.

그 후 결혼하여 3자녀(2녀 1남)를 두며 가정을 꾸렸으나 태어난 아이들의 교육문제로 동분서주하며 골몰한 나날을 보낸 것도 언제였는 듯 어느덧 아직 아이들 뒷바라지도 제대로 다 못한 채 IMF라는 외환 위기로 퇴직이라는 청천벽력 같은 현실을 맞게 되었다.

퇴직 후에도 멋있게 제2人生을 살아보려고 노력했으나 세상은 그리 호락호락하지 않았다. 이순(耳順)의 후반에 부끄럽고 어리석게 시작한 작품활동(시, 수필, 서예)은 허황한 꿈 그대로였다. 이는 모두 부질없는 나의 慾心에서 비롯된 것이리라.

이처럼 나에게는 비가 내리지 못하고 황폐하기 그지없는 그 자체였다.

그러던 차에 어느 스님이 쓴 수필집을 읽고 나도 이제 아무리 발버둥 쳐봐야 아무소용이 없으며 이미 이순의 중반을 넘어서고 있어 슬슬 무거운 짐과 탐욕을 내려놓아야겠다는 생각을 하게 되었다. 그랬더니 60 여 년을 황폐하고 메말랐던 나의 가슴에 주룩주룩 단비가 내리기 시작했다.

내 가슴에 내리는 비는 바깥에서 하염없이 내리는 비와 조금도 다를 바가 없다할 것이다.

비야! 평생 찌든 내 가슴과 마음의 상처에 주룩주룩 시원하게 내려 흠뻑 적셔다오.

시간은 거스를 수가 없구나

오늘은 아침 일찍 대구로 향했다.
인생의 갖은 풍파 견디시다 이제 병든 몸으로
대학병원에 입원해 계시는 우리 둘째누나
핼쑥하고 뼈만 남은 우리 누님
어릴 적 우리를 키워주시고 사랑해 주시던 누님
어린 학창시절 귀하디귀한 비계 한 점을
신문지에 싸서 우리 자치하던 집을 찾아오셔서
물을 한 솥 넣고 끓여
우리 형제들 실컷 물배 채워 주시던
인자하신 우리 누님
이제는 볼 날이 멀지 않아 가슴 메입니다.
우리들과 고향마을 기슭에서
생사고락을 같이 하시던 우렁골댁
우리 작은 어머님
이제 98세로 눈은 멀고
그 좋으시던 신체는 한 줌으로 오그라들고
이제 외로운 요양원에서
가실 날만 기다리시는구나.
작은 어매! "걸이 왔어요." 힘차게 불러도
"감사 하이더"만 계속 되뇌입니다.
아! 슬프도다!
시간은 거스를 수가 없구나!

어머니 그리운 나의 어머님

어머니 가신지 어언 5년, 세월이 유수 같습니다.
상수*를 3년 남기시고
어느 날 홀연히 우리 곁을 떠나신 어머니
그 모질던 시집살이 자식양육
이루 말할 수 없는 고생만 하시다 떠나신 어머니
가끔 꿈에 나타나서도 선한 모습 보일 뿐
아무 말씀도 없으신 어머니
이제 보고파 아무리 불러 보아도 대답이 없으십니다.
밥 위에 호박잎 삶아 된장에 싸서 먹던 그 맛
이제 먹어볼 수가 없습니다.
오랜만에 귀향하면 맨발로 뛰쳐나오시며
반겨주시던 발자국 소리 이젠 들을 수가 없습니다.
우리 모자 방에 누워 흘러간 옛 이야기 나누던
그 아름다운 당신의 목소리 이제 들을 수가 없습니다.
몸이 아프서도 아프시다 말씀 않고 혼자 괴로워하시던
어머니의 강인한 의지 이제 볼 수가 없습니다.
구부러진 허리에 흰 고무신 신으시고
동네방네 다니시며 자식 자랑하시던
당신의 모습 이제 뵐 수가 없습니다.
사랑하는 어머니 그리운 나의 어머님
이 몹쓸 불효자식 용서해주세요.
잊으려해도 잊을 수 없는 그리운 나의 어머니시여!

*상수 : 100세

122

이별

그대, 이별의 애절한 아픔을 아는가
그대, 이별이 가져온 고독을 맛보았는가
그러나
그대, 이별과 외로움으로 너무 괴로워 말라
인생이란 어차피 이별해야 하고
인생이란 결국 홀로남는 고독을 맛보아야 하는 것
그래서
그대, 너무 사랑하지도 말고
너무 미워하지도 말라
너무 사랑하면 이별의 고통을 견디기 어렵고
너무 미워하면 적이 될 수 있는 것이니
그저 무덤덤하게 지내라
그러면
고독의 아픔도
이별의 괴로움도 겪지 않으리.

새와 인간

저 푸른 숲속에서 지저귀는 많은 새들
그 소리는 달라도
그 바라는 바는 한결 같고 간결하겠지

이 세상 저 많은 사람들
그 말소리는 같아도
그 요구하는 바는 마치
여기저기 못불 터지듯 수만 가지

새들의 노랫소리는
산천을 아름답고 풍성하게 하지만
거친 인간들의 말소리는
듣기 거북하고 민망하지

들어도 못들은 듯
보아도 못 본 듯
말하고 싶어도 그저 묵묵
무위자연 같은 사람이 되라.

아낌

돈, 말[言], 행동, 시간, 화 등은 아껴야 한다.
三思一言(行), 寸陰不可輕 이란 격언을 명심하라.
안전, 자선, 기부, 웃음, 노력 등은 아껴서 안 된다.
安全第一, 이웃사랑, 웃으면 복이 온다,
노력 끝에 성공 있다 등의 말을 상기하자.
아껴야 하는 것은 그 실행(實行)이 어렵고
소홀하기 쉽다.
아껴서 안 되는 것도 소홀하기 쉽다.
성인, 위인, 성공한 자, 성실 정직한 자 등은
아껴야 하는 것에 소홀하지 않았고,
마음이 가난한 자, 부덕한자(不德者), 악덕한 자, 개으른 자
등은 아끼지 말아야 하는 것에 소홀하기 쉬우니
그 어찌 자기의 잘되고 못됨에 대하여
하늘을 원망하고 남을 미워하고
스스로를 학대하려 하는가.

훌륭한 사람

사리사욕(私利私慾)에
초연할 수 있는 사람은 聖人이고
사지삼혹(四知三或)에
빠지지 않는 사람은 아성(亞聖)이다.
국가와 민족을 위해 목숨을
바친 사람은 진정 우리의 영웅(英雄)이고
백성을 잘 돌보고 잘 살 수 있도록
선정을 베푸는 목민관(牧民官)은
누가 뭐라해도 진정 위인(偉人)이다.
인류의 안녕(安寧)과 평화(平和)를 위해
끊임없이 창조하는 사람은 현인(賢人)이며
있어도 없는 듯
없어도 있는 듯
하지 않는 것 같아도 이루지 못하는 것 없는
무위자연(無爲自然) 같은 사람이
진정 훌륭한 사람이다.

*삼혹 : 술, 여자, 재물
*사지 : 하늘, 땅(귀신), 너, 나

사랑하는 가족에게

　여보! 우리가 결혼한 지가 어언 반세기가 되어갑니다. 그간 이 못난 남편 뒷바라지하느라 뼛골이 사무치도록 힘든 세월 보낸 것 내 잘 알고 있소. 돌이켜보면, 그렇게 힘들게 하지 않아도 되었을텐데 하면서 후회하고 뉘우쳐도 이미 때는 늦은 듯하오. 하소연 같지만 이내 마음을 진정 이해해 주기 바라오. 물론 믿지 못하겠지만 내가 저승을 간 후 또는 내가 쓴 글들을 읽어보면 거짓이 아니었음을 알 게 될 거요. 여태껏 내가 한 짓이 대부분 당신과 자식 걱정 때문이었소. 나는 가정을 성심껏 돌봐야하는 가장이고, 가족의 건강과 행복을 책임져야 하는 최후 보루인지라 어찌 후일의 일을 걱정하지 않을 수 있겠소. 물론 그런 못된 행동에는 나의 타고난 성격이 큰 몫을 한 줄 알고 있소. 너무 소심하고 강직하며 완벽주의로 살다보니 당신과 아이들에게 마음 상하게 한 적 많았겠지요. 내가 당신이나 애들에게 한 거의 모든 것은 정말 나의 노파심이었고 진심이었소. 예를 들면 문단속 철저, 철저한 절약정신, 애들에게 엄했던 것, 걱정 많은 성격, 잔소리, 오만가지 간섭, 잦은 화나 신경질 등 당신 마음에 들지 않은 많은 일들이 과연 나의 사심 때문이었겠소? 당신이 외출 후 정해진 시간까지 집에 오지 않는 날은 갖은 걱정거리로 눈앞이 어른거렸다오. 길 눈 어두운 당신이 길을 헤매지나 않는지, 혈압이 높고 다리가 성치 않는 당신이 어디에 쓰러져 있지나 않는지, 또는 누가 당신에게 해를 끼치지나 않는지 등 쓸쓸히 집안에 앉아 별의 별 상상을 해 보는 나의 심정을 당신은 이해할 수 있는지요. 가끔 당신은 나의 이런 행동이 기우이고, 나의 그 걱정 많은 성격 때문이라고 오해하는 것

같이 생각되었소. 가끔은 내가 당신과 다른 여자와 비교해서 잘하지 못하는 것이 있으면 화를 낼 때도 많았으나 이건 순전히 나의 자존심의 발로였지 당신을 미워하는 것은 아니었소. 또 당신이 늦게 집에 돌아온 경우 당신에게 신경질 내지 화를 버럭 낼 때도 있었지만 이는 안도의 한숨으로 인한 나의 절규였다는 것으로 이해해 주오.

애들아! 사랑하는 아들딸들아! 나는 본래 너희들에 대한 애착이 너무 강했기 때문에 너희들이 이해 못하는 언행이 많았고 불같은 성질도 부렸단다. 이는 모두 너희들에 대한 진정어린 마음 속의 애착 때문이었고, 다 너희들 미래 걱정 때문이었단다. 겉으로는 매몰차도 마음속은 그렇지 않았다는 것을 세월이 흐른 먼 훗날에는 알게 될 거다. 아무쪼록, 부모 곁을 떠나더라도 건강하고 착실한 삶을 살기 바란다. "화목하고 명랑한 가정에서 근검하고 성실한 인간이 되자"는 우리집 가훈을 간직하면서.

여보! 이제 70을 바라보는 나이에 나도 많은 것을 내려 놓으려고 하오. 그 칼 같은 성격과 하늘을 찌를 듯한 욕심 말이요. 이제 애들도 직장잘 다니고 있고 부모로서의 마지막 임무인 결혼과 독립만 잘 시켜주면 우리에게 마지막 남은 소원은 당신과 같이 건강하게 살다가 이 세상을마치는 일이오. 간간히 폭발하던 정나미 떨어지는 잔소리도 다 추억으로 돌리고 서로 용서하고 이해하며 삽시다. 마지막 가는 날까지 건강하고 행복하게 살아봅시다.

-못난 남편과 아버지

갈등(葛藤)

어느 마을에 어버이 나무와 형 葛(갈)과 동생 藤(등)이 평화롭게 살았다.
어버이 나무는 중앙에서 자식들 견인하며 보호수 되었고
자식들은 형님 먼저 아우 먼저 하며 우애 있게 지냈다. 어느덧
세월이 흘러 자식들은 어버이 보호 아래 무럭무럭 자라 성인이 되었고 이제
서로 높이 올라가고 많이 가지려고 뒤엉켜 누가 누구인지 알 수 없다.
서로 몸을 배배 꼬며 어버이를 옥죄며 싸우니
고래싸움에 새우등 터지듯
어버이는 숨도 쉬기 어렵고 햇빛보기도 어렵다.
사정하고 애원하며 달래도 사방에서 옥죄어오니
질식하기 직전이네.
"어차피 처음부터 인연을 만든 게 내 잘못이니
자업자득 아니더냐,
내 발등 내가 찍고 나니 원망할데 없더라" 하며
나무는 한탄한다.
"봄이 되면 아름다운 꽃 피우고
달콤한 향기 온 마을 진동했었지" 하며,
옛 향수 미련을 버리지 못한다.
이제라도 늦지 않았다는 듯
나무와 칡과 등 형제가 애처롭게 얽혀 있는
넝쿨 위로 환한 보름달이 내려 보며 웃고 있다.

*葛(갈) : 칡, 藤(등) : 등나무

129

변동(變動)

목석 같은 바위도
비바람에 깎이고
파도에 깎여
얼근얼근 얼금뱅이 되고
매끈매끈 매끈이가 된다.
사계절 푸르름 간직한 송죽도
지조와 절개를 지키는 성인군자도
세월의 변화를 비켜가기 어려운 법.
세상에 변화지 않는 것이 없다(變).

태양이 힘차게 솟아오른다.
바람이 부니 파도가 일렁인다.
구름이 흘러가고 이에 맞추어
어부도 통통배 몰고
먼 바다로 나간다.
이에 질세라
바다 속 고기들 활발하고
해초들 이리저리 흔들린다.
세상만사 움직이지 않는 것이 없다(動).

말[言]

감사하단 말이
기계가 윤활유를 만난 듯하고

사랑한단 말이
떡이 꿀은 만난 듯하며

행복하단 말이
고기가 물을 만난 듯하고

미안하단 말이
가뭄에 단비가 내린 듯한다면

고디우스 매듭처럼
복잡하게 얽히고설킨 사연
시원스럽게 풀리지 않을까요?

수많은 나날을 양심을 속이고
어긋난 행동으로 점철되었던 일들
선한 마음과 행동에 씨줄 날줄 얽히듯
단단히 엮일 때
튼튼한 사회가 되지 않을까요?

나의 十誡命

(일) 그러진 행동을 하지 말자.

(이) 해하며 살자

(삼) 사일언(三思一言)하며 살자.

(사) 고(思考)하며 살자.

(오) 해 받는 행동하지 말자.

(육) 체를 튼튼하게 가꾸자.

(칠) 전팔기 하는 정신자세를 갖자.

(팔) 을 걷어붙이고 일을 해결하는 자세를 갖자.

(구) 태의연한 행동을 삼가자.

(십) 시일반 돕고 살자.

수상(隨想)

내가 그대를 좋아하는 이유는
언제나 나를 보면 보름달처럼
환하게 웃어주기 때문입니다.

내가 그대를 싫어하는 이유는
바깥으로 나타난 그대의 표정이 아니라
그대 마음속의 이글이글 불타는
증오 때문이라오.

내가 가장 슬퍼하는 것은
누가 나를 눈물나게 해서가 아니라
내 스스로 내 마음을 관리하지 못하는
자괴감 때문입니다.

내가 가장 두려워하는 것은
무서운 맹수나 칠흑 같은 산길을 걷는 것
또는 가난이나 날카로운 총칼이 아니라
내 스스로 수양이 부족함을
내 스스로 느끼지 못함에 있습니다.

내가 가장 기분 좋은 때는
그대와 내가
서로 공감하고 이해할 때입니다.

숙명(宿命)의 변(辯)

아름드리 나무도
화분에서 자라면
화분 크기에 맡겨지고
저 큰 강에서
수 미터씩 자라는 코이도
어항에서 자라면
불과 몇 센티로 살아간다
새장에 갇힌 새
울음조차 처량하다
새장을 박차면
저 푸른 창공을 힘차게 날면서
아름다운 노래를 부르겠지
작은 그릇에 태어난 그대
그 숙명이라고 생각지 말라
처음부터 왕후장상 없듯이
그 숙명의 굴레 벗어던지면
성인도 되고 왕도 될 수 있는 것
현재의 작은 잣대로
그대를 재지 말고
미래의 큰 잣대로 재어보자.

잠언(箴言) 한 마디

1. 뛰지 마라 : 뛰어 봐야 벼룩 신세니라.

2. 서둘지 마라 : 콧방아 찧는다.

3. 뽐내지 마라 : 비웃음 사느니라.

4. 오만하지 마라 : 떨어져 다치느니라.

5. 뒤돌아보지 마라 : 가야할 길은 앞에 있느니라.

6. 화내지 마라 : 수명 단축 되느니라.

7. 욕심부리지 마라 : 재산은 미꾸라지 같으니라.

8. 올라가지 마라 : 어차피 내려올 것을…

9. 찾지마라 : 때가 되면 나타난다.

10. 말 많이 하지마라 : 상대도 말하고 싶어 하느니라.

자탄(自歎)

내 인생길은 오솔길이었다
걸어도 걸어도 대로는 보이지 않았다

내 인생 길은 어둠이었다
찾아도 찾아도 빛은 보이지 않았다

내 인생길은 항상 2류였다
1류로 오르려고 부단히 노력했으나 역부족이었다

내 인생은 욕심으로 점철되었다
더 가지려고 갈망했으나 그 헛된 꿈은 더 멀리 도망갔다

내 인생길은 절망뿐이었다
희망을 찾으려고 동분서주했으나
한낱 헛된 꿈이었다

내 인생 길은 불행의 연속이었다
행복을 찾아 한없이 헤매었으나
바로 옆에 있다는 것을 모르고 살았다

그러나
대로를 찾고 1류를 갈망하고
희망과 행복을 찾으려고 부단히 노력했으나
나 본시 부족하게 태어난 몸이라
끝내 좌절하고 말았노라.

화

화는 좁쌀 같은 조그마한 것에서 원인이 되고
헌 신짝처럼 하찮은 일에서 시작된다
물결이 일어 어느 것은 큰 파도가 되어 부서지는가 하면
어떤 것은 조용히 뭍에 도달하는 것도 있다
좁쌀이라고 깔 보지마라
좁쌀이 모이면 큰 가마니를 이루고
바늘 도둑이 황소도둑 된다는 것을 유념하라
화낸다고 해결 된다면 화 안 낼 사람 있겠는가
오히려 해결의 실마리를 멀어지게 하리
크게 되기 전에 마음의 문을 활짝 열어 조용히
가슴에 손을 얹고 다시 생각하는 자세가 필요하다
조금만 참으면 모면할 수 있는 것을
울컥하는 마음으로 모든 것을 망치리라.

한 발짝 쉬어가자

어떤 일이 아주 하기 싫을 때
정신은 혼미하고 몸은 가라앉아
꼼짝도 하기 싫을 때
무작정 오기로 하려하면
일은 잘 되지 않고 마음은 더욱 힘들어진다.
이때 한 발짝 뒤로 물러서서
가슴에 손을 얹고 심호흡하며
잠시 모든 일을 잊어 버려라.
그러면 어느 땐가 자기도 모르게
별 일도 아닌 걸 가지고 괜히 괴로워했네
하며 새로운 생각과 힘이 용솟음치며
일은 아주 쉽게 풀리게 됨을 알 수 있다.
어렵고 힘들면 쉬어라!
그리고 즐겨라!
마음으로! 행동으로!

未生과 妙手(미생과 묘수)

三抛(삼포) 세대들이여!
三抛를 抛棄(포기)하면
부와 명예 행복의 삼포(三包 : 三包含)를 얻으리라.
흙수저로 태어난 젊은이들이여!
흙속에 금이 있으니
흙수저로 열심히 파내면
금수저가 쏟아지리라.
88만원세대들이여!
절망을 희망으로 바꾸면
880만 세대가 됨은 자명하리라.
80代 老人도 희망과 용기를 가지면
20代의 젊음을 향유할 수 있고
20代의 젊은이도 희망과 용기를 버리면
80代 老人과 다를 바가 없을 것이니
3포, 7포, 88만, 흙수저 세대들이여!
절망(絶望)하지 마시라!
절망 대신 희망과 열정을 가지면
분명히 오묘한 묘수(妙手)가 있어
죽어가던 未生도 生還되어
승리의 여신이 그대들을 기다리리라!

관심(觀心)

남에게 관심을 갖지 않는 것보단
관심을 갖는 것이 훨씬 좋다.
물론 나쁜 감정으로서의 관심이 아니라
긍정적이고 호의적인
태도로 갖는 관심말이다.
그러나 무관심하게
너는 너 나는 나처럼
그저 무덤덤하게 지낸다면
그나마 한가닥의 인연도 끊어질 것이니
좋은 인연을 스스로 포기하지 말자.

관계(關係)

부모와 어린 자식 관계는
마치 성공과 만족의 관계처럼
원만한 부부관계가 형성될 때만이
어린 자식의 밝은 미래가 보장된다.
그렇지 못하면
그 어린 자식의 미래는 암울해진다.

말[言] · II

인간은 망각의 동물이라 했던가
자기가 한 말은 금세 잊어 버린다
그러나 타인에게서 들은 불쾌하고
좋지 못한 말은 절대 잊혀지지 않는다.
반대로 내가 타인에게 한 좋지 않은 말은
타인으로 하여금 뇌리에 사라지지 않게 한다.
그러므로 좋은 인간관계를 위해서는
말의 중요성을 깊이 깨닫고
조심하고 또 조심해야 한다.

말[言] · III

말은 하지 않는 것보단
서로 공감하는 좋은 말은
하는 것이 더 낫다.
훗날, 후회하거나
뉘우치는 일이 없는
그런 말은
목석같이 침묵만 지키는 것보단
훨씬 나으리.

시작(始作)

시작이 반이다라는 속담이 있다.
그러나 이것은 너무 싸구려가 아닌가.
우리 모두에게는 시작이 90%라는 속담이
기다리고 있다.
사람들은 대개
실패의 두려움이나 용기부족, 개으름 등으로
머뭇거리다가
시작도 해보지 못하고 인생 종말을 맞는다.
하루가 한 달 한 달이 일 년 일 년이 평생이 되듯
나도 모르게 지나가는 것이 세월이다.
그대들이여!
하루하루 미루지 말고 바로 지금 시작하라!
지금 시작할 수 있는 용기를 갖자!
그러면 구름 속의 태양도 언젠가는 다시
얼굴을 내밀고 밝은 빛을 발하듯
자기도 모르게 종착점에 도달되었을 알리라.
미루다가 손도 대어보지 못하고 우물 쭈물 하다보면
아무것도 이룬 것이 없을 것이니
이룸과 못 이룸은 하늘과 땅 차이 아니겠는가.

확률(確率)

꼭 일어나지 않았으면 하는 일은
확률이 1%이라도
100%일 것 같고,

꼭 이루어졌으면 하는 일은
확률이 100%이라도
1%도 이루어지지 않을 것 같다.

이는 모두 마음에 의한 것이니
최선을 다하고 기다리면
하늘인들 어찌 하겠는가.

수
필
(隨筆)

등산의 묘미

　얼마 전 신(神)만이 산다는 히말라야(최고봉 : 에베레스트 8848m) 8000m 급 봉우리 16좌를 정복한 엄홍길 대장(隊長)의 등정 이야기와 등정 중 조난당해 히말라야 산에 몸을 불사른 대원들의 시신을 찾고 운구하기 위해 꾸린 휴먼원정대가 극한상황에서 사투를 벌이는 감동어린 동료애를 그린 영화 히말라야를 보고 인간의 도전정신과 그 인간애는 과연 끝이 어디까지인지를 생각해 보는 계기가 되었다.

　혹자는 왜 그런 위험한 도전을 해가며 산을 오르고 왜 그렇게 어렵게 시신을 찾고 운구하느냐(헬리콥터를 이용할 수 있지 않느냐) 하지만 그러나 인간의 도전과 정복 욕심은 그것을 해보지 않은 사람은 모를 것이고 또 죽음과 바꾸려는 인간애 또한 산인(山人)이 아니면 감행할 수 없는 일이 아닌가 한다. 심지어 우리 아마추어 등반가들도 국내외의 별로 높고 크지 않은 산을 가 보아도 그 정상에 올라가 본 것과 중도에 포기하는 것은 느끼는 강도가 천지 차이가 아닌가 한다. 즉 정상 정복을 했을 경우 그 환희와 성취감은 이루말할 수 없을 것이다.

　내가 등산에 묘미를 느끼며 첫발을 내디딘 내력은 이렇다. 처음에는 약수물을 뜨기 위해 동네 약수터 정도 다닌 게 고작이었다. 즉 동네야산이 전부였다. 그러던 것이 어느 순간 등산 붐이 일어나면서 나로 하여금 산타기에 몰입하는데 불을 당겼다.

어느 날 친구들끼리 모여 술을 한 잔 주고받다가 우리도 이제 동네산만 갈 게 아니라 좀 더 큰 산을 올라보는게 어떠냐며 의기투합한 것이 3.18 등산모임(중학교)으로 결성되는 계기가 되었다. 초창기에는 서울시내의 관악산, 청계산, 북한산, 검단산, 남한산성(일장산) 등을 등반하게 되었고, 좀더 실력이 쌓이니 설악산, 한라산, 지리산, 덕유산 등 큰 산도 타게 되었다. 더 나아가 외국산(후지산, 다이엔산, 황산, 삼청산 등)도 가는 오기를 부렸었다. 이때 한창 등산 붐이 일자 등산장비도 기능이 향상되고 패션화될 정도로 좋은 장비와 옷이 개발되어 금상첨화가 되었다. 요사이는 더 심하지만 그 당시도 좋은 옷, 좋은 장비를 갖추고 등산해야 주목을 받고 긍지도 느낀 듯했다.

나도 당시 국내 유명회사 제품의 등산장비를 고가에 많이 구입하여 멋도 부려보았는데 '가방 크다고 공부 잘하나' 하는 꼴이 된 셈이었다.

그 후 회사에서 퇴직하여 회사동기들의 모임인 석심산악회를 결성하여 한 달에 4번 등산을 하는데 중학교 모임과 마찬가지로 산을 잘 타는 산악인이 있어 등산을 배우는데 큰 도움이 되었다. 거기다가 고등학교 등산모임도 결성되고 대학동기들 등산모임도 결성되어 퇴직 후 과로사한다는 말이 실감날 정도로 휴대폰이 불을 뿜었다.

이는 모두 친구들과의 우의를 다지고 더 나아가 장수를 위한 건강다짐이 목적이지만 사실은 등산을 마치고 하산하여 술 한 잔하며 먹는 음식 맛의 묘미에 젖어 있는 듯하다.

이제 모두 퇴직한 후라서 친구 만나지 않으면 별로 할 일이 없는 백수 신세라서 우리에게 가장 중요한 것은 친구간의 우정을 다지고 건강을 지키는 것이 최상의 목표가 되었다.

우정은 산길과 같아서 자주 만나고 대화해야만 우정이 지켜진다고 한다. 산길은 몇 번만 다니지 않으면 풀이 우거져 금방 길이 없어지지 않는가. 마찬가지로 우리 우정도 서로 자주 왕래하지 않으면 금방 잊혀 진다. 이러한 우정을 돈독히 할 수 있게 하는 것이 등산모임일 것이다.

이러한 등산이 건강이나 우의를 다지는데 최고이기는 하나 현재까지 내가 겪어 본 등산은 산을 높이, 빨리 올라가는 위주였다. 즉 정상을 꼭 정복해야 하다 보니 주위 아름다운 자연을 감상하고 즐기는 것을 외면한 채 빠른 시간 내에 올라갔다 내려오는 것이 여태까지 우리의 산 타는 모습이었다. 우리는 경쟁사회에서 이기기 위해 뒤도 돌아보지 않고 앞만 보고 달려왔기 때문에 그 습성이 등산에 그대로 배어있는 듯하여 씁쓸하다.

나는 몇 년 전 지리산 둘레길 274km를 9박 17일에 걸쳐 걸은 적이 있다. 하루에 보통 20km 이상을 걸어야 목적지까지 갈 수 있었다. 그러다 보니 도중에 아름다운 경치나 이 곳의 풍습, 유적 등을 두루 살피며 조용히 걸어야 하는 묘미는 잊고 해가 저물기 전에 목적지까지 가야 한다는 심리적 압박 때문에 앞만 보고 급히 걸을 수밖에 없었다. 지리산 둘레길을 마감하며 여행기라도 써 보려고 했으나 급한 여정에 매달리다 보니 쓸 재료가 없어 후회스럽다. 그 후 서울둘레길, 강릉 옛길 등 많은 둘레길을 걸었으나 지리산 둘레길을 걸을 때나 매 한가지가 되었다.

나는 몹시 급한 성격의 소유자다. 그래서 등산을 함으로써 마음의 여유를 느끼고 마음을 정화(안정)시켜 볼까하고 등산을 시작했다. 등산을 하다 보면 멤버들 중 산을 잘 타는 사람이 있는가하면 그 반대도 있어 이들과 호흡을 맞추기가 무척 힘들다. 그래서 나는 후미에서 잘 못타는 그룹에 끼어 자연을 감상하거나 재미있는 이야기를 하며 급한 성질을 느긋하게 해 보는 습관을 들이려하나 선두가 워낙 재촉하니 참으로 호흡 맞추기가 어려울 뿐만 아니라 힘든 등산을 하게 된다.

어느 산악회를 따라 청산도를 간 적이 있다. 여기서 나는 모처럼 몸과 마음의 여유를 갖고 자연의 고마움을 느끼는 슬로시티정신을 마음껏 누려보았다.

백수가 무슨 급한 일이 있겠는가. 물론 백수가 아니더라도 능력에 맞춰 여유를 갖고 등산을 즐긴다면 한결 즐거운 등산을 할 수 있을 것이다. 마치 무슨 경주나 하듯이 정상에 빨리 도착하는 것이 자랑이라도 되는 것처럼 생각하는 것이 우리의 현실이다. 한국인이 가장 좋아하는 취미 1위가 등산이고 또 국토의 70%가 산이여서 주말이나 휴일이 되면 배낭을 걸쳐메고 이산저산 가고 싶은 데로 갈 수 있는 나라가 대한민국이 아닌가 한다. 그런데 너무 무리하다가 조난당하는 경우도 많다. 이는 산을 경건히 대해야 함에도 깔보고 무리한 행동을 한 것이 원인이 아닐까 한다. 즉 준비를 제대로 안하고 무리하게 등산하다 당한 사고가 대부분일 것이다.

얼마 전 일본의 70대 노인들이 큰 산을 무리하게 오르다가 많은 사상자가 생겼다는 뉴스를 본 적이 있다. 날씨가 별로 춥지 않다고 조끼만 입고 간 사람도 있었다고 한다. 산을 너무 얕본 것이다. 우리나라에서도 자기능력을 알지 못하고 무리하게 등산하다 길을 잃고 헤매다가 어떤 이는 죽고 어떤 이는 천신만고 끝에 구조되는 경우를 많이 본다. 산은 변화무쌍하여 언제 심술을 부릴지 모른다. 산은 여자와 같다고 한다. 정복하려들지 말고 달래고 사랑하고 아껴야 산이 나를 받아주고 또 죽음이 장난치지 않는다고 한다. 무리하게 정복하려 들면 산의 신이 "너 저승사자 불러 줄까" 하며 놀린다는 것이다.

등산을 즐기시는 산인들이여! 그리고 벗들이여! 세월은 유수같아 "아침에 검은 실 같은 머리카락이 저녁엔 흰눈이되었네" 하는 시가 있듯이 인생은 빠르게 지나가니 시간나는대로 즐겁게 산을 올라 건강을 지키고 자연의 향기를 듬뿍 받읍시다.

이제 나도 이순을 넘어 칠순에 접어들었다. 전보다 심신이 많이 쇠약해졌으니 무리하게 욕심내지 않고 슬로슬로 자연과 벗 삼아 여유로운 산행을 해 보리라.

밑에서 누가 따라 오는 것도 아니고 위에서 누가 기다리는 것도 아닐진대 제발 마음 내려 놓고 좀 여유롭게 걷자. 그래야만 벗들과 즐겁게 오래오래 산을 오를 수 있으리라. 그렇게 마음의 여유를 갖고 호연지기를 부르짖어 보자.

마지막으로 우리나라 슬로시티 대명사 청산도(青山島)에 관한 시 한 수 소개하고 끝마치고자 한다.

청산도(青山島)

汾江 李裕杰

겨우내 맞은 해풍 보리싹 파도 일면
오솔길 검은 염소 내 바지 물어뜯지
보적산 옹달샘에 낮달이 먹 감으면
세파에 시달린 몸 청옥으로 갈고지고

牽强附會(견강부회)

-이치에 맞지 않는 말을 끌어대어 유리하게 하는 것

이 세상에는 수 없이 많은 말[言]과 행동, 사고(思考) 등이 존재하나 그 중에서 정작 만인이 공감하고 동의하는, 소위 합리적이고 정의스런 것이 얼마나 존재할까 하는 의문이 늘 들게 된다. 왜냐하면 사람마다 사고하는 바가 다르고, 말과 행동하는 것도 각자 자기위주로 처신하기 때문에 그것이 옳은지 그른지를 자기 스스로 판별하기 힘들 때가 많기 때문이다. 자기에게 이익이 되고 유리하면 국가나 사회 또는 상대방에게 해가 되어도 상관없다고 생각하는 사고가 많이 존재하니 말이다. 이는 사회가 복잡다난해지고 먹고살기가 팍팍해지는 상황 속에서 살신성인의 정신이 점차 희박해지는 결과에 기인하는게 아닌가 한다. 그런데 말과 행동, 사고 또는 정보 등이 옳고 그르냐의 판별 방법은 의외로 간단하다 할 것이다. 즉 그 것들이 자기 이익(利益)과 관련되어 있다면 편파적이고 이기적으로 흘러 옳지 않음이 많고, 타인(他人)을 위한 것이라면 거의 옳은 것이 많다고 해도 그른 말이 아닐 것이다.

나는 친구들과 수요일마다 가는 등산모임이 있다. 이 등산모임은 대부분 고위 공직출신이다. 하루는 하산하는 길에 공무원 연금에 대한 이야기를 서로 주고받는 듯했다. 공무원 출신이 아닌 사람은 내가 유일하다. 그런데 어떤 국장출신이 평소에도 공무원 연금 개혁에 반대하는 의사를 가끔 피력했지만 이 날은 공무원 출신만 참석한 걸로 착각했음인지 우리 공무원 연금과 국민연금을 감히 비교하다니 하며 국민연금을 몹시 비하 하는 듯한 말을 하며 마치 종로에서 뺨 맞고 청량리에서 화풀이 하듯 하였다.

말을 하고 보니 내가 옆에 있어 무안하기 짝이 없었는지 L군을 보고 한 말이 아니었다며 변명아닌 변명을 했다(안타깝게도 L군은 국민연금 대상자다).

한 번 뱉은 말은 주워 담을 수 없지 않는가. 신독(愼獨)이라하지 않는가. 즉, 혼자 있어도 누구와 같이 있는 것처럼 말하고 행동하라는 말이다.

고위공무원 출신이라면 미래세대를 위해 누구보다도 솔선수범해서 공무원연금 개혁에 앞장서는 풍토를 조성해 주었으면 하는 바람이다.

또 다른 모임이 있었다. 친구소개로 처음 참석했는데 일본이야기가 나왔다. 요사이 과거사 문제로 내가 조금 비판하는 반응을 보이니까 어떤 한 친구가 버럭 화를 내는 것이었다. 일본이 어디가 무엇이 나쁘냐며 일본을 두둔하는 것이었다. 어리둥절하여 옆에 있는 친구에게 저 사람 왜 저러느냐 물으니 자기 삼촌이 일본에 산다는 것이다. 자기 삼촌이 일본에 있는 거와 일본 폄하하는 것이 무슨 상관이 있는 건지 정말 어안이 벙벙했다. 또 얼마전 어떤 종교시설에서 불법노동운동을 하는 노조간부를 보호하여 국가의 법집행을 방해하는 일도 있었는데 이러한 행위도 우리사회에서 사라져야 하는 불법행위중의 하나인데 국가에서는 왜 법집행을 못하는지 이해가 되지 않는다.

이런 일도 있단다. 지인의 동생이 모 종교의 안수집사란다. 유명회사 임원까지 지낸 인재란다. 어느 날 한참 잠들어 있는 새벽에 동생에게서 전화가 와서 깜짝 놀라 전화를 받았는데 어젯밤 꿈에 하나님을 만났는데 형님을 교회로 인도해야 한다는 것이다. 지난 번 자기가 고생한 구안와사병(안면이 일그러지는 병)도 형님을 교회로 이끌지 못한 죄라고 하더란다. 지인은 갑작스런 전화에 당황했지만 잠을 좀더 자야겠으니 나중에 이야기하자고 전화를 끊었다고 했다. 그뿐 아니라, 부모님(선조님) 재사 때나 추석성묘 때는 항상 언쟁이 벌어진단다. 이 세상에는 하나님 아버지밖에 없는데 왜 재사 지내느냐며 추도사로 대체하자고 우긴다고 한다. 타종교를 믿는 다른 형제들과의 마찰은 불가피하다고 했다. 어찌 나를 낳아주고 키워주신 부모를 저 버릴 수 있겠는가 하는 것이 타 종교를 믿는 형제들의 생각이란다. 지인은 동생에 대해 가끔 생각해 본다고 했다. 종교를 믿는 것은 참 좋은 일인데 너무 광신하는게 아닌지 하고 걱정이 된다는 것이다. 무엇인가 두렵고 부족하니까 종교나 신에 의존해 보려는 생각 즉 종교나 신이 모든 일을 해결해 주겠지 하고 전적으로 그것에 의지하려는 마음과 사후에 좋은 곳(천당, 천국 등)을 가게 해주겠지 하는 생각으로 종교나 신을 믿는 본래의 취지를 벗어나 일상생활의 질이나 패턴을 잃지나 않을까 두렵고, 자주 하나님(예수님)을 만난다 하니 가족으로서 정신쇠약증이나 아닐까 하는 의심과 걱정도 되는 지라 가끔 타일러 보기도 하지만 평화롭던 집안에 분란만 일어날 뿐 개선되지 않으니 좀 걱정스럽다고 했다.

또 이런 일도 있었다. 우리의 영산인 태백산 정상의 천제단(天祭壇)을 우상이라며 허물어버려 관련 시장이 애석해서 통곡했다는 기사로 한때 세상을 떠들썩하게 한 기억도 아직 생생하다. 자기가 하면 로맨스요 남이 하면 불륜이란 말처럼 내 종교가 좋으면 남의 종교도 존중해야하는 자세가 필요하다. 항상 나와 남이 같지 않고 남을 배려하는 즉 남의 위치에서보는 역지사지(易地思之)하는 마음을 가져야 세상이 맑고 밝아지지 않겠는가. 자기 하는 일, 자기가 하는 말과 행동만 옳고 남은 이방인(異邦人) 취급하며 이치에 맞지 않는 말을 끌어들여 자기만 유리하게 하려는 견강부회(牽强附會) 하는 일이 없길 간절히 바란다.

지리산 둘레길을 마무리하면서

P회장이 처음 제안할 때부터 이것은 정말 우리에게는 무리이며 그냥 한 번 해본 소리러니 했다. 왜냐하면, 지리산 둘레길이라는 것이 어디 어린이 장난도 아닌 3도(경상남도, 전라북도, 전라남도)와 5개 시 군(남원시, 구례군, 함양군, 산천군, 하동군)에 걸쳐있는 큰 산인데다 그 길이가 무려 274km, 里로 환산하면 700리로 강원도 태백시에 있는 황지에서 부산까지 거리의 절반이상(낙동강 525km : 약 1300리)을 3월부터 10월까지 무려 7개월(총 9박 17일)에 걸쳐 걸어야 하는 대 장정이기 때문이다. 거기다가 나 자신도 산을 잘 타거나 걸음을 잘 걸을 수 있는 사람이 아니기 때문에 혹시 도중에 탈락하거나 예기치 못한 사고로 다른 동료들께 폐나 끼치지 않을 까 염려스러워 많이 망설여졌다. 그러나 지리산 둘레길이라는 것이 마라톤 42km 완주만큼이나 어려운 것이어서 일생에 한 번 도전해 보는 것도 하나의 큰 영광이 아닐까 해서 기대 반 걱정 반 하면서도 여러모로 리더십도 있고 추진력도 있으면서 이 방면에 고수인 P회장께서 희망과 용기를 주어 시작한 것이 어느덧 9박 17일 이라는 대장정의 마무리까지 오게 되었다.

우리는 둘레길을 걸으면서 많은 것을 배웠고 또 얻은 바도 컸다. 우선 둘레길이라는 것이 우리네 인생살이와 무척 흡사하여 평지가 있어 편안히 걸을 수 있는 곳이 있는가 하면 질퍽한 구릉과 위험한 내를 건너야 할 때도 있고 웅석봉, 형제봉, 구리재, 아침재 등 각종 험한 재와 봉을 넘어야 할 때도 있었으며, 비가 오고 바람이 불 때도 있었다. 가끔은 너무 힘들어 중도에 포기하고픈 마음도 있었고, 다음번 여정에는 참석하지 말아야지하며 혼자 속으로 괴로움을 토로한 적도 없지 않았다. 그러나 중지하면 아니함만 못하다는 속담을 되뇌이며 쓰러질 듯 넘어질 듯하면서도 동료들 간의 따뜻한 동정과 사랑으로 오뚜기처럼 용기를 내어 걷고 또 걸었다.

欲知未來거든 先察已然(앞날을 알고 싶으면 지난 일을 살피라, 명심보감)이란 옛 말씀이 생각난다. 앞에서도 말했듯이 우리는 둘레길을 무사히 종주했고, 그 길이 마치 인생살이와 같다고 했으니 이미 우리는 위의 말을 빌릴 것도 없이 남보다 먼저 미래를 가본 것이나 진배 없다할 것이다. 다시 말하면 우리는 둘레길을 통해 많은 것을 배우고 경험했으니 미래의 남은 생애를 위해 많은 교훈을 얻었다고 할 수 있겠다.

또 하나는 우리 멤버들 모두가 이전보다 더욱 우정이 돈독해졌다는 것이다.

매일 같이 걷고 대화하며 같은 방에서 잠을 자고 같은 밥상에서 밥을 먹으니 피를 나눈 가족처럼 우의가 두터워졌다는 것이다. 우정이란 산길과 같아서 자주 만나야 우의가 두터워진다는 것을 실감했다(산길은 자주 다니지 않으면 금방 길이 없어짐). 또한 피로에 지쳐 코를 골아도, 이빨을 갈아도, 잠이 오지 않아 부시럭거려도 심한 변비나 설사로 화장실을 들락거려도 누구하나 싫은 기색없이 모든 걸 이해하며 마치 전장에서 생사고락을 같이한 전우처럼 정답게 지냈다. 이뿐 아니라 정서적, 지리적, 역사적으로도 많은 것을 배우고 체험했다. 우선 남도 각지의 지리와 풍토(다랭이논, 백운계곡, 피아골 등), 풍습 그리고 많은 유적들(황산대첩비, 남명선생사당, 매천사당, 최참판댁, 운조루, 산수유 시목지 등)을 둘레길을 걸으면서 보고 감상할 수 있었다. 또한 순박한 시골농부도 만났고 마음씨 좋은 아주머니 할머니로부터 맛있는 현지 농산물을 대접받기도 했다. 봄에는 온 산천이 꽃들로 만발하고 이름 모를 새들이 울어 도시에서의 지친 몸과 마음을 정화할 수 있었고, 길섶 여기저기 흐드러지게 달린 산딸기를 따 먹으며 배를 즐겁게 하기도 했다. 여름에는 학이 유유히 거니는 시원하고 푸른 경호강, 엄천강, 섬진강 등을 옆에 끼고 걷는 즐거움은 가히 일품이었다. 가을에는 아름다운 단풍과 황금들판, 산자락 여기저기 달린 붉은 감과 머리위로 뚝뚝 떨어지는 알밤을 주우며 가을의 정취를 마음껏 누렸다. 가끔 습지 여기저기서 산돼지 목욕한 흔적이 선연하고 뱀이 길을 막아 머리털이 쭈뼛한 적도 있었으며, 깊은 산 여기저기서 금방이라도 곰이 나타날듯하여 애꿎게 산들의 잠을 깨웠으나(무서워서 같이 고함을 지른 것을 말함) 이 정도 따윈 그저 우리를 즐겁고 호사스럽게할 뿐 이곳의 자연이 살아있다는 증거가 아닐까 한다.

마지막 날은 찜질방에서 지친 몸과 마음을 달래고 서울에서 고위 공직생활하다 귀촌한 친구가 생산한 밤과 과일 등을 맛있게 먹으며, 황토방에서 다 같이 모여 흘러간 옛 노래를 목청이 터지도록 부르며 대장정의 마지막 밤을 멋있게 장식했다.

그간 모든 멤버들에게 각종 여행계획이 차질없도록 진행해 주신 P회장을 회원 모두가 감사의 마음으로 헹가래를 치며 하늘높이 날려보냈다.

마지막 여정 남원에서 아쉬운 해단식 겸 피로연으로 그윽한 향과 맛이 나는 향토술과 음식으로 행사의 대미를 장식했다.

너무 가슴 벅찬 일정을 마칠 수 있어 지리산에 감사하는 마음으로 시한 수 읊어 보았다.

지리산

깊은 계곡 울창한 숲 넉넉한 인심

하늘이 열리고 궁노루 뛰어노는 곳

그 옛날 터 가꾸어 연명하며

하늘 향해 울부짖던 민초들 자취 아련하고

피처럼 붉은 골 물들고 있네

하늘가 늘어선 저것 산인가 구름인가

3도 5군 거느리며 숱한 역사 만들어 낸 지리

뱀처럼 구불구불 맑은 물 고운 모래

머금은 섬진강이 감싸고 도네

봄 되면 매화꽃 만발하고

가을이면 붉은 단풍 핏빛으로 물들고

황금빛 악양 들판 풍성하기도 하여라

어디선가 들려오는 풍악소리 풍년을 알리고

금방이라도 나타날 듯한 곰 멧돼지 흔적

깊고 넓고 높은 기상품은

민족의 영산 지리산 작품이려니

　이별과 마지막은 항상 아쉬운 것. 그러나 다음의 새로운 도전(서울 둘레길, 강릉 옛길, 동해 해파랑길 등)을 기약하면서 작별의 악수를 나누었다. 그간 협조와 희생을 아끼지 아니한 회장님과 회원 여러분께 진심으로 감사드리고 너무 감격스러워 有朋自遠方來, 不亦樂乎(먼데서 친한 벗이 찾아와 정담을 나누니 기쁘기 한량없다, 논어)를 외치면서 이 영광스러운 일 길이길이 기념하고자 기념패를 만들었다.

지리산 둘레길 종주 기념패

산 넘고 물 건너 궁노루 뛰어 노는 곳
모였노라 걸었노라 올랐노라
그리고 해냈노라
석심 7용사 지리산 둘레길 274km을
무사히 마친 기념으로 이 패를 만들다
또한 이 대장정을 위해 물심양면으로
협조해 주신 아내에게도 이 패를 바칩니다.

김권영 김병재 박해진(회장)

이상구 이영숙 이유걸

이장선 以上 7人(가나다순)

-2014. 10. 10

-汾江 李裕杰 쓰다

至誠이면 感天

비가 억수같이 퍼붓는 장마철이다. 하루종일 독서로 소일하고 있는데 친구로부터 오늘 복날인데 여름을 잘 견디려면 복음식을 먹어야 한다며 모이자는 전화가 왔다. 나는 옷을 주섬주섬 입고 모자까지 덮어쓰고 뒷산(서달산)을 넘어 사당동까지 빠른 걸음으로 넘었다. 1시간 반 가량 걸려 도착하니 아뿔사! 내가 가장 아끼던 모자를 산 정산 부근 어디엔가에 잠시 쉬는 동안 두고 온 것이다. 너무 아쉬웠으나 돌아가기에는 약속시간이 턱없이 부족했다. 평소 그렇게도 물건을 몸에서 떼지 말자고 나 자신과 맹세하지 않았던가. 오늘도 그 맹세를 잊고 그만 무심코 벗어두고 그냥 온 것이다. 내가 이런 맹세를 하게 된 배경에는 몇 년 전부터 자주 물건을 잃어버리거나 두고 오는 경우가 부쩍 늘었기 때문이다.

지리산 둘레길을 걸을 때의 이야기다. 자연을 감상하고 동네 주민들과 대화도 주고받으며 가끔은 주막에 들러 시원한 토속주를 한잔하고 주위의 아름다운 경치를 감상하며 여유롭게 걸었다. 그러나 이 날은 너무 여유를 부렸는지 당일 걸어야 할 20km에는 아직 절반밖에 걷지 못했다. 그래서 우리는 힘을 내어 빠른 걸음으로 걷고 또 걸었다. 마침 걷는 도중에 경치 좋고 솔바람이 솔솔 불어 쉬어가기 좋은 장소를 발견하고 잠시 흐른 땀을 식혔다. 조금 쉰 후 다시 바쁜 걸음을 재촉했다. 약 2km을 걸은 후 한 친구가 나에게 안경(선그라스)과 모자를 어디 두었느냐고 물으니 아뿔사 아까 쉬던 곳에 놓고 그냥 온 것이다. 해는 이미 서산을 넘어가기 직전인데 다시 돌아가 가져오기에는 너무 먼 거리였다. 혼자 2km나 되는 거리를 다녀오기에는 솔직히 겁도 났고 이미 어둠이 깔려 돌부리에 넘어질 염려도 되었다. 더욱이 그 장소를 찾을지도 의문이었다. 그 모자와 안경은 유명회사 제품이라 내가 무척 아끼는 물건들이었다. 되돌아 가볼까 말까 망설인것이 몇 번이었던가. 친구들의 만류도 있고해서 아쉬움을 간직한 채 포기할 수밖에 없었다. 이처럼 나에게는 이미 건망증이 심해졌음을 실감하는 순간이었다.

아쉬움을 뒤로 한 채 약속한 장소로 가보니 복날이라 이미 식당은 시끌벅적 만원이었다. 겨우 자리를 잡고 앉아 소주잔을 주고받으며 맛있는 복음식을 마음껏 먹었다. 그러나 식사 중 내내 두고 온 모자가 뇌리에 남아 음식맛을 반감시켰다. 오늘따라 식당에 많은 사람들이 몰리다 보니 마음 푹 놓고 먹을 겨를도 없이 자리를 비워달라는 식당주인의 성화에 식사자리는 일찍 끝났다. 각자 헤어지기 아쉬운지 2차를 가기로 했다. 밖에 나오니 아직 해는 완전히 지지않아 일부는 2차행을 감행했으나 나는 이 시간이면 충분히 아까왔던 길을 되돌아가 모자를 찾는 일을 감행할 수 있을 것 같은 생각이 불현듯 밀려와 친구들과 아쉬운 작별인사를 하고 헐레벌떡 왔던 길을 재촉했다. 한 치의 오차도 없이 왔던 길을 되돌아가기로 작정했다. 왜냐하면 사실 모자가 없어진 곳이 확실하지 않기 때문이다. 이미 하지가 지난 지가 20여 일이 된 지라 해가 조금 짧아져 길엔 어둠이 깔리기 시작했다. 아직까지 나는 어두운 산길을 걸어본 적도 없거니와 이처럼 혼자 걷는 다는 것이 여간 위험하고 두려운 일이 아닐 진대 이 날은 모든 위험을 무릅쓰고 오기를 한 번 부려 보았다. 사실 나는 밤길을 잘 못 보는 야맹증이 어릴 적부터 있었고, 또 어둠의 공포를 너무 많이 타는 겁쟁이었다.

젊은 시절 깊은 산자락에서 과수원을 부치시는 장인어른께서 올해는 복잡한 해수욕장 대신 조용한 과수원에 와서 휴가를 보내라는 전갈을 받고 아내와 아이들을 데리고 과수원에 간적이 있었다. 과수원 앞으로 맑은 시냇물이 흐르고 옆엔 시원스레 펼쳐진 넓은 호수가 있어 내가 좋아하는 낚시도 할 수 있었다. 또한 배가 고프면 사과나무에 주렁주렁 달린 (아직 덜 익었지만 먹기엔 그런대로 괜찮았다) 사과를 마음껏 따 먹을 수 있었다.

첫날밤이 찾아왔다. 외따로 떨어진 인적 드문 산골짜기 오두막집에서 밤에 소변이 보고 싶어 나가려는데 비가 주룩주룩 내리는 소리가 들리고 가끔씩 먼데서 개짖는 소리(늑대우는 소리와 비슷함)도 들려 전기도 없는 칠흑같은 밤을 감히 나갈 수가 없었다. 그렇다고 잠자는 아내를 깨우려니 남자의 자존심이 말이 아니었다. 근처에 있는 몽둥이를 하나 구해들고 어렵사리 볼 일은 보았지만 나중에 알고 보니 그 비 오는 소리는 바람에 나부끼는 미루나무잎 흔들리는 소리였던 것이다. 또 다른 밤을 여기서 보내기에는 마음이 허락지 않아 직장에 급한 일이 있어 상경해야 한다고 장인어른께 거짓말을 하고는 가족을 데리고 서둘러 거기를 떠날 정도로 겁이 많았던 것이다. 또한 여름밤 썩은 빗자루나 버드나무등걸에서 인이 반사되는 것을 보고 도깨비가 나타난 줄 알고 동네를 나가지 못한 적도 한 두 번이 아니었다.

그런 내가 그 아끼던 모자를 찾기 위해 불뚝 용기를 낸 것이다. 구름은 석양에 반사되어 비내리는 어두운 오솔길을 비춰주었다. 다행히 비는 잦아들었다. 수많은 호국영령들이 잠들어 있는 국립묘지(현충원) 둘레길은 어두운 정적에 쌓여 있었다.

식은 땀(무서워서 흘린 땀)과 더위에 지친 땀이 서로 범벅이 되어 눈을 괴롭혔다. 인적은 끊어 진지 오래이고 외롭고 무서워서 가끔씩 괜한 소리를 지르며 스스로 용감한 채 걷고 또 걸었다. 그러나 아직까지는 모자를 발견하지 못했다. 점점 회의가 들었다. 그 모자는 유명회사 제품이라 이미 누가 가져갔겠지, 아니 오늘은 비가 내려 인적이 드물었으니 그냥 있을거야 하는 생각이 교차했다. 오죽하면 이런 어처구니 없는 망상을 했을까. 그때 나에게는 애들의 중요한 고비가 있을 때라 만약 내가 모자를 찾으면 애들 문제가 잘 해결될 것이고 그렇지 않으면 그 반대일 것이라는 마음속 내기까지 했으랴. 그런데 정상 부근 내가 잠시 앉아 쉬었던 곳에 이르러 감탄사가 흘려나왔다. "아! 모자다"라고, 내가 두었던 고대로 고스란히 얌전하게 놓여있었다. 얼른 집어 가슴에 안아보고 머리에 다시 쓰고 남은 길을 재촉했다. 많은 계단이 있어 가끔 발을 헛디딜 때도 있었지만 모자를 찾았다는 기쁨에 발걸음이 가벼웠다.

비는 다시 억수같이 쏟아졌다. 집에 도착하여 현관문을 열고 마루에 올라서니 여식의 승진 축하 꽃바구니가 나를 반갑게 맞아주었다.

나는 옛 속담을 생각해 보았다.

동양에서는 지성이면 감천이라는 속담이 있고 이에 못지않게 서양에서는 피그말리온 전설(효과)이 있다.

피그말리온은 그리스 신화에 나오는 조각가인데 자기가 조각한 여인상이 너무 아름다워 사랑하게 되었다고 한다. 물론 진짜 인간으로서의 여인의 아름다움에 비하겠는가. 이 조각상이 실제 살아있는 여인이라면 얼마나 좋겠는가하며 항상 기도하고 갈망하고 바랐겠지요. 이에 사랑의 신 아프로디테도 이에 감응하여 여인상에 생명을 불어넣어 조각가는 이 여인과 결혼하여 행복한 여생을 보냈다는 이야기다.

이처럼 예나 지금이나 미래에도 하고픈 일에 온 열과 정을 쏟는다면 안 이루어질 일이 없을 것이다.

너무나 바라고 정성을 쏟으면 신도 돕고 하늘도 돕는다는 사실을 뼈져리게 느끼는 하루였다.

하느님, 정말 감사합니다.

친절(親切)

　칭찬하면 바다에선 고래가 춤추고 친절하면 육지에선 사람이 춤을 춘다고 한다. 칭찬은 좋은 점을 잘한다고 추어주는 것을 말하고, 친절은 대하는 태도가 매우 정답고 고분고분한 것을 의미한다. 어원이나 그 의미하는 바는 다르지만 그것을 받아들이는 상대는 그 느끼는 바가 별 차이 없다할 것이다. 다시 말하면, 칭찬받아 기분 좋은 것이나 친절하여 기분 좋은 것이나 기분 좋기는 매 한 가지라 할 것이다.

　이 사회가 산업화로 진입하면서부터 대량생산 대량소비시대가 열린 것이다. 생산공장은 우후죽순처럼 생기고 거기에서 생산되는 제품 또한 다양하고 많다. 그러다보니 소비자는 선택의 폭이 넓어지고 선호 성향도 다양하다. 또한 경쟁도 격화되었다. 자본주의 사회의 기업의 최대목표는 이윤의 극대화에 있고, 이윤을 극대화하기 위해서는 많이 팔아야 한다. 또 많이 팔려면 판매 조직망이 좋아야 하고 판매 담당자의 친절이 필수 불가결한 일이다. 고객은 왕이다(The customer is king)라는 표현은 기업의 최대 이슈가 된지 오래되었다. 특히 은행, 백화점 등 서비스산업은 물론이고 관공서까지도 좋은 서비스는 필수자산으로 생각하게 되었다. 경쟁에서 이기려면 친절이 최대무기인 셈이다.

　과거 내가 다니던 은행에서는 아침에 출근하면 친절교육이 필수였다. 모니터링제도가 있어 암행감찰하여 각 지점 친절도를 평가하여 업적평가에 반영하고 잘하면 시상하고 잘못하면 벌을 주는 제도다. 사실 이러한 친절은 몸에 배어야 되고 마음에서 우러나야 좋은 결과를 기대할 수 있지 그렇지 않으면 사상누각처럼 허물어지고 만다. 윗사람이 보고 있으니 억지로 친절하다가도 윗사람이 없으면 다시 불친절해지는 것이 사실이다.

요사히 항공사 승무원이 피곤한 몸을 이끌고 승객에게 친절한 서비스를 베풀려고 무척 노력하는데 손자 귀여워하면 할아버지 수염 잡아당긴다는 속담처럼 이러한 친절을 소화하지 못하고 라면 끓여오라 술 가져오라 하며 무척 괴롭힘을 가하는 사례가 많다고 한다. 이는 상대가 친절히 대해주면 거기에 대한 보답으로 감사하다는 답을 해 주어야 친절이 계속 발전해 나갈텐데 우리나라는 이런 풍토가 아직 부족한 듯하다. 진정으로 마음에서 우러나는 친절을 하기란 무척 힘들다. 직업상 어쩔 수 없이 친절한 척하는 경우가 많은데 이는 겉과 속이 다르니 그들이 받는 스트레스 또한 얼마나 크겠는가. 즉 하고 싶은 일을 하면 힘이 덜 들지만 하기 싫은 일을 억지로 하면 힘이 더 드는 것과 같은 이치이다.

일본인들의 생활습관화된 친절은 우리가 본받을 만하다. 겉과 속이 일치하는 친절이야말로 진정한 친절이니 이는 얼굴에 나타나는 인상만 보아도 또는 하는 일의 질을 봐도 마음에서 우러나는 친절인지 아닌지를 소비자는 직감적으로 느끼게 된다.

필자가 사는 동네에 최근 대단지 아파트 입주가 있었고 그에 발맞추어 상가도 분양했는데 아직 경기가 좋지 않아서인지 빈 상가가 많아 썰렁하다. 이런 신규상가가 입주하면 맨 먼저 차지하는 업종이 부동산 중개업소와 세탁소이다. 이미 부동산 중개업소는 5개이고 세탁소는 3개로 경쟁이 치열하다. 세탁소 3개중 2개는 남자가 1개는 여자가 주인인데 여자가 운영하는 세탁소는 늦게 입주했는데도 손님이 가장 많다. 소문인즉 가장 친절하단다. 나머지 2개는 손님이 없어 울상이다. 그들은 아직 고객이 왜 없는지 모르는 듯하다. 나도 여성이 운영하는 세탁소가 단골인데 어느날 옷을 찾을려고 들리니 가게문이 닫혀 있어 혹시 폐업하지 않았는지 걱정이 되어 옆 세탁소에 문의했는데 그자의 대답이 걸작이다. "그걸 왜 나한테 묻느냐"하며 쌀쌀하게 대답했다. 친절히 대답해 주면 언젠가는 자기의 고객이 될 수도 있을텐데 그 세탁소 거래하는데 왜 자기에게 묻느냐 식이다. 같은 일을 하기 때문에 가장 잘 알 것 같아 물었는데 너무 황당하고 무안해서 얼굴을 들 수가 없을 지경이었다. 그렇다고 말대꾸하거나 같이 싸울 수도 없는 처지가 아닌가.

나는 곰곰이 생각해 보았다. 왜 손님이 없는 지를. 그리고 머리를 번뜩 스치고 지나가는 생각, "아! 곧 문을 닫겠구나"하고, 사실 그 세탁소는 3개월 후 문을 닫았다.

말 한마디에 천량 빚을 갚는다는 속담이 있다. 정말 속담이기 이전에 이것은 진실이구나 하는 생각을 해 본다.

어느 가게나 사무실에 들러 물건을 사거나 볼일을 보는데 직원이 사무적이거나 불친절하지 않고 친절히 상대해 주면 다시 오고 싶고 나 자신도 하루 종일 기분이 좋고 일이 잘 풀리는 것을 알 수 있다.

나 자신을 위해 가족을 위해 또는 사회나 국가를 위해 친절한 태도를 갖는 것이야말로 이 사회를 풍요롭고 아름답게 하는 지름길이 아닌가 한다.

고래가 덩실덩실 춤추는 세상을 보고 싶다.

3.18 산악회

3.18산악회가 창립된 날은 1989년 3월 18일이다. 2013년 현재 만 24살 청년이다. 그 창립 배경은 이렇다.

내가 산의 묘미를 알기 전에는 그냥 동네 야산을 산보 겸 약수를 뜨기 위해 다녔다. 20여 분 올라가는 얕은 야산이다. 그것도 매일 가는 것도 아니고 주말이나 휴일에 가끔씩 아내와 또는 아이들과 함께 바람쐴 겸 다녔다. 나뿐만 아니라 다른 친구들도 대동소이하다. 그러던 중 후덕하기로 이름난 덕곡이 김천지청장 재임을 끝내고 서울로 이동하게 되어 입성환영 겸 막걸리 파티가 있는 날 취중에 "어이, 우리 이런 야산만 다닐게 아니라 옳은 산(좀 더 큰 산을 의미)을 함께 다니면서 심신을 단련하는 게 어때"하면서 기습 발언한 것에 동의하면서 생겨났다. 그래서 첫 번째 산행을 시작한 날이 1989년 3월 18일이라서 산악회 이름도 자연히 3.18이 되었다. 마침 이때는 등산이 유행병처럼 번지는 것도 이 산악회의 창립에 일조했다. 이때 창립멤버들의 면모를 보면 법조계, 교육계, 금융계, 공무원, 사업가 등 다양했다. 처음에는 북한산, 도봉산, 청계산, 관악산, 수락산, 검단산 등 주로 서울시내에 있는 산을 주 대상으로 삼았다. 그후 등산실력이 점차 쌓여 한두달에 한 번 원정을 떠나기로 했다. 설악산, 대둔산, 한라산, 오대산, 태백산, 계룡산 등 전국 유명산을 섭렵하지 않은 곳이 없다. 한발 더 나아가 외국산도 등정하기도 했다. 등산과 아울러 매년 3월 18일을 기념해 관악산에서 시산제를 지낸다. 이 때는 등산을 자주하지 않는 친구들을 위시해 부인들까지 참석(많을 때는 50여 명)하는 대형 시산제가 되었다. 여기에는 이미 고인이 된 초대 회장의 공이 컸고, 2대 회장인 융 회장의 공로도 지대했다. 시산제 전날 부인은 부침개, 떡 등 각종 제물을 밤새껏 만들었고, K회장(융)은 제문을 짓고 축문을 쓰는 등 완벽한 준비를 하여 이튿날 배낭 한가득 낑낑거리며 시산제 장소에 먼저 도착하였다. 그는 전형적인 유교집안의 양반 가문으로 외유내강의 소유자였다. 집안에서는 엄격했지만 밖에서는 모든 사람들을 포용할 정도로 사람좋기로 소문이 났으며, 어려운 일 어려운 사람 보듬어주는 그 마음씨 두고두고 잊지 못한다.

제3대 B회장 역시 등산에 일가견이 있는 친구로서 등산에 문외한인 우리 친구들에게 등산의 참맛을 보여 주었고, 특히 가보지 못한 산을 앞장서서 소개하고 외국산도 그의 덕분에 가보게 되었다.

이제 이순(耳順)의 나이에 참석 인원도 줄고 열의도 많이 식었지만 그런대로 명맥을 유지하고 있으며 시산제도 빠짐없이 지내고 있다.

그러나 이러한 식어가는 열기를 옆에서 지켜보기 안스러웠는지 우리 산악회 창립 멤버인 덕곡(K변호사 : 현 회장)이 앞장서서 우리 3.18산악회의 새로운 도약을 꾀하고 있어 무척 고무적이고 고맙게 생각하고 있다.

우리 3.18산악회는 창립된 지가 어언 사 반세기를 맞는다. 그간 많은 변화와 애로가 있었지만 이 등산모임 덕분에 친구간의 유대관계 유지와 체력향상에 기여한 바가 크다 할 것이다. 끝으로 우리 3.18산악회가 거침없이 계속 번창하여 이어 나가기를 기원한다.

신고정신(申告精神)

　그렇게도 꿈에 그리던 호주 뉴질랜드 여행길에 올랐다. 인천국제공항을 출발해 장장 11시간의 지루한 비행을 한 후 호주 시드니에 첫 발을 내디뎠다.

　적도를 뚫고 내려간 남쪽 대륙 호주, 뉴질랜드는 모든 것이 우리나라와 정반대였다. 우선 계절의 차이다. 우리나라가 가을에 접어들었는데 여기는 이제 초봄이다. 우리나라가 겨울이면 여기는 여름이다. 우리나라는 북극에 가깝고 여기는 남극에 가깝기 때문이다. 또 하나의 특징은 자동차 운전석이 우리와 반대로 오른쪽에 있어서 좌회전 우회전 하는데 무척 신경이 쓰였다. 아마 왕이 존재하는 영 연방일원이기 때문이 아닌가 한다. 길 또한 좌측통행이라 정신이 하나도 없다.

　호주는 원래 영국의 죄수가 모여 이룬 국가란다. 특히 시드니는 죄수가 처음 발을 디딘 곳이라 한다.

　이러한 이국만리 땅에서 우리가 더 배워야 할 것이 많고 많지만 특별히 배워야할 것이 신고정신이라 할 것이다.

　우리나라에서는 감히 엄두도 내지 못할 일을 이 나라에서는 정정당당히 신고한다는 것이다. 예를 들면 우리나라에서는 서로 이웃하여 친하게 지내고 있고 특히 부모 형제처럼, 친구처럼, 가족처럼 지내는 이웃이 소음관계로 경찰서에 신고한다면 어떤 일이 일어날지를 상상해 보라.

물론 우리나라에서는 신고하지도 않겠지만 만약 신고한다면 그 순간부터 원수지간이 되는 것은 말할 것도 없고 큰 싸움이 일어나게 되고 심지어는 칼부림도 마다할 것이다.

그러나 호주의 경우를 보자.

우리 한국인 가이드의 말에 의하면, 자기가 호주에 이민온 것이 20년이 되었고 그 시작은 대학시절부터라고 했다. 이민생활은 무척 어려움 속에 계속되었다 한다. 자기가 살던 옆집에 20여 년간 의지하며 어머니처럼 지내는 할머니가 있어서 이민생활에 많은 도움이 되었다고 한다. 자기를 아들처럼 사랑하고 아끼는 사이였다고 한다. 이민올 때는 그 할머니가 60대의 장년이었으나 지금은 80을 넘긴 할머니가 되었단다.

가이드가 어느날 친구들을 초대해서 집에서 술파티를 벌이고 있었다고 한다. 술이 한 잔 들어가니 언성이 커지고 주위가 소란스러워지니 이웃집 할머니께서 몇 번씩이나 조용해 달라고 요구했단다. 그렇게 하겠다고 하니 할머니께서는 집으로 돌아갔는데 그 후에도 술 먹은 친구들의 회포는 끝나지 않았다고 한다. 어느덧 시간은 깊어졌는데 느닷없이 벨이 울리고 경찰관 2명이 문 앞에 나타나서 옆집 할머니가 시끄럽다고 신고가 들어와 오게 되었다고 했다. 참으로 어이가 없었다고 한다. 다음날 출근하는데 할머니가 집 앞에서 화초를 돌보고 있다가 자기를 보고 Good morning하면서 반갑게 인사하더라는 것이다. 그러나 그는 아직까지 한국의 풍습이 몸에 젖어 있어 뿌루퉁하게 인사도 받지 않고 서 있는데 할머니께서 한마디 한다. 만약 내가 신고를 하지 않고 시끄러운 상태에서 잠도 못자고 있으면 속으로 자네를 크게 원망할 것이며 소란행위는 계속될 것이고 내가 자네집을 찾아가서 계속 싫은 소리를 하면 자네와 나의 관계는 더욱 나빠질 것이다. 다시 말하면 자네들이 술을 먹은 상태에서 친구들과 재미있게 놀고 있는데 내가 계속 자네집 문을 두들

긴다면 여태까지 쌓인 인간관계 즉 당신이 뭔데 이래라 저래라 하느냐 하며 기분이 나쁘다 할 것이고 우리관계도 파국을 맞을 것이 아닌가. 그래서 경찰의 힘을 빌려 해결하는 것이 좋을 것 같아 신고했다는 것이다.

이 말을 들은 가이드는 쑥스러워 얼굴을 붉히면서 "그 때는 정말 죄송했습니다, 어머니! 나의 무례를 용서해주세요." 하면서 웃는 낯으로 사과했다고 한다.

우리와는 생활풍습이나 사고방식이 다르고 자라온 배경이 다르다 할지라도 우리의 상식으로는 도저히 이해가 되지 않을 것이다.

이처럼 위의 예를 보듯이 이제 우리도 무슨 좋지 않은 일이 있으면 혼자 벙어리 냉가슴 앓지 말고 스스로 해결할 수없는 처지가 되면 가감히 공권력의 도움을 받아 해결하는 것이 사태 악화를 방지하고 오히려 더 좋은 결과를 기대할 수 있지 않을까 한다.

세월이 약이다

'세월이 약이다'라는 노래가 있다. 사람이 세상을 살다보면 숱한 근심과 걱정으로 고통의 순간을 만나게 되고 그 중에 어떤 것은 꿈에까지 나타나고 또 어떤 것은 생각하기조차 싫은 것도 많다. 이렇다보니 하루빨리 이 악몽에서 벗어났으면 하는 마음을 가질 때가 많다. 그건 사실이다. 우리가 어떤 면접을 보거나 군(軍)이나 각종 단체생활에서 기합을 받을 때 또는 병원수술 날짜를 기다리는 등 어려운 처지를 만나게 되면 먼저 매(?)를 맞고 나오는 사람을 보면 부러움을 느낄 때가 많이 있을 것이다. 그래서 위와 같은 노래가 불려진 게 아닌가 한다. 사실 근심과 걱정 따윈 한다고 해서 그 문제가 해결되는 것도 아니고 누가 해결해 주는 것도 아니며 또 겪어 보면 그 걱정대로 되는 경우도 겨우 몇%에 불과할 정도라고 한다. 그렇더라도 인간인지라 걱정을 안하고 살 수는 없지 않는가. 문제는 그 정도이다. 어떤 사람은 내일 당장 죽는 일이 생겨도 태연한가하면, 어떤 이는 사소한 것까지도 밤잠을 설친다. 물론 성격 나름인 경우가 대부분이지만 한편으로는 인생학습, 인격수양 등의 차이도 있을 것이다.

나는 과거 두 번의 크나큰 걱정거리를 겪었다.

첫 번째는 은행차장 시절이다. 나의 담당 업무는 대출이었다. 실무 자체는 행원과 대리가 하고 차장은 검토하여 이상이 없으면 지점장께 최

종결제를 맡게 된다. 평소 대리이하 직원들이 근면성실하고 믿음직스러워 별 의심 않고 도장을 찍어 지점장께 품신했다. 그런데 큰 사고가 난 것은 한참 후의 일이었다. 대리가 고객의 정리에 못이겨 과도하게 사정을 봐 주다보니 그것이 점점 커져 나중에는 감당할 수 없는 지경에 이르게 된 것이다. 사고금액은 엄청난 액수였고 사건은 결국 감사실의 검사로 확대되었고, 큰 금액의 변상조치도 피할 방법이 없을 듯했다. 그러나 결국 사건은 걱정했던 만큼 이루어지지 않고 원만히 잘 해결되었다. 이 때문에 겪어야했던 고민과 걱정은 이루 말할 수 없었다. 지나고 보니 몇 년간 쓸데없이 소모한 에너지는 엄청난 것이었고, 정신적 신체적 손실도 이만저만이 아니었다.

또 하나는 지점장 시절로 올라간다. 아내가 건강검진 결과 암이란 판정을 받았다. 앞이 캄캄하고 정신이 아찔했다. 아직 애들도 장성하지 못했는데 걱정이 태산이었다. 특히 이 암은 예우가 별로 좋지 못하다 한다. 외국연수에서 급거 귀국하여 병원의 수술날짜를 잡았다. 18시간이란 오랜 시간동안 수술은 진행되었고 수술은 무사히 잘 끝났다. 집도의에게 나는 단도직입적으로 물었다. 앞으로 생존가능성에 대해 물으니 의사는 반반이라고 대답했다. 의사는 반반이라지만 사실은 환자가족을 안심시키기 위한 말이 아니겠는가. 걱정과 근심은 꼬리에 꼬리를 물었다. 좋은 약이라는 약은 모조리 구했고 이 소리를 듣고 사방에서 돌팔이 약장사들이 몰려들었다. 나도 사람 살려보려는 일념으로 몇 번 당해 큰 손실을 입은 경우도 있었다.

그후 아내는 살겠다는 집념과 의지로 식이요법, 운동요법 등을 두루 섭렵하며 20년이 다 되어가는 지금까지도 건강하게 살아가고 있다. 그 당시의 걱정과 고민으로 나의 체중은 70kg에서 55kg까지 줄었고 피골은 상접되어 정신적으로나 신체적으로 큰 피해를 보았다. 그러나 지금 생각해 보면 그렇게 걱정하지 않아도 될 일을 미리 너무 걱정했던 것이다(늦었지만 오진으로 판명됨). 역설적이긴 하지만 어떠한 근심걱정도 결국 시간이 가면 자연히 해결될 일인데 괜한 근심걱정을 자초하여 후회하게 되는 것이 인간사가 아닌가 하다.

그러나 이처럼 시간(세월)이 문제(근심걱정)를 해결하는데 좋은 약이긴 한데 너무 추상적이기 때문에 막상 일이 닥쳐 빨리 해결해야 할 때는 너무 긴 시간이 소요되는 단점이 있다. 그래서 근심걱정을 덜어줄 또 다른 좋은 치료법은 신뢰할 수 있는 누군가에게 당신이 가진 괴로움을 솔직히 털어놓는 것(정화법)이다. 즉 우리가 가진 괴로움(근심걱정)을 공유하는 것이라 할 수 있다.

마르쿠스 아우렐리우스(로마 황제)는 "견디어 낼 수없는 일은 그 누구에게도 생기지 않는다"라고 했다. 즉 누구에게 닥친 어떠한 괴로움(일)이라도 세월이 가면 해결 된다는 뜻일 것이다.

과거 철없던 때를 회상하며 시 한 수 읊어 본다.

회상

고기 잡고 고사리 꺾어 바람에 말리고 햇볕에 구워
달빛에 옛 친구 불러 모아 술안주 하며
밤늦게까지 노닐던 철없던 옛 시절이 그립다
세월은 막힘없이 흘러가는데
이 몸에 쌓인 티끌과 근심은 왜 흘러가지 않는지
가진 것 많아져도 손에 쥘 만한 것 없고
배운 것 많아도 머릿속은 박덩어리네
지난 세월 곱씹어보니

빈 하늘에 뜬 구름이었구나.

원효 스님 말씀이 생각난다.

"오늘도 공부가 끝나지 않았는데 악을 짓는 일은 날로 많아지고 금년에도 다하지 못했는데 번뇌는 끝이 없고 내년에도 다할 가능성이 없다면 깨달음으로 나갈 수가 없구나. 시간은 옮기고 옮겨 어느새 하루가 지나며, 한달 한달이 옮겨 어느새 연말에 이르렀고, 한해 한해가 옮겨 잠깐 사이에 죽음의 문턱에 이르렀나니"라고 시간이 흘러감을 탄식했고 시간시간 하루하루를 절실하게 의미를 갖고 산 분이었다.

이처럼 시간이 지나면 그것은 과거로 되는 것이고 과거는 모든 아름다움이나 미움, 힘든 것을 잊고 흘러가게 하며 또 용서하는 것이다. 그리고 그것은 한편으로는 즐거움과 행복했던 아름다운 추억으로, 또 한편으로는 못다한 아쉬움으로 우리 뇌리에 남게 될 것이다.

그러나 시간은 잡을 수 없기 때문에 세월이 우리에게 좋은 약이 되고 아름다운 추억으로 남게 하는 것은 우리 각자의 몫이라고 할 수 있다.

어느 노 정치인의 자찬 묘지명에 이런 글이 있다.

"年九十而知八十九非"(나이 90이 되어 생각해 보니 지난 89세까지 헛된 인생이었구나.)

먼저 간 친구를 그리며

6월이 오면 네가 무척 그리워지는구나.

평소에도 너를 생각하지 않는 것은 아니지만 이달이 특히 네가 생각나는 것은 국립묘지 앞을 지나칠 때마다 꽃을 파는 사람들이 많아지고 현충일에는 전국 각지에서 모여드는 추모 물결을 볼 때 또는 학창시절 6월은 곧 즐거운 방학이 다가와 고향에서 너를 비롯한 각지에서 모여든 정든 친구들을 만난다는 기대가 컸던 추억 때문일 것이다. 네가 간지 어언 40년이고 보면 내가 지금 살고 있는 지역으로 온 때와 거의 같은 시기이구나. 이웃에 살면서 자주 찾지 못한 것은 내가 무심하고 무성의 한 탓도 있지만 피나는 경쟁에서 살아남기 위한 발버둥 때문이 아니었겠나.

내가 군에 입대해 휴가왔을 때 너는 근심어린 얼굴을 했고 한편으로는 나의 군복 입은 모습을 보고 부러운 모습을 보이기도 했었지. 너는 원래 우리집안 종손으로 구중궁궐 같은 집에서 남보다 부유하게 살았고 한편으론 엄하디 엄하게 살지 않았느냐. 네가 보고 싶어 너의 집 앞을 서성일 때는 집안에서 글 읽는 소리(아마 사서오경이 아니었을까)가 요란했고 이윽고 큰 기침 소리와 대꾸바리(곤방대)로 재떨이 치는 소리와 더불어 이놈! 하고 종아리 때리는 소리도 요란했었지. 공부가 끝나고 나를 보자 해방이 된 듯 우리는 동구 밖 솔밭으로 달려가 훌훌 옷을 벗어던지고 옥같이 맑은 낙동강으로 뛰어들어 물장구 치고 강 건너까지 헤엄쳐 갔다 오기도 했었지. 또한 물 속 바위틈에서 작살로 고기를 잡았고, 짓궂게 머리를 물속에 처박아 물을 먹여 약을 올리기도 했었지. 방학 때는 어느 집에 모여 각지에서 모여든 친구들과 화투놀이를 하고 수박 참외 서리를 하다가 주인에게 쫓기어 줄행랑을 치는 등 옛 추억이 아련하구나.

그런 네가 입대해서 계급장도 달아보지 못하고 불귀의 몸이 되어 현충원에 왔다는 소식을 들었을 때는 충격과 슬픔이 컸었지.

이제 머리엔 흰서리 내리고 이마엔 인생계급장이 그득한 이순(耳順)의 나이가 되어 소주 한 잔도 준비 못한 채 불현듯 찾아오니 친구로서 도리가 아님을 크게 뉘우친단다.

지금 현충원은 갖가지 꽃이 피고 새가 노래하는 아름답고 숙연한 곳이지만 지하의 너는 이런 모습 알기나 하는가.

아무쪼록, 한강을 내려다보면서 옛적의 우리고향 낙동강을 생각하고 나도 얼마전 국립묘지 뒤 서달산 기슭 흑설골로 이사를 와서 너와 더욱 가까워졌으니 덜 외롭지 않겠나. 다음에 올 때는 네가 좋아하는 소주 한 병 사들고 너의 4촌 광윤이와 같이 오도록 할게. 그때까지 국가와 민족의 중흥을 위해 기도하기 바란다.

다음에 올 때까지 잘 있거라!

창윤아! 보고 싶구나!

역지사지(易地思之)

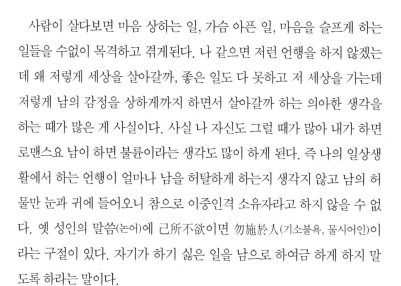

　사람이 살다보면 마음 상하는 일, 가슴 아픈 일, 마음을 슬프게 하는 일들을 수없이 목격하고 겪게된다. 나 같으면 저런 언행을 하지 않겠는데 왜 저렇게 세상을 살아갈까, 좋은 일도 다 못하고 저 세상을 가는데 저렇게 남의 감정을 상하게까지 하면서 살아갈까 하는 의아한 생각을 하는 때가 많은 게 사실이다. 사실 나 자신도 그럴 때가 많아 내가 하면 로맨스요 남이 하면 불륜이라는 생각도 많이 하게 된다. 즉 나의 일상생활에서 하는 언행이 얼마나 남을 허탈하게 하는지 생각지 않고 남의 허물만 눈과 귀에 들어오니 참으로 이중인격 소유자라고 하지 않을 수 없다. 옛 성인의 말씀(논어)에 己所不欲이면 勿施於人(기소불욕, 물시어인)이라는 구절이 있다. 자기가 하기 싫은 일을 남으로 하여금 하게 하지 말도록 하라는 말이다.

　너무나 지당하고 훌륭한 말씀이다. 자기는 하기 싫으면서 이래라 저래라 간섭하는 것은 온당치 못한 일이다. 이러한 언행은 남을 불쾌하게 하여 인간관계를 힘들게 할 뿐이다.

　옛 말씀(다산 정약용)에 人之坐與樂, 不識肩與苦(인지좌여락, 불식견여고)라는 말이 있다. 사람이 가마 타는 즐거움은 알아도 가마 메는 사람의 어깨아픈 고통은 모른다는 말이다. 자기는 자기가 좋아하는 말이나 행동을 하며 즐기지만 이를 듣는 상대방이나 주위사람들에게는 너무 괴롭고 고통스럽게 들리거나 좋지 않게 받아들일 수 있다. 여기에 쓰는 훌륭한 말이 있다. 바로 역지사지(易地思之)다. 남의 입장에 서서 처지를 생각해 보라는 것이다. 다시 말하면 상대방의 입장에서 말하고 행동하고 생각한다면 상대방으로 하여금 불쾌감을 느끼거나 적개심을 갖지 않게하면서 상대에게 자기의견을 관철시킬 수 있지 않을까 한다. 물론 모든 일이 자기주장만 옳고 남의 주장은 그르다는 생각 때문에 서로의 의견 충돌이 나고 기분 나쁜 결과가 초래되지만 그들도 그들 방식대로 생각하고 행동하는 데는 나름대로 그들만의 이유가 있을 것이다. 문제는 그런 이유를 찾는 노력이 필요하다.

이때 필요한 것이 "내가 저 사람 입장이라면 기분이 어떨까" 하고 반문해보고 "나도 저런 일 당하면 똑 같을 거야" 하고 자중하면서 상대를 이해하고 용인한다면 이 사회는 한층 밝아질 것이다. 다음은 내가 친구와 중국 여행 중 겪은 일화를 소개하고자 한다.

친구와 중국 황산을 간적이 있었다. 이 친구는 어디든 가보지 않은 곳이 없을 정도로 중국에 정통이 있는 친구다. 타 그룹과 동행이 되어 갔다. 여행을 가면 가이드 안내에 따라 사전 일정계획에 의거 행동해야 하고 그 계획을 달리하려면 본사에 허락 받아야 하고 가이드 단독으로는 하지 못하게 되어 있는 걸로 안다. 이날도 이 문제로 옥신각신 언쟁이 벌어졌다. 나의 친구는 황산을 여러 번 갔던 터라 이 코스가 아닌 자기가 가보지 못한 코스를 주장했다. 이로인해 가이드뿐만 아니라 같이 간 수십 명의 일행도 혼란스러워했다.

그런데 그중 점잖은 한 분이 친구에게 한마디 한다. 점잖은 양반이 이치에도 맞지 않을 뿐 아니라 대다수가 반대하는데 당신 혼자만 그렇게 주장한다면 당신의 욕망은 충족되겠지만 나머지는 안중에도 없느냐며 기분 나빠 하였고 이것을 두고 모두의 의견을 거수로 물은 결과 압도적인 다수가 원래의 계획대로 하자는데 동의했다. 이처럼 나의 친구는 고집이 세고 개성이 강하기는 하나 남을 배려하는 즉 남의 입장에 서보는 역지사지하는 자세가 부족했다 할 수 있다.

　사람을 다루고 관계를 원만하게 맺으려면 다른 사람의 입장을 이해하고 그 입장에 서 보는 역지사지하는 정신을 갖는 것이 현명한 삶을 살아가는 지혜임을 명심하자.

-汾江

군자(君子)

世上에는 별의 별 사람이 다 있다.

토끼처럼 급한 사람, 거북이처럼 느린 사람, 성인군자처럼 착한 사람, 사냥개처럼 사나운 사람, 성격이 대쪽 같아 원리원칙만 주장하는 사람, 인색한 사람, 너무 나태하고 무원칙하여 늘어진 오징어 같은 사람 등등….

어느 날 친구 사무실에 놀러갔다. 문을 열고 들어서는 순간 그 친구 다짜고짜로 "왜 왔어" 한다. 볼일 없을텐데 왜 왔느냐 식이다. 물론, 당시에는 자기에게 무척 힘들고 어려운 무슨 사연이 있을 수도 있었겠으나 어쨌든 모처럼 온 친구가 아닌가. 나는 어처구니없고 기분이 나빠 "나 볼일 없어간다" 하며 나왔다. 그 친구 좀 머쓱했겠지만 그 후 나는 그 친구를 한 번도 만난 적도 방문한 적도 없다.

어느 날 또 다른 친구 사무실에 놀러갔다. 내가 문을 열고 들어서니 그 친구 손을 높이 들어 "해가 서쪽에서 뜨겠구만"하고 아주 반갑게 맞아 주었다. 나는 그에게 다가서면서 文字 한 번 써 보았다. "有朋自 遠方 來 不亦樂乎(먼데서 친한 친구가 찾아오니 이 어찌 즐겁지 않겠나)(논어)"라고 그가 써야 할 말을 내가 썼다. 나는 그와 밤새껏 즐겁게 술을 마시며 놀았다.

학교 동기중에 거북이보다 느린 친구가 있다.

어느 날 부부동반 야유회를 가는데 그 친구, 모임에 총무인데도 불구하고 모두 제 시간에 나와 기다리고 있는데 나타나지 않았다. 조금 있으니 그의 부인이 헐레벌떡 나타나 그이 아직 사우나탕에 있다는 것이다. 전에도 각종 모임에 늦어 벌금을 낸 적이 한 두 번이 아니다. 결혼식에는 다 끝나야 오고 각종 모임에서도 항상 지각생이다. 오죽하면 각종 모임에서 그 친구 오면 다 왔다 할 정도이다.

어떤 친구가 결혼식에 갔더니 아무도 없었단다. 내일 결혼식인데 너무 일찍 간 것이다. 각종모임에 1시간 이상 일찍 나오고 각종 식사모임에서도 너무 일찍 일어서는 바람에 밥값 술값 내는 일도 잦다.

골프를 치는 친구가 있다. 어느 날 집으로 전화가 왔다. 골프게임에서 돈이 떨어졌으니 계좌로 송금해 달란다. 어이가 없었다. 나중에 알고보니 같이 라운딩하는 친구들에게 빚을 지지 않은 사람이 없었단다. 각종 모임에서 돈 한번 낸 적이 없는 아주 인색한 친구로 소문나서 요주의 인물이 되었다.

등산 가서 어느 친구가 "오늘은 이쪽으로 가면 어떨까" 하며 제안하니 성깔 있는 한 친구 왈 "너나 그리로 가라. 너 산을 얼마나 잘 타는지 모르지만 나하고 시합 한 번 해볼까" 한다. 그 말을 들은 그 친구, 다시는 등산모임에 나타나지 않았다.

외유내강이라 각종모임이나 바깥일에는 돈도 잘 쓰고 너그럽고 적극적인데 반해 집에서는 엄하기가 범같은 친구도 있다. 집에서나 밖에서나 한결같기를 빌어본다.

학창시절 수학여행이나 소풍을 가보면 선생님의 성격이 들어난다.

항상 인기 만점이라서 야! 너희들 오늘 저녁 마음껏 놀아라 하는 先生任.

야! 너희들 오늘 저녁 7시에 전원취침이야. 그렇지 않으면 엄벌이야

하는 선생님.

야! 너희들 10시까지 재미있게 놀고 취침하도록 해라 하는 선생님(양쪽 다 충족시키는 경우).

위의 세 선생님의 경우를 보더라도 너무 빈틈이 없으면 재미가 없고 너무 풀어져 있으면 사고를 피할 수 없을 것이다. 적당한 수준의 통제가 필요하다.

공자께서 質勝文則野(질승문즉야)하고 文勝質則史(문승질즉사)하니 文質彬彬然後(문질빈빈연후) 君子(군자)라 하셨다.

바탕(원칙)이 너무 강하면 거칠고 무늬(꾸밈)가 너무 강하면 사치스럽다. 바탕과 무늬가 적당히 조화를 이룰때가 진정한 君子이다라는 말이다.

다시 말씀드리면 무슨 일을 함에 있어서 너무 원리원칙만 내세워도 안 되고 그렇다고 너무 무원칙해도 안 되며, 그 둘이 서로 조화를 이룰 때가 가장 군자다운 행동이 아닐까한다.

뿌린대로 거둔다

나는 젊은 시절부터 술을 많이 마시는 애주가이다. 나의 집안은 대대로 술을 좋아하는 애주가의 기질을 타고난 게 아닌가 한다. 거기에다 설상가상으로 나와 가까이 지내는 친구들 역시 술을 좋아해서 젊은 시절(아마 30대초반부터 50대초반까지가 절정이 아니었나 한다) 강남지역을 휩쓸며 가보지 않은 술집이 없을 정도로 설치고 돌아다녔다. 어떤 때는 내가 이렇게 살아있는 게 용할 정도로 아찔한 순간도 맛보았다. 룸살롱 등에서 큰 사건이 나서 어딘지 알아보면 며칠전 우리가 들러 떠들고 술 먹으면서 놀던 곳이라는 것이다. 나와 어울리는 술꾼 중 가장 거두는 역시 K군이라는 신체 건강한 친구인데 어느 날 일본에서 술이 제일 세다는 술꾼을 강남 어느 술집에 초대해서 술 시합을 하는데 밤이 깊어가면서 서로 한 치의 양보도 없는데 드디어 새벽 4시쯤 되니 일본 술꾼이 오줌을 질질 싸면서 도망쳤다는 일화도 있다.

우리 친구들이 그의 매일같은 폭주에 걱정이 되어 병원에 가서 검사한 번 받아 볼 것을 권한 적이 있는데 병원의 검사결과 의사선생님 말씀이 "그렇게 술을 많이 마셔도 당신의 위와 간이 멀쩡한 것을 보니 아마 특수체질인 것 같다"라고 하더란다. 그러든 친구도 세월은 속일 수 없고 또 가랑비에 옷 젖듯 최근 검사에서 위에 큰 혹이 있어 S병원에서 큰 수술을 받고 그 후 얼마동안 큰 고생을 하고 지냈는데 근래에 와서 그 버룻 남 못준다고 다시 술을 시작해서 친구들을 놀라게 한다. 이 친구외에 강남팀 몇 명도 나의 술 실력을 능가할 정도로 강력하다.

　내가 직장 차장시절 신림동 모 룸살롱에서 술을 먹은 적이 있는데 파장이 되어 일어설 때가 새벽1시였다. 폭탄주 위주로 먹었기 때문에 이미 몸과 정신은 만신창이가 된 상태여서 술집주인이 잡아 준 택시를 타고 집으로 가는데 도착할 시간이 된 듯한데 택시는 계속가고 있었다. 이윽고 택시기사가 내려 준 곳은 낯선 이국땅 같았다. 정신이 혼미하여 마침 지나가는 사람에게 여기가 어디냐고 물으니 마포라는 것이다. 정신이 번쩍들었다. 술이 취한 상태에서 나는 혼자말로 내 뱉었다. "나쁜 놈" 이라고. 이미 삑치기를 당한 듯 내 지갑에는 돈 한푼 없었다. 비틀거리는 걸음걸이로 산 넘고 물 건너 갈대 우거진 숲길을 지나 가도가도 끝이 없는 길을 7시간이나 헤맨 끝에 집에 올 수 있었다. 마치 동물들이 촉수를 이용해 자기 보금자리를 찾듯 나에게도 그런 것이 있는 것이 아닌가 생각해 보았다. 나중에 생각해보니 그 기사가 나쁜게 아니라 술로인해 내 혀가 꼬불어진 상태에서 반포를 마포로 기사가 잘못들은 것이 아닌가 생각되어 웃음 아닌 웃음을 웃어보았다.

　나는 가끔 주위사람들에게 장수 유전자를 타고난 것 같다는 이야기를 듣곤 한다. 이는 우선 아내와 자녀들조차도 내가 장수유전자로 태어났다며 웬만한 아픔 정도는 엄살로 알며 잘 믿지 않는다.

　지난해 설 차례를 지낸 다음날 중학교 친구들 20여 명과 광교산 등산을 했다. 정상에서 가져온 음식을 나눠먹으며 건강이야기를 하는데 갑자기 총무녀석이 "여기서 한군데도 아프지 않고 약을 전혀 먹지 않는 사람은 L군(나를 지칭)밖에 없다"며 나를 당황하게 만든 적도 있다.

　이처럼 자타가 공인하는 건강체질, 장수체질이라던 나도 세월을 거스르지 못하는지 작년년말부터 나의 가장 취약부분부터 말썽을 부리기 시작했다. 바나나 같던 변을 자랑하던 위와 장은 설사와 천둥을 치는 듯한 경련, 튼튼하던 팔은 위로 올릴 수 없을 정도로 통증을 수반하고, 감기, 몸살 모르고 살던 몸은 잦은 말썽을 부린다. 이런 결과 작년 연말 각종 모임과 금년 신년모임은 모두 참석하지 못하여 가족이나 주위사람들이 우려와 놀라움을 감추지 못하는 듯하다.

나는 스스로 곰곰이 생각해 보았다. 봄에 밭고랑을 돋아주고 씨를 뿌려 싹이 나면 열심히 물을 주고 잡초도 제거하면서 관리해야 가을에 건실한 알찬 열매를 거둘 수 있지, 그렇지 않으면 쭉정이만 수확할 게 뻔하다는 것을….

나도 젊은 시절 부모님이 주신 건강한 신체만 믿고 가꾸지 않고 무리한 사용과 무절제의 행동이 이런 결과를 가져 왔다고 뼈저리게 느끼게 되었다. 그러나 후회해도 소용없는 일이다. 이미 너무 늦게 깨달은 것이다.

젊은이들이여! 누가 이런 이야기를 해 주겠는가! 시간은 유수 같으니 제발 경고하나니 젊을 때부터 몸을 아끼고 잘 관리하여 주어진 젊음의 시간을 잘 활용해야 건강하고 풍요로운 노후를 맞이할 수 있으리라.

층간소음

누구든 처음 이사를 가게되면 기대와 두려움이 교차하게 된다. 이사 가는 곳의 환경이 깨끗하고 학군과 교통 등 기반시설이 좋은지 아니면 근처에 혐오시설이 있어 소음과 악취가 나지 않는지, 인심이 좋아 이웃 간 소통이 잘되는 지 혹은 층간소음 즉 아랫집 윗집 옆집 등에서 이상한 소음은 나지 않는지 처음 몇 달 동안은 여간 신경이 곤두서는 게 아니다.

물론, 이사 가는 곳을 먼저 세심하게 검토한 후 집을 사거나 세를 들겠기만 층간소음은 미리 알 수도 없고 부동산 중개업소에서 조차 알 방법이 없기 때문에 더욱 신경이 쓰이게 된다. 작금엔 층간소음 때문에 각종시비가 일어나는 일이 빈번하고 심지어는 사회지도층 인사마저도 층간소음에 대한 보복으로 기물파괴나 폭력 등을 일으키는 사례가 있다하니 층간소음이야말로 심각한 사회문제가 아닐 수 없다.

내가 이번 이사간 곳은 주위가 산으로 둘러 쌓여있어 공기가 맑고 꽃피고 새가 우는 등 주위환경이 아주 좋은 반면 이런 좋은 환경의 이점을 누리려면 교통이 조금 불편한 점은 감수해야 할 것이다.

이곳에 온 후 처음 겪는 일은 옆집에서 가끔 가야금 또는 거문고 소리가 은은히 들려 듣기 좋았는데 듣기 좋은 꽃노래도 한 두 번이라고 자주 들려오니 이것도 소음으로 들리기 시작한 것이다. 또한 방음장치가(방음공사) 잘 안 된 건물인지 옆집에서 목욕하는 소리, 윗집에서 발자국 소리, 각종 이야기하는 소리, 심지어는 무슨 기계소음인지 이해못할 야릇한 소음이 계속되어 심히 괴롭다. 제발 무엇 때문에 나는 소리인지 알기나 하면 속이나 시원하겠는데 물어볼 수도 없고 혼자 벙어리 냉가슴이다. 또한 어디서 이상한 새소리도 들렸다. 처음에는 내가 등산다니며 가끔 듣는 새소리와 흡사하여 주위 산에서 나는 새소리인줄 알았다. 그런데 추운 겨울인데도 울고 심지어는 밤늦게까지 우는 것이었다. 나중에는 새소리가 아니라 디지털 도어록을 열고 닫을 때 나는 음향 소리겠지 했는데 어떤 때는 밤 12시가 넘었는데도 날 때가 있었다. 그러려니 하고 지내다가 마침 아파트 앞을 지나다가 아랫집 창문에서 그 소리가 나서 처다보니 새장에 갇힌 새소리였다. 푸른 창공과 드넓은 초원에서 마음껏 임을 부르며 노래하는 새소리라야 진정 아름다운 소리를 낼텐데 감옥에 갇힌 새가 어떻게 아름다운 소리를 낼까 생각해 보았다. 주인을 만나면 그만 놓아주세요 하고 말하고 싶었으나 기분나쁘게 생각할 것 같아 그만 두었다. 마침 새 주인은 내가 이사온 후 얼마 지나지 않아 이사를 가주어 천만다행으로 생각되었다.

최근 어느 지자체에서 소음 방지용 슬리퍼를 제조하여 지역주민에게 배부했다는 반가운 소식을 언론에서 들은 적이 있다. 아주 좋은 idea라고 생각한다. 주민을 생각하는 지방자체 단체의 노력이 엿보인다. 그러나 이것은 발자국 소리만 줄여주는데 효과가 있지 근본 해결책은 아닌듯하다.

근본적인 해결책은 위, 아래, 옆집 등과 상호원활한 의사소통과 이해가 전제되어야 한다.

그래서 나는 감히 아래와 같이 제안하고 싶다.

옛날처럼 반상회를 열 듯 위, 아래, 옆집과의 협의체를 구성하여 가끔

모임을 가지면 어떨까한다. 물론 주민들 스스로 협의체를 구성하기가 어려울 것이므로 지자체나 아파트 관리소의 중재가 필요할 것이다. 즉 이 모임에서 대화를 하다보면 여태껏 속앓이하던 그 소리가(소음) 무엇이었는지 허심탄회하게 물으면 "아! 그 소리가 들립니까? 조심해야 되겠군요!" 하는 등 서로의 의견이 솔직하게 개진됨으로써 별 분쟁 없이 좋은 결실을 맺지 않을까 한다.

사실 주거는 인간생활에 있어서 가장 중요하고 관심의 대상이 아닐 수 없다. 서로 쾌적하고 안락하게 조용한 주거환경에서 산다는 것은 우리 모두의 바람이자 소원하는 바일 것이다.

청남대 기행

　날씨는 맑고 청명하여 지난 번 관람때와는 사뭇 다른 모습으로 우리를 맞는다. 인파는 마치 명동거리에 온 듯하여 대통령의 별장생활과 청남대 주변의 아름다움을 감상하려는 국민의 열기가 얼마나 뜨거운지를 실감케 했다. 북쪽 백악산 기슭에는 청와대가 자리하고 남쪽 따뜻한 중원 푸른 대청호반에는 섬처럼 우뚝 솟은 청남대가 그 기상도 꿋꿋하게 자리하고 있다. 대(臺)와 호수는 마치 악어와 악어새처럼 서로 응시하고 보듬으며 그 조화를 이루고 있다. 경내에는 반송 같은 기이한 나무와 꽃과 야생화가 철따라 피고 지며 방문하는 대통령을 맞이했으리. 지금은 출입제한이 해제되어 온 국민이 조금이나마 대통령의 별장생활상을 엿볼 수 있어 다행이 아닐 수 없다. 백성들의 삶과 나라의 안녕을 걱정하며 걸었을 오솔길에는 각종 이름모를 야생화가 대통령의 발길을 반겼으리라.

　본관 여기저기에는 대통령의 손때가 묻은 집기와 가재도구가 지금이라도 대통령을 맞을 듯하다. 오각정에서 시원하게 호수를 바라보며 즐기는 비경은 대통령과 그의 가족의 사랑을 듬뿍 받았으리. 대통령의 이름을 딴 산책로에는 황톳길, 마사토길, 목교 등이 자리하고 산철쭉, 금낭화, 춘란, 할미꽃 등 다양한 꽃들이 방문객을 맞는다.

　힘껏 쳤으나 슬라이스나 훅이 나서 숲속이나 호수위로 날아간 골프공을 아쉬워하며 수많은 모르간을 받지 않았을는지.

주변의 낙우송은 쑥쑥 자란 우리의 국력과 경제력처럼 엄청난 위용과 기상을 자랑하며 하늘로 뻗었고 각종 소나무와 단풍나무들이 조화를 이루며 찾아오는 관광객을 기쁘게 한다.

초가정에 앉아 호수를 바라보는 관경은 마치 시골 수박밭의 원두막 같은 포근하고 아늑한 분위기를 자아낸다.

생시에도 직접 보지 못했으며 이제는 우리의 뇌리에서 점차 멀어져가는 대통령의 실제 모습(원모습과 똑같이 만든 동상)을 최 근거리에서 볼 수 있어 대통령과 더욱 가까워진 듯하다.

마지막으로 우리를 맞는 전망대는 청남대와 대청호를 아우르는 전반의 비경을 조망할 수 있어 오늘의 최대 하이라이트가 아니었을까 한다.

따사한 햇빛에 반사된 은빛 대청호는 오늘도 내일도 모래도 많은 국민들의 사랑을 받으며 파란만장했던 청남대의 지난 역사를 고스란히 되씹어보고 있으리라.

-2014. 4. 28. 은행 동기들과

연초계획의 중간점검

금년 내가 나의 양심과 약속한 행동지침 5개이다.

새해 첫날 이를 악물고 실천해 보겠다는 나의 가장 weak point이다.

    1. 화를 내지 않는다

    2. 남을 미워하지 않는다

    3. 말을 삼간다(주로 듣기 위주)

    4. 행동거지 신중히 하기(느리고, 여유롭고, 침착하게)

    5. 친구와 친하게 지내자

6개월이 지난 지금 이를 잘 실천하고 있는지를 중간 점검해 본다.

첫째 약속, 화내지 않는다이다.

나는 언제부터인가는 모르겠는데 하찮은 일에도 짜증을 내고 화를 참지못한다. 본래 나의 성격이 잘못된 것을 보면 참지 못하고 괜스레 참견하는 스타일이다. 공자 말씀에 "자기와 관계치 않는 일에 시비치 말라"라고 하셨는데 나는 불의(不義)를 보면 괜히 참지 못하고 화를 낸다. 종로에서 맞은 뺨 청량리에서 화풀이한다고 괜히 처에게도 자주 화풀이를 한다. 진정 내가 연초에 세웠던 결심 10%도 제대로 지켜지고 있는지 걱정스럽다. 남은 반년 동안 굳은 결심과 의지로 고쳐보겠다.

두 번째 약속, 남을 미워하지 말자.

TV나 라디오에서 내가 싫어하는 人物이 나오면 가차없이 channel을 돌려버린다. 등산가서도 싫어하는 사람이 오면 다음번 그 등산모임에 잘 가지 않아진다. 국회의원까지 지낸 원로배우가 언론매체에 보험광고를 하는 것을 보면 옛날에 존경했던 마음이 싹 가신다. 그분 얼굴 TV에 나오면 나이와 직분에 걸맞는 人物이 되라고 헐뜯기까지 하는 판국이다. 나의 아래층 사는 人物도 나의 경계 대상이다(한 번은 집이 낡아 아랫층으로 물이 조금 스며들었다고 집 전체를 도배해 준 적이 있다). 이를 볼 때 나의 주위에 미운 사람이 왜 그렇게 많은지 모르겠다. 연초에 정한 나의 목표를 지키기가 정말 힘든가보다. 좋은 책을 읽고 산에 올라 호연지기를 부르짖고 복식호흡과 명상 등을 해 보았지만 그때뿐 되풀이되는 계심(마음)은 고쳐지지 않으니 큰일이다. 빨리 몸과 마음을 수양하여 보는 이마다 즐거운 마음으로 맞을 것을 맹세하노라. "미움이 사랑으로 변하게"

세 번째 약속, 말을 삼가자(주로 듣기만 하자)

공자께서 "白圭之玷 尙可磨也 斯言之玷 不可爲也(백규의 흠은 차라리 갈아 없앨 수 있지만 말의 흠은 어쩔 수 없다)"라고 하셨다. 또한 "知之爲知之 不知爲不知"처럼 분명히 알지 못하는 것은 말하지 말고 耳順(남의 말이나 의견 등을 잘 듣는 나이 즉 60대)을 넘어 이제 칠순을 바라보는 나이니만큼 주로 듣기를 많이 하고 정 말을 하려거든 필요하고 확실한 말만 하자. 그런데 아직까지도 모임 등에 가면 술 한 잔만 마셔도 온 잡소리가 다 나오니 큰 걱정거리가 아닐 수 없다. 수양이 덜된 탓인지 금방 자제하려고 마음먹고도 그 의지 오래 못간다. 이제부터라도 나이에 걸맞는 말과 행동을 위해 벽장에 넣어 두었던 三思一言 현판을 다시 꺼내 벽에 달리라.

넷째 약속, 행동거지 신중히 하기(느리고 여유롭고 침착하기)

나의 성격은 급하고 강직하다. 그러다보니 모임에 가서도 남보다 일찍 일어나고 술잔 받으면 즉시(3초도 안 걸린다) 답례한다. 남에게 조금이라도 신세를 지거나 빚이 있으면 잠을 이룰 수 없을 정도다. 심지어는 벽에 사진이나 그림도 삐뚤게 걸려있으면 참기 힘들어 하는 성미이다. 식사자리도 먼저 일어나니 계산도 먼저 하게 되고 말도 급해 실수도 잦다. 행동도 조급해서 여기저기 부딪치기 일수다. 머리 여기저기 멍이 들고 성한 데가 없을 정도다. 달리기 경주에서 거북이가 토끼를 이겼다는 우화가 있듯이 항상 여유로운 마음과 침착한 행동으로 남이 나를 신비롭게 바라보는 人間이되리라. 그 실천으로 청산도를 가고 제주 올레길도 다시 돌아볼 작정이다.

공자께서 己所不欲이면 勿施於人(내가 하고 싶지 않은 일을 남에게 하도록 하지말자)이라 하셨다. 나도 이 말을 되세기며 남이 싫어하는 말과 행동을 자제하며 남에게 항상 호감가는 말을 하리라 맹세하고 또 맹세한다.

다섯째 약속, 친구와 친하게 지내자.

이제 곧 70(從心所慾不踰矩)을 바라보는 나이다. 이제 정말 믿을 수 있는 자는 가족과 친구가 아닌가 한다. "相識滿天下 知心能幾人(세상에는 알고 지내는 사람 많고 많지만 정작 마음 터놓고 이야기할 수 있는 사람 과연 얼마나 될까, 明心寶鑑 交友篇)"이란 말처럼 가족을 제외하면 친구가 제일이다.

공자께서 "有朋自遠方來 不亦樂乎(먼 데서 친한 벗이 불현듯 내 앞에 나타나면 가슴 뭉클하고 그 기쁨 말로 어떻게 표현 하겠는가)라고 하셨다. 친구가 얼마나 좋았으면 이런 멋진 말을 남겼을까 한다.

나의 人生이 아직 밝던 시절(젊은 직장 재직시절)엔 내 주위엔 친구들로 가득했건만 이제는 머리엔 흰 서리가 내리고 찾는 사람 드무니 이 얼마나 고독한가. 이때야말로 옛 죽마고우가 최고다.

"逝者如斯夫 不舍晝夜(흐르는 시간은 이와 같구나. 밤낮으로 멈추지 않네)"처럼 또는 "고장난 시계는 멈추었는데 이 세월은 고장도 없이 계속 가는가"의 노래가사처럼 세월은 빠르고 그침이 없다.

朱子 偶成詩中, 未覺池塘春草夢階前梧葉已秋聲(연못가에 풀잎이 아직 봄소식도 전하기 전에 계단 앞 오동나무 잎은 벌써 가을을 알리네)라는 대목이 내 가슴을 울린다.

지금이라도 늦지 않았으니 친구들이여! 소꿉장난하고 물장구치던 옛 죽마고우들이여! 만나서 마음껏 회포를 풀어보세!

그런데 어제 초등학교 동기회에 또 가지 못했다. 이런저런 핑계로 3년째다. 내 스스로 친구 앞에 나타나는 것이 쑥스러운지 모르겠다. 몸은 여위고 검은 머리엔 하얀 서리가 내리고 기름기 돌던 홍안엔 검은 파도가 몰아치니 남 앞에 나타나기가 조심스러운지 모르겠다. 내년에는 꼭 가리라. 만나서 탁배기 한 잔 쭉 들이키며 어릴 때의 회포를 한껏 풀어야겠다.

조물주님이시여!

부디 이제부터라도 연초에 결심한 행동지침들이 잘 결실 맺도록 채찍질해 주세요. 저도 힘껏 노력할께요!

순천만 정원 관람 일우(一隅)

　벼르고 벼르던 일을 감행하고 말았다. 2013년 4월부터 10월까지 순천에서 열린 순천만국제정원박람회행사 때 표까지 구입하고도 다른 일 때문에 가지 못하고 차일피일 미루다 보니 지금까지 온 것이다. 이러다가는 영영 가 보지 못하지나 않을까 노심초사하다가 급기야 정호승 시인의 에세이집 "당신이 없으면 내가 없습니다"를 읽다가 마지막 부분의 "미리 쓴 나의 버킷리스트"에 어디라도 정해진 곳 없이 그저 정처 없이 떠나고 싶다"는 장을 읽고 나도 내일 새벽 일찍 정처 없이 떠나 보리라 마음먹고 오늘 새벽 아침도 거르고 부랴부랴 간편 가방 하나 걸치고 강남고속버스터미널에서 순천행 고속버스에 몸을 실었다. 어디 가보지 못한 곳이 여기뿐만이 아니지만 무슨 일이 있어도 여기만은 꼭 가봐야겠다며 굳은 마음을 먹곤 했으나 우유부단한 성격은 늘 차일피일하다 말곤 했다.

　논어 선진(先進)편에 자로가 공자께 물었다. "좋은 말을 들으면 곧 실행해야 합니까?" 공자께서 대답하시길 "부형이 살아계신데 어찌 좋은 말을 들었다고 곧 실행할 수 있느냐"했다. 위와 똑같은 질문으로 염유가 물었다. "들은 즉시 실행하라"라고 공자께서 대답하셨다. 똑 같은 질문인데 자로께는 즉시 실행 말라고 했고, 염유에게는 지금 즉시 실행하라고 했을까요. 이는 자로는 너무 대범하고 적극적인 행동의 소유자라 행동을 자재할 필요가 있었고, 염유는 너무 소극적이므로 좀 대범하게 행동하기를 바랐던 것이다. 이처럼 공자는 제자를 교육할 때도 각자의 성질과 소질과 능력에 따라 다르게 교육시켰던 것이다. 사실 나처럼 실천력이 느린 사람에게는 염유에게 하는 교육이 적절하지 않겠나 하는 생각을 해 본다.

나는 아내의 어디 가느냐의 질문에 바람 좀 쐬고 오겠다고만 말하고 행선지는 일체 함구하였다. 오늘 하루 정처없이 가보고 싶은 데를 가고 싶었기 때문이다. 사실은 며칠 전부터 아내와 둘이서 지금은 국가정원 1호가 된 순천만정원엘 같이 가기로 되어 있었다. 그러나 아내를 대동하면 출발하는 시간이 늦어지는 것은 불 보듯 뻔한 일이어서 오늘중 귀가하는 것이 불가능할 것 같아 혼자 가기로 결정한 것이다. 차창 밖으로 보이는 경치는 황홀했다. 황금빛으로 물들은 들판은 마치 금으로 색칠한 듯하고 아직 여름의 끝자락이라 온 산천은 푸르름으로 한껏 뽐내고 있었다. 오곡백과가 무르익은 들판은 금년이 풍년임을 알리기에 충분했다.

4시간이 걸려 순천에 도착하자마자 택시를 잡아타고 순천만 정원에 도착하니 때는 이미 정오이다. 표를 끊어 입장하니 배고파서 견딜 수가 없었다. 금강산도 식후경이라고 아침 겸 점심으로 불고기백반으로 허기를 채웠다. 아침을 거른 탓에 시장이 반찬이라고 정신없이 먹기는 하였는데 음식 맛이 생각만큼 좋지 않았다.

동문에서 시작하는 관람은 나의 마음을 흥분시켰다. 호수 위에는 오리가 유유히 헤엄치고 물속에는 이름 모를 물고기들(아마 갈겨니가 아닌가 한다)이 물길질 하며 뛰어논다. 호수 한가운데 우뚝 솟은 나선형의 봉화봉은 호수의 운치를 한결 돋구었다. 하늘 위에 솔개가 날고 있었다면 과히 연비어약(鳶飛魚躍)이 아니던가. 아직 여름의 끝자락이라 작열하는 태양은 한여름을 방불케 했다. 그래서인지 관람객이 그리 많지 않았다. 나선을 따라 봉화봉 정상에 올라 주위를 살펴보니 어서 빨리 경내 정경을 둘러보아야겠다는 욕심이 앞섰다. 먼저 멋스러운 프랑스 정원을 들러보았고 운치있는 중국정원, 풍차의 네덜란드, 웅장한 미국정원 그리고 터키, 이탈리라, 태국 등 각 나라 정원을 쭉 둘러보았다. 그중에서 우리 한국정원이 가장 이쁘고 멋있었다. 가을의 초엽에 접어들었지만 아직도 아름다운 꽃들이 전성기는 아니지만 마지막 가는 여름을 아쉬워하듯 관람객을 맞았다. 사실 너무 넓기 때문에 한정된 시간에 다 돌아 보려면 주마간산 격으로 돌아볼 수밖에 없었다. 처음부터 모노레일을 타고 돌아볼까 하다가 이런 자연관람은 직접 둘러보고 감상하며 사진도 찍고 식물이나 꽃 이름을 배우는 것이 묘미이기 때문에 그냥 스쳐가는 관람은 지양했다. 나는 글을 쓰는 사람이기 때문에 평소 식물이나 꽃 이름 등을 알려고 무척 애를 쓰고 있고 여기 온 것도 사실 그 때문인지 모른다. 사실, 글 쓰고 시를 쓰는 사람이 동식물이나 꽃 이름을 모른다는 것은 공자 앞에 문자 쓰는 격이나 다를 바가 없다 할 것이다. 나는 자세히는 보지 못했지만 그런대로 평소 알지 못했던 꽃 이름이나 식물이름을 많이 배우는 계기가 되었고, 많은 지식을 습득할 수 있는 기회가 되었다.

　나는 요사이 거의 매일 서달산 자락길(현충원 길)을 한바퀴 돈다. 둘레길 여기저기서는 계절따라 많은 꽃이 피고 지는데 8월초쯤 언덕배기에 수국처럼 탐스럽게 핀 꽃이 거의 2달 내내 피어있어 지나가는 행인에게 이 꽃이름이 무엇이냐고 물었는데 그 분이 자신 있는 양 불두화(佛頭花: 인동과에 속하는 백당나무 품종. 절에서 주로 관상용으로 심음)라고 일러 주었다. 나도 묻는 사람이 있으면 자신이 있는 사람인 양 불두화라고 말해준다. 그런데 이번 이 정원을 관람하면서 안 사실이지만 그건 불두화가 아니라 나무수국이었다. 내가 여태껏 잘못 알았고 잘못 가르쳐 드린 것이 어리석고 죄스럽기 그지없다.

공자께서 제자 자로가 앎[知]이란 무엇인지를 묻는 질문에 "知之爲知之 不知爲不知 是知也"(아는 것은 안다하고 모르는 것은 모른다고 하는 것이 참으로 아는 것이다)라고 대답하셨다고 한다. 나는 알지도 못하면서 체면 때문에, 쑥스러워서, 부끄러워서 또는 자랑하고 싶어서 잘못 가르쳐주는 우를 범하고 말았다. 얼마나 어리석은 짓인가. 우리 국민들 중에서도 얼마나 많은 사람들이 잘못된 가르침으로 고통 받고 피해를 보고 있을지 상상이 안 간다.

나도 많이 당해보았다. 특히 이번 순천만정원 관람을 위해 처음 차에서 내렸을 때 방향감각이 없어 몇 사람에게 물었었다. 그런데 대답하는 사람마다 달랐다. 어떻게 정원엘 가면 좋은지를 물으니 어떤 사람은 10분만 걸어가면 된다하고, 또 어떤 사람은 Taxi를 타라한다. 또 혹자는 버스를 타면 비용도 절감된다하니 Bus를 타기로 했다. 가르쳐 주는 정류장에서 젊은이에게 또다시 물었다. 여기서 기다리면 되느냐고 물으니 그 젊은이 여기가 맞으니 꼭 여기서 타라하고 자기는 딴 차로 먼저 가버렸다. 고맙게 생각하고 10분을 기다렸으나 버스가 오지 않아 마음 졸이고 있는데 한참만에 차가 와서 손을 들어 차를 타려는데 기사가 건너편에서 타라한다. 너무 황당하고 화가 치밀어 택시를 타고갔다. 택시기사는 반대 방향이니 건너편에서 타도록 가르쳐주어야 하는데 무조건 타란다. 그러더니 저멀리 빙빙돌아 그곳까지 데려다 주었다. 처음부터 첫 인상이 말이 아니었다. 음식도 값에 비해 터무니없이 부실했다. 관광안내원이 경내에 들어가면 여러 가지 음식이 있으니 골라 먹을 수 있다고 했으나 몇 사람이 앉아 있는 식당에는 한식 외엔 별로 없었고 식당주인도 손님에게는 별로 관심이 없는 듯 손가락으로 가리키며 저기 앉으란다.

어느 관광지든 간에 그 지역 주민이 한마음 한뜻이 되어 관광객을 맞아 주어야하는데 나와는 상관없다는 듯하면 그렇지 않아도 큰돈을 들여 만든 시설이 나락으로 빠지는 일이 없다고 누가 장담하겠는가. 지금도 지방자치단체에서 하나의 행사를 위해 거창하게 만든 시설이 잠자는 경우가 허다하다.

한번 뱉은 말은 주워 담을 수 없다. 나도 말과 행동이 신중하지 못해 실수하는 경우가 다반사다. 이는 인격과 교양이 부족한 탓이리라. 그래서 글씨 잘 쓰는 분에게 부탁하여 삼사일언(三思一言)이라는 커다란 글씨를 선물받아 집안에 걸어놓고 나의 언행의 지침으로 삼고 있다. 아까도 말했듯이 제발 모르는 것은 진정으로 모른다고 하여 남에게 피해를 주는 일이 없어야 하고, 말을 함부로 내 뱉음으로 인해 나중에 후회하는 일이 없어야 할 것이다.

나는 시간도 없었지만 잘 계획된 여행일정이나 정보가 부족했고 그르친 첫 인상 때문에 시원한 순천만 갯벌을 한번 걸어보고 싶었고 낙양읍성도 관람할 작정이었으나 접을수 밖에 없었고 틀어진 일정 때문에 더 나아가지도 못하고 쓸쓸히 귀경해야 했다.

그러나 아직까지 순천만과 순천정원, 낙양읍성, 송광사, 선암사 등을 관람하지 못하신 분은 아름답고 유서 깊은 순천 일대 관광지를 꼭 한번 관람하실 것을 권합니다.

고집(固執)

-외고집, 옹고집, 왕고집, 쇠고집

 손을 정답게 맞잡고 길을 걷는 노부부 또는 부부동반모임 등 부부모임에서 한결같이 느끼는 것이 있다. 부부간의 얼굴이 닮아 꼭 남매 사이 같다는 것이다. 옛말에 부부가 오랜기간 동안 같이 살면 얼굴이 꼭 닮는다는 것이다. 그런데 이런 것은 사람뿐만 아니라 동식물에도 자주 보게 된다.

 어느 날 산길을 걷는데 갑자기 산모퉁이에서 개 한 마리를 몰고 오는 노인을 보고 깜짝 놀랐다. 주인과 개의 얼굴이 너무 닮았기 때문이다. 이처럼 인간과 동물이 공생하다보면 부부관계처럼 닮을 수 있구나 하고 느꼈다. 뿐만 아니라, 식물 사이에도 이런 사례를 가끔 본다. 옆에 같이 지내다보면 서로 다른 나무인데도 불구하고 뿌리가 붙거나 가지가 서로 붙어 연리근(連理根) 연리지(連理枝)가 되는 것이다. 이처럼 인간 동식물 할 것 없이 오래 같이 지내다 보면 서로 닮는 경우를 많이 보게 된다. 이는 생활환경이 같다보니 자연히 닮아가는 게 아닌가 한다. 즉 같은 식사를 하고 같이 잠을 자고 같이 생활한 결과가 아닌가 한다.

 우리 부부는 결혼한 지가 어언 50여 년이 다가온다. 나의 집안은 엄격한 유교집안이라 어릴 때부터 엄한 가정교육과 예절을 배워왔기 때문에 거기에 영향을 받아 강직하고 고집스럽고 길이 아니면 가지 않을 뿐 아니라 주차장이 아니면 차를 세우지도 않고 약속 한 번 어겨 본 적이 없을 정도로 원칙주의로 자랐다. 또한 제 처의 집안은 아버지가 역장을 지낸 공무원 집안이라 어릴 적부터 격식 있게 자랐고, 5녀 1남의 딸 부잣집이면서 하나같이 미스코리아에 나가도 뒤지지 않을 만큼 미모를 자랑한다. 또한 마음씨도 한결같이 고와 법 없이도 살 사람들이다. 그런데 우리부부도 예외는 아니어서 부부가 닮았다는 소리를 가끔 들으니 못생긴 나로서는 여간 기쁜 게 아니다. 그런데 얼굴은 닮기는 한데 습관 기호까지 닮는지는 연구대상이다. 왜냐하면, 나의 아내는 내가 통제할 수 없는 몇 가지 고집이 있기 때문이다.

첫째는 음식이다. 40년 이상을 같이 살았어도 선호하는 음식이 전혀 다르다. 물론 아내는 병고를 한 번 치른 경험이 있어 건강을 지키기 위해 그런 것인지는 몰라도 식사의 대부분이 맛 위주가 아니라 건강 위주의 식사다. 또한 나는 담백한 음식(나는 비위가 약하다)을 좋아하는 반면 아내는 비릿하고 텁텁한 음식을 좋아한다. 나의 집에서는 예나 지금이나 라면을 먹어 본 적이 없다. 가끔 술 한 잔하고 집에 와서 얼큰한 라면 한 사발 먹었으면 할 때도 가끔 있으나 이는 언감생심이다. 어림도 없는 일이다. 나는 식도락가라서 쌀밥에 양념이 잘되고 간이 잘된 반찬을 먹고 싶으나 아내는 현미밥에 생선이나 간이 안된 밋밋한 반찬을 좋아한다. 그래서 나는 그렇게도 원하는 쌀밥을 집에서 여태 한 번도 먹어본 적이 없다. 또한 나는 가끔 수재비나 메밀국수, 칼국수 등 특식을 먹고 싶어 제안하면 해가 산 넘어 가듯 아무 관심이 없다. 오죽하면 나 일찍 죽어도 좋으니 나 먹고 싶은 음식 한 번 먹어봤으면 좋겠다고 항변했으랴. 생각다못해 요새 새로운 안을 아내에게 제시했다. 시장에서 양은 냄비 하나 구입하여 내가 직접 파 송송 썰어 넣고 멸치와 감자 고추 넣어 대구에서 고교시절 직접 끓여먹던 된장국을 끓여 먹고 싶은데 그대의 의견은 어떠한가 물으니 양은냄비가 건강에 안 좋으니 어떠니 하며 투덜

204

댄다. 그런데 어쩐 일인지 저녁에 내가 좋아하는 된장국이 나왔다.

아내는 본인이 생각한 것이 옳다고 생각하면 누가 뭐래도 고치지 않는 **옹고집**이 있으니 내가 죽을 때까지 먹고싶은 음식 먹고 즐겁고 기분좋게 살아가기는 틀린 모양이다. 옛날 장인어른께서 반찬이 마음에 안 들면 장모님께 연구를 좀 하면서 음식을 장만하라던 생각이 문득 난다.

두 번째는 아내는 병고를 치른 경험이 있어서인지 집에서 하는 자가 치료법이 한두 가지가 아니다. 쑥뜸, 침뜸(수지침), 단전, 체조 및 기능성 건강식품 등 많다. 매일 같이 반복적으로 하지 않으면 잠이 오지 않고 괜히 불안하단다. 어떤 때는 외출하여 귀가하면 온 집안이 쑥뜸 연기로 너구리 잡듯하다. 그래도 여름에는 창문을 열면 되지만 추운 겨울이 큰 문제이다. 오죽하면 아내가 누굴 만나면 담배 피우느냐고 묻는단다. 그러나 이러한 행위를 하지 못하도록 할 수는 없다. 왜냐하면, 이 모든 것이 아내의 건강에 도움이 된다니 말이다. 이런 것들로 해서 아내는 의사 못지않게 치료효과를 얻으며 전보다 건강이 많이 좋아졌다. 산에 같이 가면 올라갈 때는 남자인 내가 아무래도 우세하지만 내려올 때는 내가 쩔쩔 맨다. 아직도 나이에 걸맞지 않게 관악산, 북한산, 태백산 심지어는 설악산 대청봉도 올라갈 수 있을 정도이다. 그런데 문제는 위에서 하는 자가 치료법을 너무 맹신내지 의존하는 데 있다. 나는 거의 매년 건강검진을 받는다. 그런데 아내는 2년에 한번 받는 보험공단검사도 기피할 때가 많다. 인근병원에 같이 검진예약을 힘들게 해도 나 모르게 병원에 달려가 자기것은 취소한다. 어렵사리 한번 감언이설로 검진을 받은 적이 있는데 그 결과를 보고 두고두고 나를 원망하였고 내 병은 내가 알아서 할 터이니 당신은 신경을 끄라는 것이다. 하도 어이가 없어 건강검진은 당신을 위해 하는 것이 아니다. 당신이 만약 아프기라도 하면 나와 가족이 힘들다. 그러니 나와 가족을 위해서라도 또는 미리 예방을 위해

서라도 받자하나 소귀에 경 읽듯 하니 이 **외고집**을 도대체 어찌 하오리
까.

셋째는 각종 기기 사용이다. 아내는 아직도 휴대폰이 없다. 주위사람
들 중 유일하다. 나와 자식들 모두 제발 휴대폰 하나 갖자하면 집에 엄
연히 전화기가 있는데 뭣 때문에 필요하냐 한다. 아내가 휴대폰을 갖
지 않으려는 이유는 이렇다. 전자파가 많아 건강에 아주 나쁘다는 것이
고 둘째는 얼마 전 캐나다 언니집에 다니러 갔었는데 언니 부부는 캐나
다에서 이름 있는 대학교수인데도 휴대폰이 없이 지내는데 신흥국에
서 직장도 없이 집에 있는 가정주부가 무슨 휴대폰이 필요하냐는 것이
다. 별로 틀린 말은 아닌 듯하다. 그래서 할수 없이 예시를 들어가며 한
마디 건넨다. 즉, 차를 몰고 가는데 모든 차량이 쑥쑥 잘 지나가는데 당
신 혼자 교통질서 지킨다고 느릿느릿 간다면 교통흐름에 방해되는 것처
럼 주위 대부분(요즘은 초등학생도 갖는다)이 소지하는데 당신만 안 갖는다
면 당신에게 연락할 사람은 얼마나 답답하겠느냐 하며 제발 하나 준비
하라 하면 소 귀에 경 읽어주듯 하다. 그래서 하다못해 당신을 위해서가
아니라 나나 아이들을 위해서 장만하라고 빌고 또 빌어본다. 사실 이런
일도 자주 일어난다. 아내가 요즘 서달산이나 관악산을 친구들과 가끔
가는데 해가 지고 달이 떠도 오지 않는 경우가 있다. 사실 아내는 혈압
이 조금 높은 편이다. 그래서 늦으면 어디 구렁텅이나 언덕배기 등에 쓰
러져 있지 않은지 혹은 어떤 불량배에게 변을 당하지 않았는지 걱정이
이만저만이 아니나 연락할 길이 막연하다. 그래서 집주위 산길이나 신
작로에 나가 기다려 본적도 여러번이다. 그러나 방법은 하나, 스스로 문
이 열리는 소리를 듣는 것밖에는 없다. 그 외에도 나는 소심하고 강직하
여 걱정도 적지 않은 편이어서 집의 문단속을 강조하는 편인데 아내는
그것이 마음에 안 드는 모양이다. 집에 훔쳐갈 게 뭐가 있다고, 고층인

데 도둑이 어떻게 올라오느냐, 가스는 며칠 전 점검했는데 하며 너무 안일하게 생각하니 가슴 아픈 일이다. 아직 험한 세상을 살아보지 않았고 당해보지도 않았으니 그런 말 하겠지만 어디 사건사고라는 것이 예고를 하던가. 사고를 당하면 멍하니 하늘만 쳐다보며 후회한들 무슨 소용이 있겠는가.

그렇게도 주위에 사건사고 이야기를 듣고 TV나 라디오를 통해 사고 소식을 보고 들어도 우리집에 그런 일이 설마 일어날까하는 생각이 큰 문제이다. 이 점만은 제발 내편이 되어 주었으면 하는데 역시 담 넘어 뱀기어 가듯하니 그 **왕고집** 한 번 알아주리라.

물론 고집이 세다고 다 좋지않은 것은 아니다. 센 고집이 좋을 때도 있다. 예를 들면 40대 중반쯤에 우리 중학교 동기 몇 명이 단양 경치 좋은 곳에 은퇴 후 전원주택을 지어 같이 살자며 땅을 산 적이 있다. 그런데 대부분이 기다리지 못하고 팔아버렸는데 한 친구는 동네주민이 그렇게도 팔라고 종용했는데도 눈도 하나 깜짝않고 고집스럽게 보유했는데 최근 개발소식이 있는지 땅값이 폭등하여 덩실덩실 춤을 추고 있단다.

내려오는 속담에 어떤 성씨는 앉았던 자리에 풀도 나지 않는다는 말까지 있을 정도로 고집이 세다는 속설이 있지만 이는 그냥 내려오는 이야기가 아닌가 한다.

과유불급(過猶不及)이란 말이있다. 고집도 부릴 때 부려야지 너무 지나치면 하지 않음만 못하리라.

어떤 좋은 방도가 생기거나 전에 하던 사고(思考)나 행동에 잘못이 있다고 판단되면 **쇠고집**이라도 꺾고 빨리 개선하는 것이 본인이나 이웃을 위해 좋을 것이다.

오늘도 옹고집, 외고집, 왕고집, 쇠고집들이 누가 더 센지 힘 자랑하는 곳이 많이 있을 듯하다. 그러나 고집은 그냥 고집일 뿐이다.

욕지미래(慾知未來)

-미래가 알고 싶으면

　우리가 세상을 살아가는데 있어서 미래를 정확히 예측하고 알아맞출수가 있다면 얼마나 좋을까 하는 생각을 가끔 해보게 된다. 문제(일)가 잘 풀리지 않아 이래야하나 저래야 하나 하며 갈림길에 서는 일이 자주 발생하기 때문이다. 만약 미래를 예측할 수 있다면 힘들게 일할 필요도 없고 큰 고민도 할 필요 없이 편안히 살 수 있을 것이다. 예를 들면, 어느 주식을 사면 많이 오르고 어떤 땅을 사면 값이 뛸 것인지를 안다면 항상 돈 속에 묻혀 살 것이다. 부자나 가난한 사람 즉 양극화는 있을 수 없고 서로 치고 박고하는 싸움도 없을 것이다. 또한 미래를 예측할 수 있다면 뇌물을 받아도 문제가 발생할 수 없고 각종 사건사고를 당해 죽거나 다칠 일도 없으며 소송에 휘말릴 일도 없지 않나 한다. 대학입시 때도 어느 대학을 가야 할지를 걱정하지 않아도 되고 힘들게 과외공부하며 속을 끓일 일도 없을 것이다.

　우리의 일상생활에서 과거는 거울처럼 투명하게 알지만 미래는 칠흑같아서 전혀 알 수 없다. 다시 말하면 한치 앞을 알 수 없는 것이 인생살이다. 어제까지 멀쩡하던 사람이 밤새 안녕하는가 하면 떵떵거리고 살던 부자도 하루아침에 거지가 되는 경우도 종종 본다. 그래서 미래가 불확실 하니까 모두 걱정하고 불안해하며 미래를 조금이라도 알아보려고 노력한다. 그래서 철학관(점집)이나 예언가 혹은 도사를 찾아 미래를 점친다. 하도 미래가 불안하고 답답하니까 이런 것을 이용해서라도 다소 위안을 삼아 보려는 속셈일 것이다. 그러나 과학적으로도 미래를 예측할 수 없는 것이 현실이니 오직 신만이 그것을 알 수 있나보다.

물론 전혀 알 수 없는 것은 아니다. 기계장치를 이용한 기상관측이나 유전자를 이용한 미래의 질병 예측 등은 어느 정도 알 수 있는 방법이 연구되고 개발되고 있기는 하지만 인간의 습성이나 행동결과까지 미래를 알아 맞출 수 있기란 여간 어려운 일이 아니다. 그래서 나는 옛 성현의 가르침을 빌려 그 해결 방안을 고찰해 보고자 한다. 즉 욕지미래(慾知未來)거든 선찰이연(先察已然)(명심보감)이란 말이 있다. 앞날을 알고 싶으면 지난 일을 미리 살펴 보라는 것이다. 즉 지나간 일을 돌이켜 살펴본다면 앞으로 닥쳐올 일도 미루어 알 수 있다는 말일 것이다. 과거에 좋은 일 했으면 좋은 일이 다가올 것이고 나쁜 짓을 했으면 옳지 못한 미래가 기다리고 있을 것이다. 즉 과거를 거울삼아 미래를 예측해 본다면 또 다른 실수를 저지르는 악습을 되풀이하지 않을 수 있을 것이다.

작금의 우리사회 현상을 보면 이 말이 뼈저리게 느껴질 것이다. 언론에서 매일같이 보도되는 사건사고는 대부분 보통의 상식을 가진 사람이라면 얼마든지 앞일을 예견 할 수 있고 옳지 않다고 생각되면 하지 말아야 하는 일들이다. 한 예로 순간적인 욕정을 못 참아 성을 강요하거나 성폭력을 가하게 되면 피해자는 깊은 상처를 받게 되고 심지어는 괴로움을 참지 못해 자살하는 경우도 있을 수 있고 이에 더하여 가해자는 성폭력 사실을 감추기 위해 또는 피해자의 완강한 반항을 감당하지 못해 피해자를 살해할 수도 있는 등 상상할 수 없는 결과를 가져와 중벌을 피할 수 없음은 자명한 일인데도 이를 예견 못하여 자주 이런 일이 발생하다니 참 안타까운 일이라 하지 않을 수 없다.

또한 주요 산업의 중요 부품을 가짜나 짝퉁을 사용하면 큰 재앙이 일어난다는 것은 명약관화한 일인데 조그마한 이권에 얽매어 이런 상식밖의 큰 죄를 저지르니 참으로 안타깝고 통탄하지 않을 수 없다.

한번 엎지른 물은 도로 담을 수 없는 것처럼 일이 한번 터지면 후회해도 이미 때는 늦다. 모든 일은 상식선에서 생각하고 가능하면 정도를 지켜야 한다. 정도를 어기고 과욕을 부리면 언젠가는 문제가 발생하고 만다.

過猶不及이란 말이 있다. 모든 일은 과하면 처음부터 하지 않는 것만 못하단 말이다. 제발 사회지도층 인사부터 어렵게 살아가는 민초에 이르기까지 길이 아닌 곳은 가지 말고 자기 분수에 맞게 인생을 살아간다면 慾知未來란 말처럼 미래는 알아볼 것도 예측할 것도 없이 좋은 일만 다가오리라는 것은 확실하다.

구슬이 서말이라도 꿰어야 보배

　어느 날 친구들과 거나하게 술을 마셨다. 4~5차 갈 정도로 대취하도록 마셨다. 나의 일부 술 친구들은 엄청난 양의 술을 마셔댄다. 심지어는 이런 친구도 있다. 의사가 이자의 건강을 체크했는데 위나 간이 딴 사람과 달리 아주 특수체질로 태어나 술을 아무리 마셔도 취하지 않는 듯하다는 것이다. 이런 일도 있었단다. 일본의 최고 술꾼과 강남의 어느 술집에서 술먹기시합을 해서 일본의 술 왕초를 넉아웃 시킨 적도 있었단다.

　물론 술을 먹으려면 체력도 강해야 하지만 그만한 재력도 있어야 한다. 그렇지 않으면 재주나 수완이 좋아 남의 술을 얻어먹든가 해야 한다.

　그날은 왠지 나의 기분이 썩 좋았다. 나는 재력이 부족하여 주로 얻어먹는 신세였지만 오늘은 내가 한번 멋지게 쏜다며 평소 내가 신세진 친구 몇 명을 불러 점심부터 시작한 술이 새벽 3~4시까지 이어졌다. 나는 대체로 그들에 비하면 술이 약한 편이나 그렇더라도 보통은 조금 넘는 수준이다. 요령껏 마시며 따라다닐 실력은 되었으니 말이다.

　저의 아버지께서도 주량이 세신 분이었는데 나도 그것이 유전된 듯하다. 그날 지출한 돈이 여유있는 사람에게는 아무것도 아니지만 나에게는 거금이 아니었나 한다. 정말로 태어나서 가장 화끈하게 쓴 날이었다. 집에 기어 들어오다 시피해서 오긴 했는데 마누라에게 영수증을 내밀며 용서를 빌 일이 걱정이었다. 그런지도 모르고 아내는 꿀물을 타오고 시원한 콩나물국까지 끓여 주었다. 이리저리 빠져 나갈 궁리를 해보나 뾰족한 수가 없었다. 그러던 중 번뜩 이런 생각이 났다. 설사 내 스스로 너무 후회스럽고 아깝고 배가 너무 아프고 속도 쓰리고 괴롭게 느껴지더라도 이러고 있을 때가 아니라 정면으로 부딪쳐 보자. 자꾸 이런다고 더 좋아지지 않을진대 마음 편하게 먹자며 아내에게 "구슬이 서말이라도 꿰어야 보배이고 옥도 갈고 닦아야 빛이 난다"며 옛 속담을 들이대었다. 무슨 말인지 어안이 벙벙해 하는 아내에게 좀더 쉽게 한마디 추가한다. "마음이 맞는 즉, 서로 공감하고 소통이 잘되며 서로 좋아하는 사람과 같이 있으면 설사 그 사람이 목욕을 안하여 몸이 더럽더라도 몸에서 향기가 나고 마음이 맞지 않는 사람과 같이 있으면 그자가 아무리 몸이 깨끗하고 옷이 좋아도 그 몸에서는 악취가 난다.(논어) 즉 오늘 나와 술을 같이 한잔 한 사람들은 나의 죽마고우요 서로 가장 아끼고 좋아하는 친구들이다. 마음이 서로 상통하는 친한 친구에게 밥을 사고 술을 사는 것은 아깝지 않고 돈을 쓰더라도 가치 있는 쓰임이다. 정말 가치 있는데 쓴 돈은 구슬을 꿴 것처럼 가치 있고 옥을 간 것처럼 빛난다"라고 변명하니 아내도 웃으면서 돈은 벌면 되니 좋은 친구들과 좋은 관계를 오래오래 간직하라며 위로해 주었다. 어설픈 말재주를 부린 것이 대성공이었다.

반면, 이런 친구도 있다. 술을 같이해도 항상 말이 많고 자기는 술값 한번 낸 적 없으면서 술을 자주 얻어먹고도 고맙다는 인사 한마디 없고 술을 산 친구에게 우리 모두 감사의 인사말을 주고받는데 그는 오히려 친구끼리 얻어먹는데 뭐가 고맙느냐며 핀잔까지 주니 세상사는 게 이다지도 다를 수 있는지 의아하지 않을 수 없다. 이렇게 고마움을 모르는 이런 사람에게 돈을 쓰면 아깝고 가슴쓰리며 몸에서 악취가 나는 현상을 맞을 게 틀림없다.

그러면 현재를 살아가는 우리 사회는 어떤가.

좋은 대학을 나와 좋은 직장에 다녀야 대접받고 어떠한 방법으로든 재물을 많이 모아야 알아주는 사회가 아닌가. 남이 장에 가면 거름지고도 따라간다는 속담처럼 백화점이나 외국여행 등에서 각종 명품을 사야하고 명품가방, 명품옷을 입고 시내를 활보해야 인정받는 것으로 안다. 체면이 구겨지면 정말 못참는 민족이다.

정작 사회 뒤안길에는 헐벗고 굶주리며 하루하루를 보내는 사람이 얼마나 많은가.

옛날 다산 선생께서 아들에게 보여주는 가계에 이런 말이 있다.

(示二子家誡)

有形者易壞(유형자이괴) 無形者難滅(무형자난멸)

凡藏貨秘密 (범장화비밀) 莫如施舍(막여시사)

握之彌固 (악지미고) 脫之彌滑 (탈지미활)

형체가 있는 것은 부서지기 쉽고 형체가 없는 것은 없애기가 어렵다. 무릇, 재물을 비밀스레 간직하는 방법 중에 베품만한 것이 없다. 재물이란 미꾸라지 같아서 단단히 잡으려 들면 점점 더 미끄럽게 빠져 나간다라며 일찍부터 자식들에게 재산 지키는 방법과 가치있게 돈을 쓰는 방법을 가르쳤다. 참으로 좋은 말이 아닌가한다.

재산을 가치 있는데 쓰지 않고 자꾸 모으려고만 한다면 보이지 않는데서 허물어지고 쓸모없는 재산이 될 것이다.

옛날 戒盈杯는 술이 일정량(7부) 이상 차면 더 이상 채워지지 않는다고 한다. 넘치는 것을 경계하고 더 채우려 들지 말고 덜어내어야 된다는 교훈일 것이다.

비면 기울고 중간쯤차면 바르게 서고 가득차면 엎어지는 宥坐之器(유좌지기)도 욕심을 경계하는 그릇이다.

부귀와 권력에 맛들이면 옳고 그름에 대한 판단은 흐려지고 세상은 진흙탕이 되고 만다. 어디에다 어떻게 돈을 쓸지를 아는 지혜야말로 이 세상을 살아가는데 가장 가치 있고 훌륭한 덕목이라 하겠다.

다시 말하면 구슬이 아무리 많아도 꿰지 않고 흩어져 있으면 그 가치를 발휘 할 수 없듯이 돈도 가치 있는데 씀으로써 진짜 가치 있는 돈이 되도록 힘써야 할 것이다.

향수(鄕愁)

　내 고향 안동은 유교문화와 전통문화가 살아 숨쉬는 양반의 고장이다. 또한 멋스러움과 아쉬움이 함께하는 곳이기도 하다. 유교의 고장이라 각종 유적과 유교풍습이 잘 보존되고 아름다운 이야기가 전승되는 고장인 반면 안동댐으로 많은 고을이 소실되고 문화재가 피해를 입었으며 지역의 풍습이 소실되는 아픔을 간직한 곳이기도 하다. 나의 출생지 汾川里는 40여 년 전만해도 800여 년의 역사를 이어온 우리의 향촌이자 문화와 전통의 보고였다.

　봄이 되면 뒷동산엔 진달래와 개나리 등 아름다운 꽃들이 만발하고 뻐꾸기가 종일 울어대는 산수 수려한 고장이었다. 동구 밖으로는 반짝이는 금모래와 모양드리 바위틈과 위로 유리알 같은 맑은 낙동강이 흘러 우리 모두 물장구치고 소 먹이며 밤이면 모닥불 피워놓고 고구마, 감자 서리하며 배 채우며 놀았다. 방학 때는 전국 각지에서 모여든 친구들과 수박 참외 서리하다 주인에게 들키어 백리 줄행랑을 치기도 했다.

　풍류를 즐기시는 작은 아버지께서 낙동강에서 낚시하시어 잡은 은어에 초장 찍어 소주 한 잔 곁들여 잡수시곤 붉디붉은 얼굴로 마냥 즐거워하시던 모습 아련하다.

　방학때가 되면 털털거리는 Bus를 타고 고향 고갯마루 모퉁이를 돌아서면 아련히 보이는 집 앞뜰에서 우리를 기다리시는 부모님, 이제 어른이 되고서야 부모마음 알리라.

　가을이면 추수준비로 온 들이 분주하고 온 천지가 붉게 물들어 무릉도원 못지 않으니 이중환의 택리지에 10승지로 선정될 만하다.

　겨울이면 꽁꽁 언 강을 건너 옆동네의 닭장을 뒤져 닭서리하며 밤새도록 화투치고 놀던 그때가 그립다.

　낙동강 기슭 거대한 농암바위는 농암(이현보 : 이조 중종때 문신) 선생의 발자취 아련하고 뒷 영지산 기슭엔 매일매일 늙어가는 부모에 대한 지극한 효심이 서려있는 愛日堂(효절공, 이현보 선생이 지은 정자)이 자리하고 있다. 그 밑 푸른 낙동강변 중앙엔 점석(경주 포석정과 흡사)이 솟아 있어 농암, 퇴계 선생이 서로 약주 주고 받으면서 나라 걱정하시고 어부가 도선가(도산 12곡)를 부르시며 풍류를 즐겼으리! 내고향 汾川은 도산서원, 분강서원(대원군 때 철폐되었으나 그 후 유림의 노력으로 복원) 농암종택, 퇴계종택, 청량사, 예던길, 청량산(경북 봉화소재 : 870m)등이 가까이 자리잡고 있어 주변 경관이 산자수명(山紫水明) 한 곳이지만 1975년 안동댐 건설과 함께 많은 것이 수몰되어 내 마음 한 곳엔 언제나 고향의 그리움이 남아 있고, 이제는 어린 시절로 되돌아갈 데 없는 추억으로만 남아 고향은 언제나 나를 향수에 젖게 한다.

한국인

데일 카네기의 인간관계론에 이런 말이 있다. 과거나 미래는 철문으로 꼭꼭 잠그라. 왜냐하면 과거는 이미 지나갔고 미래는 아직 오지 않았는데 현재의 걱정을 지고 가기에도 벅찬데 과거나 미래의 걱정까지 지고 가기에는 인간의 어깨가 너무 무겁다는 것이다. 오직 현재의 이 시간에다 온힘을 쏟으라는 것이다.

이처럼 걱정을 너무 많이 하게되면 스트레스가 쌓이고 그 스트레스는 온갖 질병을 가져 온다는 것이다. 즉 위염이나 위암 등에 조금이라도 덜 걸리려면 만병의 근원인 스트레스를 줄여야 하고 스트레스의 주원인인 근심 걱정을 최대한 털어 버리는 것이 건강 보존에 최상의 방법이 아닌가 한다. 즉 과거나 미래를 잊어버리라는 것은 우리에게 가장 중요한 현재의 일에 최선을 다하라는 의미가 아닌가 싶다.

그런데 세계적으로 과거를 잘 잊어 먹는 국민은 우리 대한민국 국민이 아닌가 한다. 위에서 이야기했듯이 과거를 잘 잊어버리는 것이 스트레스 해소와 건강증진에 도움이 되고 현재의 중요한 일에 집중할 수 있는 이점이 있어 좋기는 한데 우리 국민들에게는 과거를 잊어서는 안 되는 중요한 것이 있다. 그러면 위에서는 과거를 잊으라고 하고 지금은 과거를 잊지 말라는 이율배반적인 이야기를 하느냐고 반문할지 모르겠다. 아래에서 다시 이야기하겠지만 우리 국민이 잊으면 정말 큰일나는 것이 있기 때문이다. 다시 말하면 과거를 잊어야 할 것과 잊지 말아야할 것을 명확히 구별하는 기술이 부족한 것이 우리민족이 아닌가 우려되어서 이를 강조하는 의미에서 장황한 서술을 쓰게 된 것이다.

얼마 전 시민의 숲 안에 있는 윤봉길의사 님의 기념관이 철거될 위기에 있다는 사실이 언론에 보도된 적이 있어 필자가 직접 가 보았다. 철거 이유는 하루 입장객이 수명에 불과하고 국가시설이 아니기 때문에 운영비 지원도 받지 못하기 때문일 것이다. 또한 기념관이 낡아 천장에서 물이 새고 전시 안내문은 벗겨져 제대로 읽을 수 없을 지경이었다. 이런 처지가 되고 보니 철거 이야기가 자연스럽게 나온 모양이다.

지금 우리는 일제의 망언과 군국주의 회기, 극우파의 반한 감정, 위안부 법적 사과와 보상문제 등 파렴치한 일들이 극에 달해 양국관계는 살얼음 판을 걷는 형국이다. 다행히 얼마전 양국 장관회담으로 위안부 문제는 일부가 해소되긴 했으나 위안부 할머니들의 마음의 상처를 속 시원히 치료할 수 있는 방법은 찾지 못하고 있는 듯하다. 거기다가 독도가 자기 땅이라 주장하며 교과서를 개편하는 등 우리를 점점 더 압박하고 있는 실정이다.

이러한 마당에 일제의 만행에 항거하며 앞장선 우리의 우국충절 윤의사 님의 기념관 폐쇄논의와 기념관 관리소홀은 벌써 그들의 만행 즉 쓰라린 과거를 잊은 처사가 아닌가 한다. 윤의사(윤봉길) 님은 조국 독립을 위해 중국으로 망명하시어 동분서주하시다가 마침 상해 홍커우 공원에서 일왕생일과 전쟁승리를 축하 하던 일본장성들에게 폭탄을 투척해 우리나라 독립의지를 만방에 알리셨고 이로 인해 중국 장제스 총통이 우리 중국군인 100만 명이 못하던 일을 조선의 한 청년(윤의사)이 해냈다며 찬사를 보내고 이것을 계기로 카이로 선언에서 장총통이 한국독립을 제안하여 선언문에 명문화시킨 것이 독립의 원인이 되었고, 이것이 한국의 독립을 앞당기는 계기가 되었다고 해도 과언이 아니다. 또한 작금에는 중국정부가 윤의사의 공적을 가상히 여겨 중국내 부지를 제공해 윤의사의 기념관을 짓게 하고, 각종 전시물이나 자료 등을 전시하게 하는 등 협조에 적극적인데 반해 우리나라 땅 안에 있는 기념관을 폐쇄하려는 논의가 있다는 자체가 어불성설이 아닌가 한다. 마침 기념사업회에서 낡은 기념관 수리를 위해 몇몇 대기업에 도움을 구했지만 거절당했다니 너무 가슴 아픈 일이다.

이를 보다못해 F가구회사 손회장께서 큰돈을 들여 기념관을 기꺼이 리모델링해 주셨다니 손 회장님이야말로 우리나라의 진정한 애국자가 아닌가 한다. 손 회장님께 진심어린 감사를 드립니다.

이제 광복 70주년을 맞아 우리나라 독립을 위해 목숨을 바치신 안 의사님과 윤의사 님의 투철한 애국정신을 이어받고 계승 발전시켜야 할 것이다.

두 번째 우리 국민성의 단점 하나는 성격이 너무 조급하다는 것이다. 즉 빨리빨리 문화가 발전한 나라가 아닌가 한다.

나는 금융기관에서 30여 년을 봉직했다. 오랜 근무기간 중 거래고객의 성향을 살펴보는 기회를 자주 갖게 되었다. 일례로 그 당시에는 은행에서 취급하는 수신이 주로 예금(정기예금) 적금 등이었고, 보험이나 펀드 등은 취급하지 않아 그 종류가 다양하지 못했다. 그래도 그 당시에도 5년 짜리 적금은 있었다. 그런데 고객에게 금리도 높고 특별금리도 많은 3년 내지 5년짜리 적금을 가입하기를 권장해 보면 고객의 대부분이 1년 길어야 2년짜리 적금을 선호했다. 왜냐하면, 미래는 미래이고 빨리 넣고 후딱 찾겠다는 심리가 작용한 탓일 것이다. 긴 미래따위는 신경 쓸 겨를이 없고 현재의 팍팍한 살림이 더 문제라는 것이다.

세 번째로 말(언어)에 대하여 살펴 보자

위는 행동이 급하다고 했는데 말도 역시 급하다는 사실을 알 수 있다. 이는 경상도 지방이 가장 심한 듯하다. 즉, 경상도엔 줄인 말이 특히 많다.

예를 들면, 어머니를 어매, 송아지를 산지, 할아버지를 할배, 할머니를 할매, 아버지를 아배 등 참 많기도 하다. 나의 생각이긴 하지만 이는 경상도 사람들의 성격이 그만큼 급하기 때문이 아닌가 한다.

외국여행을 가보면 외국인들이 유일하게 아는 우리말은 빨리 빨리라고 한다. 좋은 우리말을 전파하고 사용하도록 해야 하는데 그렇지 않아 안타깝다.

그러나 그 급한 습성이 다 나쁜 것만 아닌 듯싶다. 우리가 이렇게 급속한 경제성장을 이룩한 것도 물론 밤 잠 안자고 노력한 결과가 제일 크지만 급하게 무엇을 이루어야겠다는 생각의 작용도 큰 몫을 했다고 할 수 있다.

이제 우리나라도 선진국 진입이 눈앞에 있고 국민소득도 3만달라 시대에 거의 진입한 단계에 와 있다.

앞만 보고 달려왔기 때문에 많은 부작용도 있었다. 이제는 뒤도 돌아보고 여유 있는 삶을 살 때도 된 것 같다.

그 일례로 청산도의 슬로시티, 템플스테이 같은 여유로운 삶, 한 박자 쉬어 갈 수 있는 삶을 영위함으로써 건강하고 행복한 국민이 되었으면 한다.

거짓말

거짓말은 사실이 아닌 것을 사실인 것처럼 꾸미어 하는 말이다. 이에는 망어(妄語)·위언(僞言)·허설(虛說)·허언(虛言) 등이 있다. 재미있는 말로는 새빨간 거짓말, 터무니없는 거짓말, 거짓말쟁이, 거짓말을 밥 먹듯이 한다 등이 있다. 더러는 말을 좀 앙징맞게 "가짓말"로 표현하기도 한다. 영어로는 Lie로 영미사람들은 심하게 표현하면 사기(imposture)로도 쓰고 impostor 하면 사기꾼 협잡꾼 따위로 과장되게 표현하기도 한다.

우리나라에서 가장 거짓말 잘하는 직업군에는 정치인을 들 수 있다. 선거 유세 때는 각종 감언이설의 공약을 쏟아내어 유권자를 현혹하다가도 당선되면 언제 그랬냐는 듯 거짓말을 밥 먹듯이 하는 정치인이 비일비재하다. 당리당략에 얽매여 국민들은 하루가 급한 안건을 나몰라라하는 식으로 국민은 죽든지 말든지 오직 정권유지나 재창출만 이루면 되는 양 피일시 차일시 미루는 것이 어디 한두 번이며 어제 오늘 일이었던가.

그 다음으로는 금융인이다. 나도 금융인 출신이지만 국민들 중 가장 정직하고 깨끗해야 하는 직업이 금융인이라는 인식이 내가 처음 금융계에 발을 들여 놓을 때만 해도 일반 상식화되어 있었다. 그러다가 수십년의 세월이 흐르다보니 차차 퇴색되어 이제는 가장 거짓말 잘하는 집단으로 몰리게 되었다.

예전에는 은행에서 보험, 증권 등을 취급하지 않았고 방카쉬랑스도 없을 때라 그저 정직하고 정확하게 고객을 대했다. 적금이나 정기예금 상호부금 등은 이미 만기에 찾을 금액이 확정되어 있기 때문에 거짓말 할 수도 없고 거짓말 할 필요도 없었다. 그래서 금융분쟁이 있을 수가 별로 없었다. 그러나 지금은 창구에서 증권, 보험, 펀드 등도 같이 취급하다보니 위험한 파생 상품이 우후죽순처럼 쏟아져 나와 이를 팔지 않으면 수지를 맞출 수 없기에 직원들에게 강제 할당하여 억지로 계약을 성사시키려다 보니 불완전 판매가 속출하고 금융사고 및 소송 등이 급증하고 있는 실정이다. 불완전 판매는 은행뿐만 아니라 보험 증권사도 대동소이하게 이루어진다. 이러한 불완전 판매는 결국 고객에게 은근슬쩍 거짓말을 하지 않고는 잘 팔 수 없기 때문에 문제의 심각성이 발생한다. 나중에 이러한 파생상품 등이 만기가 되었을 경우 처음 약속한 금액에 턱없이 부족한 것이 많고 심지어는 막대한 손실까지 입게 되니 이는 결국 금융 분쟁으로 이어질 수밖에 없다할 것이다.

크게 공적으로 두 사례를 역설적으로 들어보았지만 사적으로도 거짓말하지 않으면 살수 없는 사회가 되어 가니 큰 걱정이 아닐 수 없다

보이스피싱, 파밍, 명의도용, 가짜건강식품 판매, 불량식품사기, 분양 과장광고사기, 과잉검진 및 진료, 각종 사기계약 등 이루 다 말할 수 없는 많은 거짓과 사기가 성행하고 있다

위의 예들을 보더라도 거짓과 사기는 결국 국가나 사회 또는 사적인 개인간의 신뢰를 무너뜨리고 정의사회를 이루는데 막대한 걸림돌이 됨은 자타가 부인할 수 없다. 사필귀정이란 말이 있듯이 거짓말은 결국 들통이 나고 만다.

필자가 어릴 적 겪은 사례를 들므로써 거짓말이 얼마나 나쁘며 결국

만 천하에 들어나고 만다는 작은 실례를 보도록 하자.

내가 대구에서 고교시절에 있었던 일이다. 대구는 전국에서 여름이 덥기로 유명한 곳이다. 어느날 저의 매형이 우리집에 잠시 들른 적이 있었다. 워낙 더워서 그런지 나에게 팥빙수를 사오도록 심부름을 시켰다. 돈을 받아 팥빙수가게에 들러 한 그릇 주문했다. 팥빙수는 얼음 위에 삶은 팥을 놓고 맨 위에 콩가루 같은 가루음식을 뿌리게 되는 모양이다. 팥빙수를 받아들고 오는데 날이 무척 더워 맛있는 음식을 앞에 두고 유혹을 참지못해 결국 몰래 한입 슬쩍했다. 집에 와서 매형께 팥빙수를 드렸더니 너 오다 먹었지 한다. 나는 펄쩍뛰면서 부정했다. 매형께서는 어린 것이 벌써 거짓말을 하고 먼저 훔쳐 먹은 것에 대한 불쾌감으로 커다란 거울을 벗겨 내 얼굴에 갖다 대었다. 거울을 본 나는 깜짝 놀랐다. 문제는 내 큰코에 있었다. 코에 팥빙수 가루가 잔뜩 묻어있는 것을 미처 몰랐던 것이다. 위에서 보듯 거짓말은 언젠가는 밝혀진다는 사실을 나는 어릴 적에 체험하는 좋은 계기가 되었다.

이제부터라도 너무 입시에 얽매이지 말고 자녀들에게는 어릴 적부터 정직을 중요시하는 예절교육이 필요하고, 어른은 어른대로 동방예의지국 국민답게 예의바르고 정직한 삶을 살므로써 정의롭고 신뢰받는 사회를 만들어 가야겠다.

我有功於人 (아유공어인)

菜根譚에 이르기를 我有功於人은 不可念이나 而過則不可不念이요.
人有恩於我는 不可忘이나 而怨則不可不忘이라 했다.

남에게 공덕을 베풀 때는 은밀하게 해서 그 공을 바라거나 자랑해서
는 안 되며 오직 순수한 마음과 동기에서 행해야 한다. 그러므로 내가
남에게 베푼 은혜는 되도록 빨리 잊어버려야 하고, 내가 남에게 끼친 손
해나 잘못한 점은 절대 잊지 말고 기억해 두었다가 보상해 주어야 한다
는 것이다. 또 남에게 은혜를 입었다면 잊지 말고 기억해두었다가 보답
하거나 고마움을 표하는 일에 소홀해서는 안 되며, 남이 나에게 끼친 잘
못이나 원한은 되도록 빨리 잊어버리는 것이 상책이라는 것이다. 왜냐
하면, 원한을 마음에 새겨 두면 두고두고 속을 끓일 것이고 언젠가는 보
복해야겠다는 나쁜 마음을 계속 갖게 되어 자기 자신을 위해서나 남을
위해서나 불행하다는 것이다.

멜빌의 유명한 저서 moby dick(거대한 흰고래)에서 에이헤브 선장의 이
글거리는 복수심이 비참한 결과를 남기게 되는 장면을 상상해보라.

다음은 채근담의 말씀을 나의 과거 경험을 바탕으로 이야기해 보고자
한다

첫째 我有功於人은 不可念이다.

옛 성현들의 말씀에 남에게 베풀 선행은 보이지 않는 곳에서 조용히

실행해야지 이것이 남에게 알려지면 그것은 선행이 아니라 자기자랑으로 보여 그 효과는 반감된다고 하였다. 반대로 내가 남에게 끼친 악행은 드러내 놓아야 한다고 했다. 그래야 그 잘못을 되풀이하지 않는다고 한다. 그런데 작금에 있어서 선행 즉 기부나 헌금은 이름을 세상에 밝혀 자기의 선행을 자랑하거나 뽐내고자 하는 경우가 많다.

2000년부터 남몰래 기부하기 시작하여 벌써 15년째 선행을 베푸는 "얼굴없는 천사"가 우리의 마음을 훈훈하게 한다. 금년에도 5천만원이라는 거액을 전주 노송동주민센타에 두고 갔다 한다. 끝까지 신분을 밝히기를 거부했단다. 물론 조사를 해보면 누군지를 알 수 있겠지만 선행을 남에게 알리지 않고 숨어서 할 때가 본인으로서는 더 마음 편하고 세상 사람들에게는 더 감동을 주는 게 아닌가 한다.

내가 은행에 처음 취직하여 근무할 때다. 그땐 은행 취업이 모든 사람들의 선망이었고 급여도 많아 잘 모르는 사람들에게는 때돈 버는 직장인 줄 알았는가 보다. 고향 친구며 학교동기들 여자친구 심지어는 서울에 유학와서 대학교 다니는 친구들까지 나에게 찾아와 돈을 요구했다.

나는 평소의 정리를 생각해서 거절 않고 모두 빌려 주었다. 그러나 그 후 한사람도 그 빚을 갚은 사람이 없었다. 가끔 만나는 사람조차도 내가 그때의 상황을 잊어 버렸겠지 생각하며 슬쩍 넘어가기 일쑤였다. 물론 그때는 측은지심의 심정으로 또는 도와준다는 생각으로 빌려 주었지만 지금의 그들의 행태를 생각하면 괘심하기 짝이 없다는 생각도 든다. 남에게 빌렸으면 갚든지 아니면 그때의 그 호의에 감사했으며 덕분에 그 어려운 때를 잘 모면했노라고 솔직히 한 마디해 주는 것이 인간으로서의 도리가 아닌가 한다.

그러나 위의 채근담구(句)를 생각해 보면 아직도 그때의 일을 잊어버리지 못하고 기억하고 있는 나 자신이 얼마나 소심하며 부족한가를 다시 한번 생각해보지 않을 수 없다.

두 번째는 過則不可不念이다.

내가 어릴 적에 내 나이 또래의 떠돌이 어린이가 우리 동네에 전입해
왔다. 아버지인지 할아버지인지는 몰라도 두 식구가 외딴 단칸 방에서
어렵게 살았다. 할아버지는 남의 머슴일을 하여 생계를 꾸려가는 형편
이었고 그 어린이는 초등학교도 입학할 형편이 못되었다. 철없던 시절
이고 또 남에게 지기싫어하는 나는 그 애를 업신여겨 몹시 괴롭힌 적이
있었다. 지금 이순(耳順)의 나이에 그때의 그를 생각하니 그때의 나의 행
동이 너무 경솔했고 또 한편으로는 너무 측은한 생각이 든다. 지금 어디
서 무엇을 하며 살고있는지, 결혼은 해서 자식은 몇인지 궁금하기 짝이
없고 찾을 수만 있다면 당장이라도 만나 옛날의 잘못을 사과하고 회포
를 풀었으면 하는 생각이 뇌리를 떠나지 않는다. 내 그 친구를 위해 시
한 수를 썼다.

옛 친구

친구여! 보고픈 친구여!
지금 어디서 무얼하고 있는고.
그 옛날 물장구 치고 고기 잡으며
술래잡기하고 놀던 친구야!
누런 코 훌쩍이며 옷자락에 휙 딱던 친구야!
지금 어디서 무얼하고 사는가
더 앞서가고 더 높이가고 더 많이 가졌다고
누가 괄시하던가

옛 시절 되돌아보면 이 가슴 찡하고 터질 듯하구나

머리엔 흰서리 내리고

이마엔 인생계급장 늘고

그 아련했던 옛 추억 삼키며

너를 그리며 눈물 삼키노라

누구와 어디서 무얼하고 산단 말인가

그리운 친구야!

어디 손 한번 잡아 보자꾸나

자꾸자꾸 보고파 그리움만 짙어가는구나

세 번째 人有恩於我는 不可忘이다.

내가 남에게 입은 은혜는 절대로 잊지말고 머리에 꼭 기억해 두었다가 보답해야 한다.

내가 처음 은행에 입사할 즈음에는 지금처럼 신원보증 보험제도가 없었다. 따라서 재산세 일정액 이상인 사람의 신원 보증인 2인 이상을 세워야 했다. 그런데 그 당시 시골에서 거기에 합당한 보증인을 세우기란 대단히 어려웠다. 필자의 집도 과거 아버지가 면장이셨고 면내에 유일한 물레방아간을 소지한 집안이었지만 은행이라는 곳이 돈을 취급하는 곳이다 보니 누구 하나 보증서기를 꺼려했다. 그나마 한 명은 같은동내 종손이 도와주셨지만 나머지 1명은 정말 면 내에서 찾기 힘들었다. 서류제출 기한은 다가오고 있었다. 그때 마침 아버지께서 수소문하여 건너편 어느 종택종손께 어렵사리 부탁하여 성사가 되어 무사히 기한내 서류제출을 끝마칠 수 있었다. 지금 생각해보면 그분의 도움이 없었다면 아마 은행 입사가 어려웠지 않았나 생각된다. 그러나 그때는 어려서 그 고마움을 몰랐다. 이제 7순에 접어드니 그 고마움이 절절히 뼈에 사무친다.

지금 그 종손이 살아계신다면 큰 선물꾸러미라도 준비하여 그때의 고마움에 답하고자 하나 이미 그분은 이 세상분이 아니며 안타깝게도 그 후손조차도 소식을 알 수 없으니 그분들께 크나큰 죄를 짓고 말았다.

아무쪼록, 그 어른에게 늦게나마 명복을 빌고 지은 죄에 대하여 용서를 빌고 싶다.

마지막으로 怨則不可不忘 이다.

타인이 나에게 끼친 원한은 되도록 잊어 버리지 않으면 안된다는 것이다.

위에서도 말했지만 마음속에 계속 새겨두면 괜한 괴로움만 안고 속을 끓일 게 뻔하다.

내가 어릴 적에 동내친구와 놀다가 그 친구의 함정에 넘어가 크게 다친 적이 있다. 아직도 큰 상처가 있지만 그 후에도 상처 때문에 많은 고민을 했고 지금도 가끔 통증이 있어 고생하고 있다. 그때마다 나는 그 친구를 원망하며 살았다. 즉 그 친구와 사귀지 않았으면 이런 일이 일어나지 않았을텐데 하며 후회했다. 그러나 그것은 나의 너무 속좁은 생각이었다. 모두 내가 잘못한 일인데 두고두고 원망하다니 그 친구가 그 사실을 알면 얼마나 마음속으로 가슴 아파하겠는가. 명심보감(明心寶鑑)에 施恩勿求報하고 與人勿追悔하란 말이 있다. 즉 은혜를 베풀거든 그 보답을 바라지 말고 남에게 주었으면 후회하지 말라는 말을 되뇌이며 끝을 맺는다.

사필귀정(事必歸正)

친한 친구 일곱 명과 일행 40여 명이 중국 삼청산 관광에 나섰다. 산 입구에 도착하니 짙은 녹음과 수려한 경관은 과히 신이 빚은 최고의 걸작이기에 충분했다. 이곳은 아직 개방된 지가 오래되지 않은 듯 자연이 깨끗하고 보존상태가 양호했다. 드디어 설레는 마음을 안고 등정이 시작되었다. 우리와 같이할 guide는 조선족으로 몸이 몹시 비대했다. 매번 올라가기가 힘들었는 듯 그는 우리일행 중 길을 아는 분이 있으면 대신 기수를 해줄 수 있는지를 묻고 있으면 대신 안내를 해줄 것을 은근히 원하는 듯했다. 그때 우리 친구들의 리더이고 산도 가장 잘 타는 k군이 용감히 손을 들었다. 가이드는 정상에 올라가지 않고 k군이 모두를 안내해서 올라가는 형태가 된 것이다. 처음에는 모든 일이 순조로웠다. 경관은 수려하고 날씨는 쾌청하며 산은 푸르러 기분이 상쾌한데다 산 잘 타는 사람이 안내한다고 하니 천군만마를 얻은 듯했다. 모두 가벼운 발걸음으로 올라 가는데 아뿔사 ! 벌써 선두 기수인 k군이 보이지 않았다. 우리 여섯이 열심히 찾아보니 그 친구 평소실력 발휘하는 듯 혼자 뛰다시피해서 우리와 간격을 두기 시작했다. 나도 어느 정도 산을 타기는 하나 따라가기엔 벅찼고 뒤다르는 일행도 이미 나이 70을 넘긴 듯한 분들이 대부분이라 걱정이 이만저만이 아니었다

k군은 열심히 올라가 기분좋은 듯했으나 우리와 뒤따르는 일행은

1~2시간 뒤처져서 온 산을 헤매고 주위에 묻고해서 겨우 정상까지 올라가기는 했으나 이미 몸은 지칠대로 지치고 기진맥진하여 k군을 원망하는 기색이 역력했다. 여기저기서 항의하는 목소리가 터져나왔고 급기야는 멱살을 잡고 싸우는 일이 벌어졌다. 먼 이국땅에서 즐겁게 산행을 해야 할텐데 이게 무슨 추태랴! 보다 못해 내가 싸움을 말리면서 네가 기수를 자청한 것은 네가 길을 알고 있어 일행 모두를 책임지고 안전하게 정상까지 안내하겠다는 뜻이 아니었냐며 자네가 잘못했으니 사과하라며 충고하니 그 친구 하는 말이 사과는커녕 내가 무었을 잘못했다고 사과하라느냐며 항변을 했고, 이어서 가이드가 해야할 일 내가 대신했으니 오히려 나에게 감사하게 생각해야 하지 않느냐며 너가 내 친구냐 저 사람들 친구냐며 나를 노려보며 질책했다. 나는 어이가 없어 먼 하늘만 쳐다보며 세상에 이런 사람도 있구나 하고 혼자 되뇌이고 이 친구를 다시 보는 계기가 되었다.

여행내내 이에 대한 후유증으로 즐거워야 할 여행이 억망이 되다시피 되었고 분위기는 더욱 험악해졌다.

하산하여 또다른 여행을 위해 bus에 올랐다. 가이드는 이런 사정도 잘 모르는 채 여행일정과 계획을 설명했다. 그런데 이 친구 또다시 객기를 부리기 시작했다. 자기는 그 코스를 이미 가 보았으니 딴 코스를 가자는 것이다. 가이드가 일정대로 진행되어야 하며 일정이 어긋나면 여행이 어렵게 되고 또 본사에도 허락을 받아야 한다니까 k군의 얼굴이 찡그러졌다. 그 친구를 제외한 우리 친구 6인을 포함한 일행 모두가 처음온 여행이라 원래의 계획대로 해줄 것을 요청하자 여행은 원 계획대로 진행하기로 결정이 되었다.

문제는 그 후부터 벌어졌다. 이 친구 큰소리로 가이드를 나무라는 것이었다.

"이 세상 참 재미있어! 가이드를 처음 해보느냐" 하며 계속 불평을 쏟아냈다. 나는 이런 친구를 둔 것이 너무 창피하고 부끄러워서 얼굴을 둘 수가 없을 정도였다. 여행 내내 불만을 쏟아내며 악을 쓰는 듯했다.

귀국길에 비행기 내에서 토론이 벌어졌다. 네가 중국관광지에서 한 언행이 잘못되지 않았느냐 물으니 끝까지 잘못한 게 없다는 것이었다.

오히려 친구로서 자기를 두둔해주지 않은 것이 억울했는 듯 나를 원망했다.

그때까지도 자기가 잘못한 점을 파악하지 못한 듯했다. 하도 어이가 없어 귀국해서 시시비비를 판가름해 보기로 하고 언쟁은 일단 끝냈다.

나는 그에게 "사필귀정이란 말이 있듯이 언젠가는 자네의 언행이 옳지 않았음이 만 천하에 들어날 걸세" 라고 한마디 해 주고는 토론 아닌 토론의 제1막을 끝냈다.

나는 그때 그 친구 언행의 부당함이 커서 시 한 수로 씁쓸함을 달래고자 한다.

사필귀정(事必歸正)

광주(光州) 사또께서는
왜 그리 우기시오
어찌 그 큰 바위가
양천까지 떠내려 왔단 말이오
우공이산(愚公移山)이란 말은 들어도
우공이암(寓公移巖)이란 말은
들어본 적이 없소이다
사필귀정이란

그저 저자거리에서처럼

함부로 쓰는 말이 아니외다

기왕지사 드린 봉납은

문제삼지 않겠나이다

위의 시는 내가 얼마전 양천구에 있는 허준선생기념관과 우암공원을 둘러보고 있는데 연못 한복판에 2개의 큰 바위가 우뚝 솟아 있는 것이 보였다.

그 앞에 그 바위 내력에 대한 안내문이 있는데 그 내용은 이렇다.

이 바위가 경기도 광주에서 떠내려 왔으니 양천현감께서는 광주에다 그 대가를 매년 지불 (물론 대가는 빗자루다) 해야 한다는 우수운 이야기였다.

물론 나도 그것에 빗대어 지어본 시이지만 사실 그때는 광주 유수가 양천 현감보다 힘(권력)이 더 세지(?)않았을까 하는 생각을 해본다.

현실에서도 이런 일이 비일비재(非一非再)하다.

힘(권력)있고 큰 소리치는 사람이나 단체가 정의를 무시하고 힘 약한 자를 깔고 뭉개는 세태가 아닌가. 언젠가는 무엇이 옳고 그름이 명약관화하게 밝혀질 터인대도 그때 그 순간을 모면하려고 정의나 원칙을 저버리는 것이다.

지금도 그 친구와 가끔 등산을 가기는 하나 아직도 등산하다보면 혼자서 힘차게 달려 올라갔다가 달려내려오는 그 버릇 고치지 못한다. 그래서 전에 등산을 같이 하던 그 많던 친구들이 다 자취를 감추고 혼자서 외로운 산행을 한다하니 참으로 딱한 일이다.

지나간 일이지만 가끔 여러 사람과 만나 그때 그 일을 평가해 주기를 부탁해 보니 대부분이 그 친구 언행이 정의롭지 못하다는 결론에 이르렸다.

나는 그 친구 가끔 만나면 정중히 그때의 그 일은 자네의 잘못이 분명하니 잘못을 뉘우치고 항상 남을 배려하는 역지사지의 마음을 가질 필요가 있다고 당부하곤 한다.

모든 일은 언젠가는 바른 데로 돌아간다(事必歸正)며 그때의 잘못을 타일러보나 아직도 회개(悔改)하지 못한 듯 나를 피하며 섭섭한 마을을 가진 듯하니 안타까울 따름이다.

말(言)

말 한마디에 천냥빚을 갚는 다는 말이 있듯이 말의 중요성은 아무리 강조해도 부족하고 그 영향력 또한 대단하다 하지 않을 수 없다.

옛말씀(노자 도덕경)에 知者不言 言者不知(지자불언 언자부지)이란 말이 있다.

말이 많은 사람은 아는 것이 적고 진정 아는 것이 많은 사람은 말수가 적다는 뜻일 것이다. 말이 많으면 그 말 중에 분명히 부정확한 정보나 부실한 내용, 불필요한 요소 등이 내포될 확률이 그 만큼 많아질 것이다. 공자께서 제자가 앎이란 무엇입니까 묻는 말에 知之爲知之 不知爲不知 是知也(안다는 것은 안다고 말하고 모르는 것은 모른다고 하는 것이 진정으로 앎이다)라고 대답하셨다. 남에게 말을 할 때 또는 남이 무엇을 물었을 때 모르면 체면 구겨지고 위신이 깎일까봐 거짓으로 혹은 틀린 말을 한다면 이를 들은 상대방은 이를 사실로 믿게 되어 커다란 손실이나 위기를 맞을 수 있다. 위의 공자의 말씀처럼 모르면 솔직히 모른다고 말할 수 있는 용기가 필요하다. 그 순간의 위기를 모면하려는 부정확한 대답은 온당치 못하다.

며칠전 모임이 있어 친구에게 모이는 장소를 물은 적이 있다. 그런데 그 친구가 가르쳐 준 정보가 잘못된 것이었다. 나는 이 친구를 진정으로 믿고 아끼는 사이이다. 그런데 하루가 다가도록 정정 통보가 없었다. 마침 딴 친구로부터 정정통보를 받았으니 망정이지 하마트면 얼토당토 아니한 장소에서 헤맬 뻔했다. 그 친구가 진정으로 나를 아낀다면 그런 행동을 했을까 하는 생각이 들어 조금은 섭섭했다. 다음날 모임에서 친구로서 따끔한 일침을 해주었다. 친한 친구니까 별일 있겠나 하겠지만 친할수록 예를 갖추지 않으면 오해가 커지고 불신의 싹이 되는 것이 아닐까 한다. 나는 그 이튿날 친구에게 文字로 다음과 같이 보냈다.

"우리 사이는 肝膽相照之間(간담상조지간), 우리의 우정은 칼로 물베기, 우리의 우정은 永遠하리…" 라고. 그 친구 呇 "Very good!" 한마디로 서로의 모든 오해를 풀었고 서로 용서하는 쪽으로 일단락되었다. 이 세상에는 여러 부류의 사람이 있다. 착한 사람, 악한 사람, 많은 학문을 닦은 사람이 있는가 하면 부족한 사람도 있다. 또한 인격이 도야된 사람이 있는가하면 양심이 부족한 사람도 있다. 정의로운 사람이 있는가하면 정의롭지 못하는 사람도 많다. 이 많은 사람들 중 누가 나와 상대가 될지 모른다. 그러니 어떠한 사람과 상대하든 그 상대방에게 적합한 말 즉 상대의 수준에 합당한 말을 씀으로써 상대가 기분 나쁘지 않고 불필요한 오해도 사지 않음으로 인해 모든 일이 무난하게 잘 해결될 것이다.

그러나 이 많은 부류의 사람들 중 진정으로 말할 가치가 있고 사귈 만한 사람인지를 선별하는 기술 또한 중요하나 이것은 본인 각자의 소관에 맡길 뿐이다.

공자께서 可與言而不與之言 失人(가여언이불여지언 실인) 不可與言而與之言 失言(불가여언이여지언 실언)이라 하셨다. 즉 더불어 말을 꼭해야 할 사람과 말을 하지 않으면 사람을 잃고 더불어 말을 해서는 안 되는 사람과 말을 하면 말을 잃는다는 뜻이다.

다시 말하면 너무 인격이 훌륭하고 배울 점이 많은 사람과는 일부러 찾아서라도 사귀어야지 그렇지 않으면 아까운 사람 놓치고 만다. 또한 말을 함부로 하는 사람과 사귀게 되면 나 스스로가 그 사람의 교양 없는 말에 물들게 되어 말은 거칠어지고 행동거지는 비천해 질 것이다.

나의 친구 중에 말이 많고 모임에 오면 회비조차 내지 않는 친구가 있다. 그 친구는 모임 때마다 만나면 교양 있는 좋은 말은 제쳐놓고 다짜고짜로 "너 왜 그리 말랐어? 너는 왜 그렇게 뚱뚱해졌어? 왜 그렇게 늙어보이냐?" 등으로 인사하는 것이 보통이다. 나의 친구 중 공직생활로 늦게까지 직장에 다니다보니 모임에 자주 못나온 친구가 있었다. 많은 친구들이 모임에 그의 동참을 갈망하고 있었다. 그래서 얼마전 퇴직도 했고 시간도 여유가 있어 어렵사리 모임에 참석했다. 그 친구 직장일에 골몰하다보니 얼굴이 조금 초췌하고 말라 있었다. 그런데 위의 친구가 느닷없이 말라깽이 왔어 하며 그를 당황하게 했다. 그 후로 그 친구 다시는 이 모임에 발길을 끊었고 오죽하면 그 괴팍스런 친구 빼고 새로운 모임을 만들자 했을까.

전당서 설시편(풍도의 교훈)에 口是禍之門이요 舌是斬身刀(구시화지문, 설시참신도)란 말이 있다. 즉, 입은 화를 불러들이는 문이요, 혀는 제 몸을 자르는 칼이다 라는 말이다. 그 만큼 입과 혀는 말을 하는 도구이니 만치 말조심 하라는 뜻이다.

내 생각은 이렇다. 기왕이면 어떤 친구나 지인을 만나면 "옛날 그대로구나, 동안이다, 얼굴 참 좋다, 젊어졌다, 신수가 좋아보인다," 등으로 인사하여 말 한마디라도 좋게 건네면 설사 상대가 얼굴이 좋지 않아 보여도 얼마나 기분이 좋겠는가. 앞서 말한 해괴망칙한 그 친구처럼 사람을 대하면 주는 밥도 못얻어 먹는 신세가 될 것이다. 속담에 무심코 던진 돌에 개구리 맞아 죽고 무심코 던진 말에 사람 맞아죽는다는 말처럼 진정 말한마디에 모든 피로, 긴장, 걱정 등이 덜어지고 심지어는 앞에서도 말했듯이 "천냥빚도, 아니 그 이상의 빚"도 갚아지리라.

옛날에는 만우절엔 웬만한 거짓말은 애교로 받아주었는데 이제는 만우절 그냥 만우절에 그치는 시대가 된 것이니 이제 말조심하고 또 조심하며 살자.

마지막으로 말의 중요성을 강조하기 위해 시 한 수를 읊고자 한다

충고(물, 불, 말)

말과 물과 불이 약주 한잔하며
서로 충고의 말 한마디한다
불이 물에게 먼저 한마디
물아! 물조심 하거라!
한번 엎지르면 다시 주워 담을 수 없느니라
이에 질세라 물이 한마디
불아! 불조심 해라!
한번 불타면 한줌의 재만 남느니라
이를 안타깝게 지켜보던 말이 한마디
너희들은 어찌 그리 불편한 삶을 사느냐!
나는 쏟아질 일도 불탈 일도 없지 않느냐
물과 불이 언잖아서 한마디 합창한다
말(言)도 한번 뱉으면
다시 돌이킬 수 없느니라
홍당무가 된 말의 한마디
그래! 오직 조심 또 조심 하는 것이
우리가 살 수 있는 길이야!

꿈 이야기

꿈을 꾸지 않는 사람은 아무도 없을 것이다. 혹자는 꿈을 꾸지 않는다고 말하지만 이는 꿈을 꾸지 않는 것이 아니라 잠을 깸과 동시에 꾼 꿈을 기억하지 못하는 경우일 것이다.

이처럼 누구나 꾸는 꿈이 어떻게 왜 꿔지는지는 현대과학이나 의학 또는 그 유명한 프로이드의 정신분석학도 아직까지 뚜렷한 정답을 찾지 못하는 듯하다. 꿈은 좌우지간 잠결에서 꾸게 되고 또한 잠은 죽음의 예행연습이라 함으로 죽어보지 않으면 알 수 없는 알송달송한 것이 아닌가 한다.

꿈에는 용꿈, 돼지꿈, 개꿈, 무서운 꿈, 아름다운 꿈, 몽정, 하늘을 나는 꿈, 높은 데서 떨어지는 꿈, 조상 꿈 등 많은 꿈들이 존재한다.

이제 꿈에 얽힌 재미있는 말들을 살펴보자.

꿈보다 해몽이 좋다(실제로 일어난 일보다 유리하게 해석하는 일), 꿈에 본 돈이다(아무리 좋아도 손에 넣을수 없다), 꿈에 서방 맞은 격, 꿈밖이다(아주 뜻밖이다), 꿈에도 생각지 못하다, 꿈인지 생시인지 모르겠다, 꿈같다(일이 하도 야릇하여 현실이 아닌것 같다), 또는 청운의 꿈을 안고(실현시키고 싶은 희망, 이상), 허황된 꿈 등등 생리적으로 꾼 꿈이나 비유적인 꿈이나 꿈에 관련된 속담도 많고 이야기도 참 많이 회자되고 있다.

그러면 꿈을 많이 꾸는 것이 좋은 건지 아니면 그 반대인지는 아직 논란이 많은 듯하다. 혹자는 꿈을 많이 꾸면 피곤하고 좋은 수면을 유지할 수 없다 하고, 혹자는 꿈을 꾸지 않으면 뇌가 정지되어 죽은 자나 마찬가지이니 꿈을 많이 꾸어야 한다고 한다. 어떻든간에 꿈은 많이 꾸어야 좋다는 것이 다수설인 듯하다. 이처럼 모든 사람이 꾸는 꿈을 필자라고 꾸지 않을 수 없다. 이제부터 내가 꾸었던 꿈 이야기를 하고자 한다.

내가 어릴 적엔 추석에 성묘(안동지방에서는 시사라고함)를 갈 때 제물을 지게에 지고 산소로 가는데 나는 매년 성묘를 따라가는 것을 좋아했다.

그런데 내일 성묘일인데 오늘밤에 꿈을 꾸었다. 꿈인즉 성못길에 연자바위에 올라가 노는 꿈이었다. 다음날 가족 친척들을 따라 열심히 성못길을 가는데 정말 큰 둥근돌이 있어 그 위에 올라갔다 내려왔다. 그리고 한참 걷고 있는데 내 앞에 크고 검붉은 볏을 한 장끼 한 마리가 탈진 상태로 쪼그리고 앉아 있었다. 아마, 꿩 사냥꾼이 뿌려놓은 화공약품(청산가리)을 먹은 듯 했다(옛날에는 꿩을 사냥하기 위해 콩에 구멍을 내어 그 속에 싸이나(청산칼륨)를 넣었다). 옛날에는 좋은 음식 중에는 꿩고기만한 게 없었다 한다. 당시에는 꿩이 워낙 귀해서 닭을 대신 썼다고 한다. 그래서 속담에 "꿩대신 닭"이라는 말이 생기지 않았나 한다.

꿈 덕을 본 것인지는 몰라도 어른께 꿈 이야기를 하니 길몽이었다고 하셨다. 또 나는 어릴 적부터 하늘을 나는 꿈을 자주 꾸었다. 지금도 가끔 꾸지만 하늘을 날아 이산 저산 위를 날아다니고 내를 건너고 깊은 바다위를 날기도 한다. 괴한이 추격한다든가 사나운 개가 쫓아오면 하늘로 솟구쳐 위기를 모면하곤 한다. 이때의 날개는 물론 두 팔이어서 힘껏 저어서 날곤했다.

필자가 시를 쓰기 시작하면서 "꿈에서의 비행(飛行)이란 제목으로 시 한 수 지어 놓은 게 있는데 소개하고자 한다.

世上에 날 수 있는 것이 비행기 새들 뿐이랴!

쪽빛 같은 5월 하늘에 내 마음도 나네!

두둥실 뭉개구름 타고 세상끝까지 가고싶네

어느 세상 어느 누가 무엇을 하면서 사는지

두 날개 퍼덕이며 꿈타고 날고 싶네

금수가 달려오면 두 날개 힘껏 퍼덕이며

하늘로 날아피하고

불량배가 따라오면 힘껏 날개짓하며

간신히 간신히 날라올라 위기를 모면하지

혹자는 부귀영화 누릴 꿈이라지만

이제 허황한 꿈 그만 꾸고

무릉도원에서 살고싶네

아마 이런 꿈을 꾸게 되는 데는 필자가 생각하건데 평소 허황한 욕심을 부리기 때문이 아닌가 생각된다.

제가 은행 차장 때의 일이다. 한창 지점장 승진 이동이 있을 때였다. 직장이라는 곳이 동료들이 승진을 할 때 같이 해야지 그렇지 못하면 무척 위축되고 우울하며 스스로 무능함을 자학하게 된다.

이번 승진에서 탈락되어 아내와 머리를 식힐 겸해서 여행을 떠나기로 했다. 그런데 전날밤 꿈에 강가에서 놀다가 이상한 돌을 발견하고는 이리저리 살펴보고는 주머니에 넣어오는 꿈이었다.

우리의 여행 목적지는 단양팔경을 유람하는 것이었다. 차를 몰고 가다가 피곤하여 단양 인근 냇가에서 잠시 쉬어가려는데 돌 하나가 발에 밟혀 벌렁 뒤집혀졌다. 돌 모양은 그런대로 괜찮았으나 석질, 색깔 등이 별로 좋지 않았다(수석의 3대 요소 : 모양, 석질, 색깔). 그러나 산 모양이 뚜렷하고 꿈에 본 듯한 돌과 비슷하여 버리지않고 차에 실었다. 여행을 마치고 귀가하여 이웃에 있는 수석집에서 좌대를 맞추어 집에 보관하였다.

며칠 후 지점에서 업무를 보고 있는데 지점장께서 급히 불러 가보니 어서 목욕재계하고 본점으로 가보라 한다. 본점에 헐레벌떡 도착하니 구미 형곡동 지점장에 임명함이라는 사령장이 기다리고 있었다. 전혀 예상치도 못하고 기대도 하지 않은 기적 같은 일이었다. 곧바로 부임하여 지점이 마침 금오산 앞이라 산세를 쭉 살펴보고 있는데 지난번 단양에서 주워온 수석과 너무나 흡사하여 깜짝 놀랐다. 정말로 꿈 덕분인지는 몰라도 꿈과 현실이 이렇게 일치할 수 있는 것인지 아직도 의아하게 생각하며 그 수석을 보석처럼 간직하고 있다.

나는 꿈이 대부분 개꿈이니 허구니하며 잘 믿지 않는다. 복권에 일등 당첨되었거나 귀한 산삼을 캔 사람들의 이야기를 들어보면 조상꿈을 꾸었다던지 돼지꿈, 변꿈 등을 주로 꾸었다고 한다. 참으로 믿기지 않는 기이한 현상이 아닐수 없다.

더러는 꿈이 반대로 이루어진다는 이야기도 많이 듣는다.

한 가지 사례를 들고 끝마치고자 한다.

필자가 중학교 시절 안동에서 대구로 고등학교 입학시험을 치르러 가게 되었다. 나의 4촌과 함께였다. 두 학교 모두 명문이라 여간 신경이 쓰이지 않았다. 시험 후 집에 돌아와 할아버지 아버지께 귀환 인사를 드리는데 어젯밤 꿈이 몹씨 신경쓰였다. 나는 절벽에서 떨어지는 꿈을, 사촌은 엿을 먹는 꿈을 꾸어서 나는 떨어졌구나하고 걱정하고 사촌은 붙었다고 의기양양했다. 몇일 후 합격자 발표는 정반대였다.

이상에서 살펴보건대, 사람에게 일어나는 일이 잘 되었거나 못되었거나 이런 일들이 어찌 꿈 덕분에 일어날까요? 모든 일이 자신이 모르는 사이에 이미 예정되어 있어 일어난 것이지 꿈 때문에 일어난 결과는 아닐 것이다. 왜냐하면, 대부분 이미 이루어진 결과를 두고 전날 꾼 꿈을 연상하여 살을 붙이거나 거짓을 가감하여 이야기하게 되는 것이지 좋은 꿈을 꾼 후 좋은 일이 일어난 것이 아니기 때문이다.

예를 들면 여러분은 복권을 살 때 그냥 먼저 사고 좋은 꿈을 꾸어 좋은 결과를 기대하는지 아니면 좋은 꿈(돼지꿈 등)을 꾼 후 복권을 사는지요. 나는 후자의 경우는 복권이 당첨되었다면 그건 꿈 덕일 수도 있을 수 있으나 전자의 경우는(만약 당첨되었다면) 꾸미거나 살을 붙인 그저 허황한 우연의 일치의 결과일 것이라고 말하고 싶다.

어쨌든, 꿈은 말 그대로 꿈일 뿐이며 너무 꿈에 의존하여 길흉사를 점치고 인생사를 맡기기에는 너무 황당하고 기이한 일이 많다는 점을 유념해야 할 것이다.

그래도 나는 오늘밤 큰 돼지가 새끼들을 몰고 나의 품으로 들어오는 꿈을 꾸고 싶다.

구미찬가(龜尾讚歌)

　내가 구미 형곡동지점장으로 발령난 것은 은행에 입사한 지 25여 년이 지난 후였다. 군대의 꽃은 사단장이라지만 은행의 꽃은 지점장이라고 할 수 있다.

　청운의 꿈을 안고 거의 폐업지경까지 간 지점을 인수하기 위해 구미역에 기쁨 반 두려움 반으로 내리니 기사가 차를 몰고 나를 배웅하러 나왔다. 지점의 인수인계를 마침과 동시에 구미의 생활은 시작되었다. 형곡동지점은 서울로 말하면 신도시 즉 강남지구라고 할 수 있는 곳에 위치한 지점으로 협소하고 실적은 저조하며 직원은 단출하기 그지 없었다.

　한심한 마음으로 시작한 객지 직장생활은 평소 욕심과 의욕으로 넘치는 나에게 그저 먼산만 쳐다보고 있게 하지 않았다.

　우선 인근에 위치한 거대한 구미공단을 공략하기 시작했다. 옛날 박정희 대통령께서 공들여 만든 공단으로 무척 크고 가동은 활발했다.

　직원들과 함께 지점을 다시 부활시켜 보겠다는 집념 하나로 열심히 안내장을 만들어 전 공단을 돌아다니며 홍보했다. 그러던 중 그 효과는 서서히 나타나기 시작했다. 그때 마침 한국통신공사의 민영화가 시작되어 국민주 형식으로 주식공모가 있었다. 그래서 통신공사와의 담판으로 그 회사 주식공모대금을 취급하는 금융기관으로 지정되어 일약 예금고가 100% 증가하는 괄목할만한 결과를 가져왔고, 그해 지점평가에서 일약 꼴등에서 1등으로 부상하게 되었다. 또한 지점의 개선사업에도 박차를 가해 구미시장과 경찰서장을 방문하여 은행 앞에 횡단보도를 설치케하였으며 은행 옆 개천의 놀고있는 공지에 한번에 100대를 주차할 수있는 주차장을 마련하여 지역 주민들이 지점을 이용하는데 편의를 제공한 것도 지점의 비약적인 발전의 계기가 되지 않았나 한다. 또한 거래처와 지역민과의 밀착경영으로 재미있고 활기찬 신임 지점장으로서의 시발을 내디딜 수 있었다. 여기에는 나의 개인적인 행운도 따랐음은 의심할 여지가 없다. 거기에다 구미 모지점장은 나의 2년 선배로서 나를 끔찍이 사랑하고 도움도 많이 주어서 두고두고 고마움을 잊지 않고 있다.

선배 지점장은 기사집에서 하숙을하여 별 어려움 없이 숙식을 해결하셨지만 나는 처음부터 금오산 밑 한적한 은행 사택에서 썰렁한 자취생활을 시작했다. 금오산에서 불어오는 바람소리와 창문으로 바라다 보이는 금오산의 푸른 정기가 나의 마음을 정화시켜 주었지만 한편으로는 혼자 떨어져 지내는 객지생활은 불편한 점도 많았다.

크고 썰렁한 사택에서 밤이면 슬피 우는 소쩍새 소리가 나의 소름을 끼쳤으며 가끔 가족의 그리움에 고독이 엄습할 때도 있었다. 주말이면 빨래거리 싸들고 정든 가족이 있는 서울을 향해 떠날 때면 만감이 교차하기도 했다.

나와 구미서 같이 직장생활을 하던 H지점장은 체구는 작아도 담과 기백이 하늘을 찌를 정도여서 그때 벌써 모 유명 산악회장을 맡을 정도였고 아프리카 킬리만자로를 등정했을 정도로 등산에는 베테랑이었고 체력과 정신력 또한 대단했다.

그분이 처음 구미지점장을 발령받아 왔을 때가 가을이 깊어갈 즈음이었다. 외롭고 쓸쓸해서 금오산 앞 안산에 휘영청 달빛이 밝은 밤에 혼자 등산을 한 적이 있는데 이산은 모씨 집안 공동묘지여서 무덤이 여기저기 산재해 있었다. 그런데 정상에 도달할 즈음 조금 먼곳 무덤가에서 달빛에 하얀 소복을 입은 여인이 손짓하며 자기를 부르더란 것이다. 아무리 담력이 큰 H지점장이라지만 얼굴에 식은땀이 비 오듯 하더라는 것이다. 간은 콩알만해지고 가야하나 주저 앉아야 하나 기로에 선 마당에서 "에이, 죽기 아니면 까무러치겠지" 생각하고 용감하게 부르는 여인에게 조심스럽게 다가가니 그 여인은 바로 가시덤불에 걸려 바람에 휘날리는 비닐 조각이었다고 했다.

그 후로 다시는 혼자 밤에 산에 가지 않겠다고 다짐했다 한다. 한번은 내가 멸치 볶고 고기 굽고해서 점심을 싸들고 같이 매화산을 등산하던 중 길을 잃고 헤매다가 엉뚱한 곳으로 하산했는데 하필이면 그 지역이 뱀이 많은 지역이라 무척 애를 먹기도 했다. 도중에 산 정상 부근에서 흐드러지게 달린 왕딸기로 입을 즐겁게 하기도 했다.

가끔은 인근 유명산에 등산도 하고 유적도 소개시켜 주어 같이 구미 생활하는 동안 많은 것을 배우고 익히며 재미있게 보낸 추억이 새롭다. 지금은 많은 산을 준비가 부족한 상태에서 강행하다보니 냉병으로 고생하고 계시고 그 와중에도 시인으로 맹활약하고 계시어 그 영향으로 나도 시인으로 등단하는데 결정적인 계기를 마련해 주신 분이다. 부디 건강을 회복하시어 전과 같이 활발한 사회생활을 하시길 기원해 봅니다.

지금까지 1년 반 동안의 구미생활은 여태까지 나의 지루하던 은행 생활에 크나큰 새로운 활력소가 되었으며 물 맑고 경치좋은 곳에서 인심 좋은 구미시민들의 적극적인 협조와 도움으로 내 생애에 최고의 에너지원이 되었고 남은 나의 직장생활을 순탄하게 마칠 수 있는 영양소가 되었음은 두말할 나위가 없다.

구미시민들과 H선배님께 깊은 감사를 드립니다.

빗나간 정의

　하늘은 높고 말은 살찐다는 청명한 가을날씨를 맞아 양평국수역 인근
에 있는 청계산을 오르기 위해 용문행 열차에 몸을 실었다.

　청계산은 서초구에 있는 청계산과 이름이 같아 꼭 양평이란 지명을 써
야 한다. 이 산은 가끔씩 오른 적이 있는데 돌이 적은 육산이라 나처럼
나이 지긋한 사람이 오르기에 적합하고 중간지점에 500m 고지의 형제
봉이 있어 거기에 오르면 사방으로 펼쳐진 경치가 마음을 시원스럽게하
여 내가 좋아하는 산이다. 또한 하산하여서는 교외에서 색다른 음식과
시원한 막걸리를 한 잔 할 수 있어 즐거움을 한층 더한다.

　이날도 기대에 부풀어 처와 함께 이촌역에서 탑승하였다. 주말이라
이미 좌석이 만원이라 가까스로 자리를 잡고 앉았는데 맞은편 의자에
앉은 40대 초반의 젊은사람이 자기 키보다 훨씬 긴 죽장을 짚고 앉아 있
었다. 죽장은 보통 상가에서 상주들이 조문객을 맞을 때 짚는 것이 상례
인데 조금은 어색해 보였다. 삿갓을 썼더라면 아마 천하를 주유하는 삿
갓시인을 연상케 했으리라.

　옛 풍습(안동지방에서는 예전에 상주가 조문객을 맞을 때 죽장을 짚었다)에 죽장
은 위의 경우를 제외하고는 지팡이로 쓰지 말라는 이야기를 많이 들어
왔다. 행여나 젊은이가 풍습을 잘 몰랐거나 아니면 내가 시대에 뒤떨어
진 생각을 하고 있거나 할 수 있는데 하여튼 일러주고는 싶었으나 간섭
하는 것 같아 참았다. 그런데 참은 것이 정말 다행스런 일이 벌어졌다.

　옆 노약자석에 70대 할아버지가 반갑게 친구와 전화를 주고 받는데 목

소리가 조금 큰 듯했다. 그런데 그 젊은이 다짜고짜로 할아버지를 향해 "이 열차 당신이 전세냈느냐"며 따지고 든다. 할아버지는 얼굴이 홍당무가 되어 "미안합니다" 하고 정중히 사과했다. 그런데 얼마 후 잡상인이 물건을 팔기 위해 일장연설을 한다. 보통은 생계유지를 위해 차안에서 자주 목격하는 일이다. 그런데 이 청년 전화기로 어딘가 큰 소리로 전화를 하는 듯했다. 전화내용이 철도청에 항의하는 전화인 듯했다. 그 목소리가 할아버지 목소리 이상이었다. 주위 사람들의 이목이 집중된 것도 아랑곳 않고 "열차안에 잡상인을 들이면 되겠느냐, 당신들 봉급만 축내지 하는 일이 뭐 있느냐"며 지독한 항의를 한다. 아마 자신은 정의로운 일을 했다고 생각하는 것 같았다. 남이 하면 불륜이고 자기가 하면 로맨스인가 싶었다.

여기까지는 그래도 좋았다. 나도 위의 두 경우를 볼 때 이 사람이 정말 정의로운 사람인가, 아니면 사회의 불만분자인가 반신반의가 되었다. 왜냐하면 잘못된 것을 지적하고 고발하니 일단 정의롭다고 할 수 있다. 그런데 얼마 후 상봉역에서 와자지껄하며 할머니 여러분이 탔다. 이번에도 나는 이 젊은이 어떻게 하나 유심히 지켜보았다. 역시나 할머님들께 죽장을 탁탁치며 "열차에서 떠들면 어떻게 하느냐"며 핀잔을 주더니 에익! 재수없어 하며 유유히 열차를 빠져 나갔다. 이런 청년에게 아까 내가 잘못 말을 걸었더라면 어떤 봉변을 당했을까 생각하니 아찔했다.

결론은 이 청년 정의스럽다는 것보다는 사회의 불만세력이 아닌가 하고 씁쓸한 생각이 들었다. 다시 말하면 정의도 정의로와야지 인류도덕을 무시하고 주위 타인의 시선이나 괴로움따윈 관심도 가지지 않는 이러한 행동은 아무리 봐도 빗나간 정의가 아닌가 한다.

이처럼 개인 간에도 갑질 아닌 갑질이 성행하니 대기업, 재벌그룹, 공무원사회, 각종단체(이권단체 포함) 등에서의 갑질은 말해서 뭘하겠는가.

물론 갑과 을이 없는 국가나 사회는 없겠지만 문제는 그 정도라고 할 수 있다.

人之坐與樂 不識肩與苦(인지좌여락, 불식견여고(다산 정약용))라는 말이 있다. 사람이 가마 타는 즐거움은 알아도 가마 메는 사람의 어깨 아픈 것은 모른다는 뜻이다. 작금에 사회에 큰 물의를 일으켜 사회적으로 문제화된 재벌그룹이나 대기업의 회장, 임직원 등이 지위, 권력, 힘, 돈 등으로 무장하여 힘이 약한 협력업체나 기타 을(乙) 지위에 있는 측의 눈물을 이용한 배 채우기나 욕심채우기 위한 행태 즉 자기이익만 채워 가마 타는 즐거움만 알지 힘약한 자의 어깨 아픈 것은 모르는, 이것이 마치 자기 갑측에 정의로운 행동을 한 것으로 착각하는 이러한 처신이야말로 정말 사회정의 측면에서 볼 때 빗나간 정의임에 틀림없다 할 것이다. 즉 남을 배려하는 모습이 아니기 때문이다.

이것은 남은 죽든지 말든지 나 몰라라하며 권력자나 힘있는 사람 앞에서는 아부하여 실속을 채울 줄만 알았지 그 위선으로 인해 피해보고 괴로워하는 쪽이 있다는 사실은 모르는 처사이다.

겉으로는 정의로운 일을 한답시고 떠들썩하지만 결과는 자기 잇속 차리기에 바쁘고 남이 뭘 좀 하려고 하면 셈이 나서 못하게 방해하여 일을 그르치게 하는 경우가 다반사다. 그러면 甲과 乙이 바뀌어지면 좋을까? 그것도 안 된다. 그러면 또다시 균형이 무너지기 때문이다. 오직 사서(四書)의 중용처럼 마치 갑과 을이 줄다리기 시합에서 결판이 나지 않듯이 공정하고 공평한 룰(rule)과 선의의 경쟁과 게임으로 임할 때 이사회가 공평하고 신뢰받는 정의로운 사회가 되지 않을까 한다. 즉 公心 속에 私心이 있어서는 안 된다는 말이다.

빗나간 정의, 빗나간 사회는 우리 모두 공멸할 수 있다는 사실을 주지하자.

지리산 둘레길(1.2코스)

　자연이 부르기에, 지리산이 초대하기에 친구들과 지리산 둘레길을 걷는 행운을 얻었다. 주천에서 운봉까지 14.3km 장장 6시간의 대장정이 시작되었다.

　서울 강남터미널에서 새벽에 출발하여 11시경에 춘향의 고향 남원에 도착하여 시원한 민속주를 곁들인 토속음식으로 정찬을 즐기고 택시로 1코스의 시작점 주천에 도착했다.

　해발 500m의 운봉 공원을 힘들게 넘고 개울을 건너 옛 선조들이 다니던 꽃들이 만발한 옛길을 따라 걷는 기분은 상쾌하고도 기분이 좋았다. 운봉공원의 정상인 구룡치 고개에서 이마에 흐른 땀을 시원한 산들바람으로 씻고 다시 발걸음을 제촉했다.

　도중에 두 소나무(용소나무)의 애뜻한 사랑이 깃든 연리지는 아직도 못다한 사랑을 세상 사람들에게 보여 주는 듯했다.

　날씨는 초여름 같아 무더운데 갑자기 시원한 푸른 덕산 저수지가 눈앞에 펼쳐졌다. 야산 오솔길을 지나 잘 정돈된 정씨 무덤 옆에 마련된 정자(심수정)에서 시원하게 호수를 관망하면서 마음의 평화를 만끽했다.

　아지랑이가 아롱거리는 한 폭의 그림 같은 노치 마을의 돌담길을 걸으니 마치 제주도에 온 듯 정겹고 농부들의 일손은 분주하기만 하다.

　우리 일행은 자연의 아름다움을 감상하며 걷다보니 자연히 두패로 갈

리게 되어 한 번도 도중에 만나지 못했다. 앞팀은 목적지를 향해 열심히 빠른 걸음을 재촉한 반면, 뒷팀은 친구들과 정다운 얘기를 주고 받으면서 앞에 나타난 아름다운 자연을 감상하며 여유롭게 걸었기 때문이다. 종착지에 도착하여 서로 만났을 때는 마치 오랜 옛친구를 만난 것처럼 반가웠다. 뒷팀이 말을 걸었다. "어찌 그렇게 빠르냐고". 앞팀이 화답한다. "우리는 발로 걷지만 자네들은 입과 눈으로 걸으니 당연히 뒤처질 수밖에" 하며 농한다. 뒷팀왈 "내일부터는 발로 걷겠노라"고 맹세한다. 앞팀 왈 "사실은 자네들이 옳은지 모르겠네, 빨리 걷는 것만이 능사가 아닐세. 자연을 감상하며 평소에 못다한 이야기 주고받으며 걷는 것이 더 좋은 여행이 될 수 있다네. 우리가 앞만 보고 빨리 걸은 것은 혹시 목적지에 너무 늦게 도착할까봐 걱정이 되어서 그랬네. 여기 온 것도 여유롭게 자연을 감상하고 이 지방 유적도 둘러보기 위해 온 것이 아니겠나. 미안하네" 하며 스스로 미안함을 토로하고 칭찬도 해 준다.

오늘의 종착점 행정 마을 쉼터에서 오늘의 여장을 정리하고 다리 건너 청초하게 핀 벚꽃터널 그늘에서 기념사진을 찍으며 오늘의 여정이 무사했음을 감사드렸다.

삼산 마을 서어나무(할아버지 나무, 할머니나무) 숲 옆에 위치한 이장집에서 하루의 여장을 풀었다.

마음씨 좋은 이장 부부는 산지 특산물을 총동원하여 준비한 저녁상을 내어왔다. 산지 먹걸이로 혼자 여행온 어여쁜 아가씨와 한 잔 주고 받으며 정겨운 밤은 깊어갔다.

2일차 운봉에서 인월간의 9.4km(4~5시간 코스) 구간은 좀 수월한 평지 구간인 듯해 안도의 한숨을 내쉬었다. 대부분 제방길과 임도로 되어있어 마치 그 옛날 우리들의 어린 시절의 시골길 같았다. 국악의 성지는 옛 왕릉 같이 잘 조성되어 있어 우리나라 국악을 빛낸 선조들의 얼을 잘 보존하고 있었다. 옛 백제 계백장군의 황산벌 전투기념비인 줄 알았던 황산대첩비는 조선을 개국한 이성계의 전적비임을 새롭게 알게 되었다.

높디 높은 산 중턱엔 맑고 푸른 옥계 저수지가 있어 몸과 마음을 시원하게 해 주었고, 금방이라도 곰과 멧돼지가 나타날 듯한 임도를 지나 자연휴양림 흥부골에 도착하여 땀을 씻고 기념촬영을 했다.

마지막 남은 여정을 위해 모두 힘을 내어, 달이 뜨면 달빛을 정면으로 받아 달오르는 모습이 절경이라 하여 그 이름을 '달오름 마을'이라 칭한 '월평'마을에 도착하여 지리산 자락의 아름다운 경치를 감상하며 기념촬영을 한 컷 했다.

드디어 오늘의 마지막 종착지 인월면 사무소에 도착하여 인월에서 가장 큰 고기집에서 시원한 막걸리 곁들인 점심을 먹고 인월발 1시 50분 서울행 Bus에 올라 꿈에도 그리던 지리산 둘레길 1.2코스의 대장정의 막을 내렸다. 다음의 3.4코스인 인월~금계 코스를 두근거리는 가슴으로 기약하면서….

안전(安全)

바실 버틀러 전 BP 최고경영자는 "이익과 안전은 경쟁관계가 아니다. 예방은 치료보다 훨씬 좋을 뿐 아니라 비용도 적게 든다. 작업 중 안전은 사업의 성공과 같다."라고 말했다.

이 세상 대부분 즉 국가나 사회 기업 개인 가정 모두 안전이 무엇이며 안전에 신경을 쓰지 않아 사고가 나면 어떤 결과를 초래한다는 것은 모두 알고 있으나 정작 나에게 설마 그런 일이 일어날까 하는 안전불감증 즉 요행을 바라는 심리가 대부분이고 지금 당장 나에게 도움을 주고 이익을 주는 일이 아니기 때문에 다시 말하면 당장 남는 것이 없다고 생각하는데 큰 문제가 있다 할 것이다.

한푼 아끼다 소탐대실(小貪大失) 즉 요행이 깨지고 큰 사고가 나야 소 잃고 외양간 고치듯 부랴부랴 문을 고치고 안전관리조직을 강화하고 예산을 늘리고 하는 등 법석을 떤다.

그러나 인간은 망각의 동물이라 했던가.

사고 후 처음에는 신경을 쓰는 듯하다가도 얼마 지나고 나면 언제 그랬냐는 듯 까맣게 잊어버리는 일이 반복된다. 이는 눈앞의 이익만 추구하는 습성 때문일 것이다. 모든 재앙은 물욕에서 생긴다는 것을 알아야 한다. 탐욕의 무게만큼 사고의 무게도 비례한다는 사실을 명심해야 할 것이다.

세월호 사고는 업주의 탐욕과 규정을 어긴 무리한 선박불법개조, 관리자 및 승무원들의 나태한 업무수행, 국가의 방만한 감독 등이 결합한 총체적 합작품이라고 할 수 있다. 사고 후 여객선 운항을 중단하거나 연안사고 예방법제정 등 선박사고에 대비하는 듯했으나 요사히 언제 그랬느냐는 듯 또 다시 해상, 수상 사고가 난다는 소식이 들리니 안타깝다. 당국에서는 과거사고를 반면교사로 삼아 철저한 관리감독을 해야 할 것이다.

가까운 예로 우리집 예를 들겠다.

나는 평소 깐깐한 성격 탓에 외출 시 문단속을 철저히 하고 늘 가스, 전기, 수도 등의 스윗치와 장금장치를 확인하고 또 확인하며 사고에 철저히 대비하는데 반해 아내는 나의 이러한 행동에 철저히 외면했다. 이유는 이렇다. 우리 집에 훔쳐갈 게 무엇이 있느냐, 고층인데 누가 올라온단 말인가, 우리 집에 한번이라도 사고난 적이 있느냐 하며 그야말로 요행을 바라고 안전불감증에 깊숙이 젖어 있는 듯하다. 나는 아내의 이러한 행동에 마음 상하는 때가 한두 번이 아니었고, 가끔은 언쟁과 다툼을 하는 때도 종종 있다. 심지어는 안전에 힘을 쏟는 나에게 강박증 환자로 몰아붙이기도 한다.

일개 가정에서조차 이러한데 사회 전반의 안전의식은 어떨까하는 의구심을 가져본 것도 한두 번이 아니었다.

수 십 년 전 어느 은행지점에서 일어난 사고다. 그때는 은행지점에서 직원이 직접 숙직을 하면서 은행보안을 하던 시절이다. 그날은 우리나라와 외국간의 축구 빅 매치가 있는 날이라 당직원이 문을 잠그는 일을 소홀히 한 채 축구시합에만 정신이 팔려 있었다. 그틈을 노려 강도가 침입하여 숙직원 두 사람에게 큰 중상을 입힌 사건이었다. 이 모든 게 나에게는 사고가 일어나지 않는다는 안일한 생각 때문일 것이다.

또 언젠가 제조업을 하는 고객공장을 방문한 적이 있었다. 쇳덩어리의 기계가 이리저리 설켜 돌아가고 있었다. 사장과 차 한 잔을 하는데 사장의 손가락이 거의 없어 찻잔을 들기조차 어려울 정도였다. 습관화된 생활이라 지장은 별로 없는듯 했지만 일상생활하는 모습은 무척 애처로웠다. 아마도 기계에 손가락이 잘린 듯했다. 이 모든 게 평소 안전에 소홀하여 생긴 사고가 아닌가 한다.

세월호 참사 후 대통령께서는 눈물을 흘리시고 장관 등 고위직은 "미안합니다, 잊지 않겠습니다, 다시는 이런 일이 일어나지 않도록 노력하겠습니다" 하며 약속했지만 또 잊지 않을까 걱정이 앞선다.

문제는 안전에 대한 관심은 잊지 않고 영속되어야 하며 비용이 들더라도 늘 교육하고 안전 담당자에 대한 인사상 우대제도 즉 안전관리 파트에 대한 대우를 인사총무파트 못지않게 최우선시 하는 등 최고관리자 선에서 큰 관심을 둬야 안전사고 감소에 다소나마 도움이 되지 않을까 한다.

불경기때 투자를 늘려야 하는 것처럼 평온하고 무사고일 때 더욱 안전에 대한 투자를 늘리고 안전의식을 고취해야 할 것이다.

각종 공사비리와 저가입찰로 인하여 이를 만회하려고 불실한 재료와 부족한 자재를 씀으로써 사상누각이 되는 것도 방지해야 하는 큰 과제이다. 이를 위해서는 「엄격히 법 시행을 하도록 주장하고 그 법의 엄정한 실시 때문에 스스로 죽음을 맞은」 진나라 상앙(商鞅) 같은 공직자가 많이 나와 국가 차원에서 엄정하고 공정한 법 집행과 관리감독이 시행되어야 할 것이다. 이렇게 할 때 온 국민이 불안과 공포를 느끼지 않고 평화롭고 편안한 생활을 영위할 수 있을 것이다.

마지막으로 충효산 기슭에 언제부터인가 망치소리와 기계소리가 요란하여 내려다보니 체육시설 인 듯 하루하루 건물이 잘 올라가고 있었다. 그런데 어느 날 와르르 사상누각처럼 내려앉았다. 사람이 다수 다치고 현장은 마치 폭격을 맞은 듯 파괴되어 공사가 장기간 중단되었다.

이것도 아마 안전불감증과 비리 그리고 일부업자의 탐욕의 합작품이 아닌가 생각되어 마음이 씁쓸하다. 오늘도 자락길을 돌며 그 상처를 보지 않을 수 없어 시 한 수 지어 마음을 달래본다.

사상누각(沙上樓閣)

충효산 기슭 따스한 명당자리
어느 날 갑자기 들려오는
망치소리와 기계의 굉음
키는 날마다 높아지나
얼굴과 몸통은 파리하고 약하다
철근과 시멘트 갉아 먹는 흡혈충에
바이러스까지 침범하니
어느 날 갑자기
높게 솟은 허약한 몸통은
힘에 겨워 와르르 주저 앉았다
아직 세상의 빛도 보기 전에
아쉬운 생을 마감했다
힘들게 하루하루 건디는
가엾은 민초들만 상처 받았다
상처 위로 봄을 재촉하는
봄비가 부슬부슬 내린다

계절이 바뀐다는 것(환절기)과 늙는다는 것[老化]

계절이 바뀐다는 것은 가슴 두근거리고 환희에 넘치고 무엇인가 다시해 보아야지 하는 새로운 의미를 느껴보는 시기이다. 젊은 시절엔 더 더욱 계절이 바뀐다는 것은 새로운 정서를 가져보고 새로운 꿈도 꾸어 보는 때이다. 그러나 노인의 변절기는 말 그대로 몸을 변화시키고 허약한 사람에게는 견딜 수 없는 고통을 안겨주는 계절이기도 하다.

봄에서 여름으로 바뀌는 계절에는 녹색의 세상이 짙푸른 청록색으로 변해 마음이 더욱 풍성하게 되고 다른 한편으로는 각종 벌레들이 세상에 모습을 드러내어 아름다웠던 봄과 여름을 괴롭히기도 한다. 가끔은 몸이 허약한 사람은 개도 걸리지 않는다는 오뉴월 감기로 고생하기도 한다.

여름에서 가을로 접어들면 모든 인간과 동식물들은 갈무리에 바쁘다. 청록색이던 세상이 누런 황금빛으로 물들어 보는 이의 마음을 풍성하게 한다. 들판에는 오곡백과가 무르익고 가을타는 남성들은 깊어가는 가을을 못견뎌 이산저산 다니며 단풍놀이에 빠진다. 가을은 남자의 계절이라 하였던가. 그런데 세월이 흘러 요즘은 여성들이 가을을 더 좋아하는 듯하다. 남성들의 대부분은 생계유지를 위해 직장에 얽매이게 되지만 여성들은 애들 다 키워 놓고 친구들과 어울려 산천구경 다니면서 평소 살림살이에 찌들었던 때를 벗길 수 있는 기회가 많다보니 자연히 남자들 보다는 훨씬 자유로워 보인다.

　나는 사계절에 걸쳐 지리산 둘레길을 걸었다. 그리고 서울 둘레길, 강릉 바우길, 동해 해파랑길 및 각종 높고 낮은 산을 오르며 나이에 걸맞지 않는 무리수를 두었는데 그 중에서 가을이 가장 무리수를 두기 쉬운 계절이다. 또한 가끔 외국을 다녀온 후에도 쉬지않고 친구들과 어울려 온 산천을 헤매다 보면 몸은 지치고 진이 빠질 대로 빠져 꼭 환절기마다 한 두 번씩 늙은 이 몸이 홍역을 치르고 객기를 부린다. 그럴 때마다 나는 생각에 잠겨본다. 나만 이렇게 일찍 늙고 병약한 게 아닌가 하는 걱정이다. 얼마 전 설악산을 가자는 친구의 부름을 사양해야 했고, 소요산을 가자는 요청을 거절해야 하는 안타까움도 있었다. 사실 얼마 전 외국에 다녀와서 피로도 덜 풀린 상태에서 송파에서 흑석동까지 걸어서 귀가했다. 그날따라 몸 상태가 좋고 날씨도 좋아 수km나 되는 길을 걸어서 가 보기로 작은 오기를 부려보았다. 그 사이 몇 개의 산도 또 다녀온 후이다. 그런데 며칠 전 계절이 갑자기 겨울로 바뀐 날이다. 코에서 콧물이 비오듯 하고 뼈마디와 살가죽이 바늘로 콕콕 찌르는 듯 아팠다. 이전에는 1~2일이면 거뜬히 털고 일어나 일상생활을 시작할 수 있었으나 이제는 갈수록 그 회복속도가 늦어지다가 작금에는 그 회복일자를 예상할 수 없을 정도가 되었다. 이처럼 늙는다는 것은 자기도 모르게 찾아오나보다.

　늙는다는 것에 대해 의학적으로 잘 알 수는 없지만 내 몸 느낌으로 보건대, 다음과 같은 변화가 있다는 사실을 알 수 있었다.

　첫째 등산을 들 수 있다. 전에는 산의 높이에 관계없이 웬만한 산은 거의 다 올랐다. 한번 시도하면 중도에 포기하는 경우는 거의 없었다. 이는 도전정신의 발로이고 중도에 포기하면 처음부터 아니 간만 못하다는 속담의 힘도 발휘했으리라. 그러나 언제부터인가, 아마 60을 넘어서

257

면서 그랬지 않았나 생각되지만, 그 등산하는 높이가 점점 낮아져 큰산 위주에서 점차 작은 산, 나중에는 동네 산을 헤매게 되고 요즘은 아예 둘레길 중심으로 바뀌었다. 그뿐 아니라 예전에는 봄 여름 가을 겨울 계절에 관계없이 무릎과 발이 미안할 정도로 몸을 혹사했으나 어느 순간부터 아주 더운 여름철과 아주 추운 겨울을 피하다가 이제는 아이젠을 해야하는 경우는 등산을 삼가게 되고 나아가 어느 정도 더위와 추위에도 몸이 엄살을 부리게 되니 말은 거짓이 늘어나고 핑계는 자꾸 늘어난다. 다시 말하면 '몸살 감기다' '발목을 접질렀다' '누구의 결혼식이다' 하며 갖은 이유를 들어 피하게 되고 이제는 핑계될 것이 없어 '사정상 미안하이' '잘 다녀오소' 하며 사정아닌 사정을 하는 신세가 되었다. 왜냐하면 구질구질한 핑계와 거짓말을 둘러 대봤자 상대방은 이제 믿지 않기 때문이다.

둘째는 위에서 말했지만 환절기마다 몸살감기로 홍역을 치르는데 그 경과가 1~2일에서 2~3일, 3~4일로 점점 회복속도가 늦어진다는 것이다. 아마 그만큼 면역력이 떨어졌고 하는 행동이 나이에 걸맞지 않게 무리수를 두는 때문일 것이다. 계절이 겨울로 접어들기 전에도 그 놈과 한바탕 싸웠으나 또 다시 나를 찾아와 콧물과 눈물소태를 이루고, 이로인해 아내의 전보다 병약해진 나에게의 잔소리는 이제 막을 힘도 없고 그저 벙어리 냉가슴으로 쳐다보고 미안한 기색으로 쓴웃음으로 답하는 방법밖에는 없다.

셋째는 몸에 이상한 변화가 자주 감지되는 것이다.

귀에는 귀뚜라미 소리와 비행기 소리가 진동을 해서 삶의 질이 떨어지는가 하면 책을 읽어도 무슨 뜻인지 헤아리는 이해력이 떨어지고 TV소리는 점점 더 커진다. 하도 괴로워 어느 신문에 이명 치료에 탁월한 의술이 있다는 어느 한의원에 가서 거액의 치료비를 내고 치료를 받아

보았지만 별 효력이 없었고, 동네 유수 이비인후과에 들러 진료를 받았으나 고칠 수 없는 병이라는 말만 듣고 쓸쓸히 돌아설 수밖에 없었다. 그리고 눈도 어느 누구보다도 좋다는(항상 시력이 1~2를 유지) 이야기를 의사 선생님으로부터 들어왔고 아무도 보이지 않는 저 멀리 있는 간판이나 경치를 보면서 같이 있는 사람들의 부러움을 사던 눈인데 어느 날부터 기왕에 쓰던 안경이 침침하고 눈에서 눈물이 자꾸 나와 안약을 사 넣는 경우가 늘어나고 안경도 도수를 더 높여 맞추어야 할 지경에 이르렀다.

넷째는 어느 순간부터 모든 일이 귀찮고 하기 싫어진다는 것이다. 그렇게도 열심히 가던 모임도 자꾸 뜸해지고 특히 각종 야유회, 동창회, 송년회 등에 소홀해지니 걱정이다. 속담에 "우정(友情)이란 산길과 같다"라고 했다. 산길은 자주 걸어야 풀이 자라지 않아 길이 쉽게 열리는데 몇 번만 그 산길을 가지 않으면 풀로 뒤덮혀 길이 없어지는 경우를 많이 본다. 마찬가지로 우정도 자주 만나고 대화하고 해야 친밀감이 유지되는 것이다. 학창시절 아주 단짝이던 친구를 몇 십년만에 모임에서 만났는데 왜 그런지 서먹서먹했다. 자주 만나지 않으니 대화거리가 없고 오랜만에 만났으니 어딘지 모르게 쑥스러웠으리라. 자주 만나는 이웃사촌이 자주 만나지 않는 친 사촌보다 낫다는 말이 있다. 자주 만나 대화하고 식사도 같이 나누면 치매예방에도 많은 도움이 된다고 하니 여간 좋은 일이 아니다. 그러나 어쩌랴! 자꾸 귀찮아짐을….

다섯째 마음이 심약해진다는 것이다.

누가 몸에 무엇이 좋다하면 귀가 솔깃해져서 사게 되고 누구의 꾐에 넘어가(다단계 등) 큰 손실도 보게 된다. 지금 보이스피싱 사건도 귀가 얇아진 노인들이 많이 당한다하니 아타깝고, 얼마 전 어느 50대가 보이스피싱에 거액을 사기당해 자살했다는 뉴스를 접하니 마음이 쓸쓸하다.

겨울은 많은 눈과, 바람, 꽁꽁 언 얼음을 많이 접하는 계절이다. 앙상한 가지에는 귀신울음같은 소리가 귀를 울리고, 얼음을 잘못 밟아 미끄러져 정형외과 한의원 등 병원을 들락거리는 반면 설원에서 스키를 즐기는 젊은이들은 한 시절을 풍미하는 멋을 맞는 계절이다. 가끔은 난방비를 아끼려다 감기에 걸려 고생하기도 한다.

그야말로 겨울은 모든 것을 움츠리고 얼어붙게 하는 계절이다. 그러나 저 산골짜기에서 얼음 녹는 소리가 들리고 앙상하던 가지에 초록눈이 슬금슬금 모습을 들어낼 때는 다가오는 새해에는 소원하는 일들이 잘 이루어지길 기원하고, 조금만 참으면 연초록의 새잎이 돋고 아름다운 새가 지저귀는 소리를 듣는 희망찬 새봄을 맞는다는 기대로 가슴 부푼다. 그러나 이 몸을 가장 괴롭히는 계절은 이 앞에서도 말했듯이 가을에서 겨울로 접어들 때가 제일이고, 겨울에서 봄으로 접어드는 계절도 노인들의 건강을 해치기 쉬운 계절임에 틀림없다 할 것이다.

누구나 늙지 않는 사람은 없다.

세월을 거스를 수 있는 자 이 세상에 그 누가 있겠는가. 그러나 가끔 젊은이들로부터 존경이 아니라 업신여김을 받고 괴로워 할 때도 있다.

빈 의자 앞에(방금 누가 일어서서 자리가 비웠음을 의미) 노인이 서있는데도 불구하고 어떤 젊은 사람이 먼데서 쫓아와 얼른 자기가 앉는 것을 보면서 우리의 도덕이 땅에 떨어지고 노인을 공경하는 자세가 점차 사라지는 게 아닌가해서 안타깝게 생각하고 마음이 씁쓸해서 옆에 있던 어떤 젊은이에게 "못가의 풀이 봄소식도 전하기 전에 뜰 앞 오동잎은 벌써 가을을 알리네" 하는 주자의 시(詩) 일부를 읊어주니 그 젊은이 무척 겸연쩍어 하며 죄송하다 하고 지하철을 내렸다.(앞의 젊은이의 행동을 이 젊은이도 보았고 필자가 젊은이도 눈깜짝 할 사이에 늙음이 찾아오니 젊을 때 노인을 잘 공경하라며 옛 시로 그 뜻을 젊은이에게 일깨워주다)

이처럼 세월은 유수처럼 흘러가니 젊었다고 으쓱댈 게 아니며 늙었다고 위축될 필요가 있겠는가. 젊은이는 젊은이대로 늙은이는 늙은이대로 이 세상 어디엔가 그 쓸모가 있을지니 누구를 탓하고 원망하고 욕하고 배척하지 말라.

오직 계절의 변화는 자연세계의 오묘한 진리이고 은총이니 계절의 변화를 잘 이기는 자는 이 세상에서 성공한 자로 군림할 것이고 그냥 무감각하게 보내는 자는 어디 성공이 발 부칠 데가 있겠는가.

계절의 변화는 우리에게 훌륭한 교훈을 주는가하면 한편으로는 뜨거운 매운 맛도 보게 한다는 사실을 알자.

나를 슬프게 하는 것들

슬픔이라는 것이 본래 가족이나 친구 친족 등 가까이 지내는 사람들이 내곁을 떠났을 때 이제는 더 이상 볼 수 없다는 안타까움이나 그리움 때문에 가슴 아파하고 눈물을 흘리며 슬퍼하는 것이 보통의 슬픔이라고 정의한다. 그러나 우리가 세상을 살다보면 사회통념이나 가치관, 정의, 진리 등을 떠난 행동을 하거나 말을 할 때 앞서 말한 서럽거나 불쌍하거나 괴롭거나 하여 슬퍼하는 경지를 떠나 우리의 마음을 더 쓸쓸하게 하고 괴로워하게 하는 슬픔 또한 슬픔 중에 슬픔이 아닌가 한다.

먼저, 나의 가족 이야기부터 하고자 한다. 나는 자식을 키울 때 말보다 실천 즉 솔선수범하여 행동을 함으로써 그들을 가르치려고 노력해 왔다. 이는 열 마디 말보다 한번 실제로 시범을 보임으로써 더 빨리 터득하게 하려는 취지이다. 그러나 그런 나의 노력은 번번히 실패하고 말았다. 나는 어릴 적부터 부모의 일거수일투족을 보며 자랐기에 그 행동이 그대로 몸에 베어 버린 것이 많다. 그런데 시대가 바뀌고 사회가 선진화되어서 그런지 몰라도 우리 아이들은 그렇게 되지 않아 안타깝다. 물론 자식들은 나의 행동이 시대에 뒤떨어진 것이라고 생각하는 듯하다. 그러나 어떤 것은 백년이 가고 천년이 가도 변할 수 없는 것들이 있다. 예를 들면, 부모에 효도하는 일이나 장유유서 같은 누구나 꼭 지켜야 하는 질서 즉 동서양이 공감하는 예절, 상대방을 배려하는 예의, 일상생활에서 꼭 지켜야 하는 합리적인 규범 등이라고 할 수 있다. 그런데 우리 집은 비가 오면 우산 찾는 일로 아침부터 시끌벅적하다. 보관을 잘 못하여 이것저것 뒤지다가 결국 어머니의 손을 거쳐야 하고 하루가 멀다하고 살을 부러뜨리기 일쑤이다. 또한 우산을 사용한 후 집에 가져오면 현관에 펼쳐 말려야 녹슬지 않고 오래오래 쓸 수 있는데 그냥 둘둘 말아 방구석 어딘가에 던져 놓는다. 다음날 출근 뒤 방청소를 하다보면 물이 뚝뚝 떨어지는 우산이 방 여기저기서 나와 나를 안타깝게 하는 일이 비일비재하다. 먼지나 방사능따위가 묻은 물이 방에 줄줄 흘러 내리는 것도 문제지만 밤사이 우산살이 녹이 슬어 버리기도 하고 어느 때는 가방속에서 며칠간이나 잠자다가 발견된 경우도 있다. 나는 이처럼 애들이 사용하다 현관에 툭 던져진 우산을 발견하면 언제나 즉시 베란다에 펼쳐 말려야 직성이 풀린다. 그것은 애들이 보고 배우라는 의미도 내포되어 있고, 나의 깔끔한 성질의 발로이기도 하지만 그러나 이것은 당연한 생활수칙이 아닐 수 없다. 그런데 요즘 애들은 그런 뒤처리를 제대로 하지 않으려 하니 답답하기 그지없고 어찌 새 우산인들 감당할 수 있겠는가. 이런 하찮은 행동들이 나를 슬프게 한다.

또한 아무리 치워도 산더미처럼 쌓이는 책상 위의 잡동사니들이 마음을 어지럽게 하고 이옷저옷 입고 벗어 던져 방바닥에 쓰레기더미처럼 쌓아놓고 정리 한번 하지 않아 벌레가 득실거리게 하고 이불 한번 개어 놓는 때를 볼 수 없고 옷은 옷걸이에 걸지 않으며 한번 입고 툭 던져 버려 매일 빨래며 청소에 시달리는 부모의 고통을 그렇게도 몰라주는 자식들의 행동이 너무 속상해 나를 슬프게 한다. 또한 새들이 자라면 둥지를 박차고 나가듯이 애들도 성장하면 가정을 꾸려 행복한 삶을 살도록 해 주는 것이 부모의 도리인데 여태껏 애들을 끼고 살며 애들의 혼사에 신경쓰지 않는 아내의 애교있는 욕심이 나를 슬프게 한다.

이제 나의 가정이야기는 이만 줄이고 가정사 밖의 슬픈 사연을 소개하고자 한다.

한 번은 지하철 에스컬레이터를 타고 급히 내려가는데 좌측이 꽉 막혀 꿈쩍하지 않아 살펴보니 어느 50대 아주머니께서 꼼짝 않고 서 있는 것이었다. 내 뒤에도 급히 내려가려는 사람이 줄을 이었다. 그래서 어떤 사람이 아주머니께 조금만 비켜줄 수 없느냐고 정중히 사과조의 부탁을 하니 아주머니 왈 "내가 왜 비켜요. 당신들이 참아야지." 하며 앙탈을 부린다. 에스컬레이터가 다 내려가 각자 급히 갈 길을 갈 즈음 어떤 분이 아주머니 보고 한마디 한다. "아주머니, 집에서 남편에게 많이 소박 받겠어요"하며 쏘아주고는 급히 갈 길을 가니 속을 못이긴 아주머니가 그를 뒤쫓아 가며 입에 담지 못할 욕설을 퍼붓는데 정말 세상에 이런 심술쟁이도 있구나 생각하니 슬프기 짝이 없다.

하루는 지하철을 탔는데 지하철 안이 만원이다. 그런데 어느 80대로 보이는 할머니가 지팡이를 짚고 서 계시는 것을 보고 어떤 젊은이가 자리를 양보하려고 일어서자마자 옆에 섰던 40대 젊은 여자가 얼른 앉아 버린다. 할머니가 서 계신 것을 보지 못해서 그러려니 했는데 그게 아닌 듯 이내 눈을 감는다. 슬프고도 슬픈 일이다.

이 외에도 TV에서 덫에 걸려 신음하며 죽어가는 동물을 볼 때, 농촌에서 피땀 흘려 농사지은 농작물을 차떼기로 훔쳐가는 행위, 부모가 주신 자기 몸을 상해가며 보험금을 타거나 군입대를 기피하기 위한 각종 악행, 용돈이나 사업비를 주지 않는다고 부모를 학대하는 행위 또는 많은 상속을 바라 부모를 해치는 해괴망측한 패륜 등 이루 다 말할 수 없는 비정의 행위들이 나를 슬프게 한다.

이제 밖으로 눈을 돌려보자.

우리나라가 실효지배하고 있는 우리땅(독도)을 자기네 땅이라고 우기고 36년간이나 남의 나라를 침범하여 온갖 착취와 갖은 악행을 저지르고도 잘못이 없다는 파렴치한 나라의 통치자들을 보면서 이들은 딴 우주에서 온 특이 인간들이며 일말의 양심과 정의도 없고 80억 인구가 지켜보는 것이 무섭지도 부끄럽지도 않은지 참으로 가슴 도려내는 괴롭고 통탄할 슬픔이 아닐 수 없다.

이제까지 몇가지 예를 들며 가정, 사회, 국외 등 괴로운 심사들을 토로했지만 이보다도 더 심한 우리의 가슴을 도려내는 슬픔들이 어찌 이뿐이겠는가.

우리 국민이든 외국인이든 남의 아픈 가슴에 대못을 박고 아픈 상처에다 소금 뿌리고 솔로 긁는 그런 사람이나 국가는 언젠가는 이 세상이 용서치 않음은 누구나 부인할 수 없는 일이다.

이제 봄이 왔다. 모두 활짝 웃는 얼굴로 봄을 맞자.

도덕 재무장(道德 再武裝)

"未覺池塘春草夢 階前梧葉已秋聲"이라는 朱子偶成에 나오는 시의 일부이다. 우리말로 풀어보면 "연못가의 풀이 봄소식도 전하기 전에 계단 앞 오동나무잎은 벌써 가을을 알리네"라는 시다. 이 시는 세월이 너무 빨라 젊은이들이 촌음을 아껴 시간을 허비하지 말고 젊어서 열심히 노력하여 늙어서 후회하는 일이 없도록 하는 것과 미래 늙은이가 되었을 때를 미리 상상해 봄으로써 늙어서 젊었을 때의 행동이 잘못되었음을 늦게 깨달아 안타까워함을 줄이는데 반면교사로 삼을 것을 경고하는 시가 아닌가 한다.

나는 60대 후반에 접어들었지만 아직 늙었다고 생각해 본 적이 없다. 이는 내가 늙지 않아서가 아니라 늙었음을 아직 깨닫지 못하기 때문이다. 그것이 좋은 것인지 나쁜 것인지는 모르겠으나 자기 처지를 깨닫지 못한다는 것은 결코 좋은 일이 아닐 것이다. 동양철학[노자(老子)]에 知人者智(지인자지) 自知者明(자지자명)(타인을 아는 것은 지혜롭지만 스스로를 아는 것은 더욱 현명하다)란 말이 있고 서양에서는 "너 자산을 알라"라는 말이 있다. 이것으로 볼 때 동양이나 서양의 사상이 다르지 않다는 것을 알 수 있다. 필자가 왜 이런 말을 하는가하면 요즘 들어(옛날도 대개 마찬가지였겠지만) 스스로 자신이 처한 위치를 잘 파악하지 못하는 사람이 이외로 많아진 것 같아서 하는 말이다.

젊은이는 스스로 젊다고 자랑하지만 나도 젊었을 때가 엊그제 같았는데 어느덧 70을 바라보니 세월이 유수(流水) 같다는 말은 정말 명언이다.

'정의(正義)'라는 말은 정답이 없는 듯하다. 왜냐하면 시대와 나라와 민족에 따라 또는 처한 환경에 따라 혹은 그것을 논하는 학자마다 그 이론과 설명이 다를 수 있기 때문이다. 그렇다하더라도 부모에 효도하고 어른을 존경하는 것은 시대나 민족 또는 나라마다 다를 수 없는 영원불멸의 진리이고 정의가 아니겠는가. 그러나 현실은 그렇지 못해 안타깝다.

일례로 대중교통을 타 보자. 80~90대 할아버지의 좌석을 60~70대 노인이 비켜드리고 젊은이들은 열심히 스마트폰을 만지작거리거나 눈을 감고 자는 척거나 하는 등 무관심으로 일관하는 광경을 흔히 본다. 이뿐 아니라 얼마 전 신문지상에 대문짝만하게 "노약자용 엘리베이터에서 밀려나는 노약자"란 기사와 함께 휠체어를 탄 장애인과 목발을 짚은 장애인이 젊은이들의 속도와 힘에 밀려 엘리베이터를 타지 못해 우왕좌왕하며 안쓰럽게 물끄러미 쳐다보며 한숨짓는 사진이 실린 것을 보고 정말 이거는 아닌데 라는 생각이 앞섰다.

기자가 왜 양보하지 않느냐고 물으니 "양보문구를 못 봐서" 또는 "더워서" "힘들어서" 등등 사유가 여간 많은 게 아니다.

조선일보사가 서울 지하철역 곳곳에 설치된 공공 엘리베이터 이용실태를 조사한 결과 거의 절반이 장애인, 노인, 임산부가 아니었다고 한다. 물론 젊은이들도 할 말은 있다. 늙은이는 지공선사(지하철 공짜로 타는 사람)가 아닌가 하는 생각을 하는 듯하다.

우리 젊은 시절과 비교하는 것은 합당하지 못하지만 지금과는 많이 달랐다. 교복에 뺏지 달고 머리는 시원스럽게 하여 예의바르게 노인이나 장애인에게 서로 자리를 비켜드리는 것을 미덕으로 삼았다. 물론 지금의 젊은 세대는 피나는 경쟁에 시달려 정신적 육체적으로 피곤할 수 있겠으나 옛날 나의 세대는 더 못 먹고 체력도 약해 더 잘 지치고 피곤했다. 그러나 대가족하에서 예절교육 덕택에 예의범절만은 잘 지켰다고 자부한다.

젊은이들이여!

앞서 주자의 시에서 보듯이 늙은이가 되는 것은 나도 모르게 찾아오니 부디 젊었을 때 예의범절을 지키지 않으면 늙어서 아! 늦었구나. 이는 누구의 잘못이던가! 하며 후회해도 이미 때는 늦다.(대부분 세월을 탓하나 사실은 스스로의 잘못을 미리 깨닫지 못해 후회하게 된다)

지금까지는 대중교통과 엘리베이터에 대한 단편적인 예만 들었지만 더 큰 문제는 가정에서 부모들의 가정교육 예절교육의 부재에 있다 할 것이다. 자녀 지상주의로 자녀가 원하면 무엇이든지 들어주니 결국 마마보이로 전락하고 예의는 뒷전으로 밀려 제 발등 자기가 찍는 즉 노인이 되어 존경받는 것은 고사하고 자녀들로부터 학대받고 천시받아 외롭고 불쌍한 노년을 보내게 된다. 뿐만 아니라 학교에서도 타이르고 채찍하려해도 부모의 등쌀과 눈치보기에 제대로 된 예절교육은 할 수 없게 되고 이것은 결국 학교무용론 내지 사회에까지 무도덕 무질서가 연장되는 결과를 가져온다. 이제라도 늦지 않았으니 가정에서는 철저한 예절교육이 필요하고 당국과 학교에서도 대학교육까지 윤리교육을 강화하고 대학입학시험, 국가고시, 사회에서는 취업시험에 이르기까지 윤리도덕을 강화시킬 수 있는 윤리과목을 편입시킬 것을 당부한다.

이 사회가 왜 이렇게 문란하고 불신이 팽배하며 사회 곳곳에 사건사고가 끊이질 않는가. 여기에는 분명 윤리도덕의 결여가 큰 원인일 것이다. 우리나라는 동방예의지국이라 불리지 않는가. 돈이면 최고라는 현세태가 너무 기가 막힌다. 젊은이가 노인을 경시하고 자식이 부모를 버리고 형제끼리 칼부림하며 종교인이 살육을 하고 정치인은 국민을 속이고 지인끼리 사기치며 서로 믿지 않는 不信, 不德, 不議 시대에 감히 '도덕 재무장'을 부르짖고 또 역설해 본다.

아내의 즐거움

기대 반 근심 반하며 흑석골에 똬리를 틀고 정착한 지가 어언 3년째 여름을 맞는다. 철따라 꽃들이 만발하고 이름모를 새들이 지저귀며 가을에는 붉은 단풍으로 물드는 이곳 흑석골 하고도 제일 꼭대기 정착지는 도시 안의 시골이다. 역에서 조금 먼 것을 제외하고는 살기가 무척 좋은 곳이다. 모두들 폭염에 시달리고 모기 때문에 잠을 설친다고들 하나 이곳의 나의 생활은 어느 꿈나라 같은 이야기다.

창문을 열면 산에서 불어오는 산들바람과 상큼한 공기는 코와 허파를 즐겁게 한다. 시내를 갔다가 우리 아파트 경내를 들어서면 벌써 기온과 공기가 다르다. 이러한 천혜의 자연조건을 서울시 안에서 만끽할 수 있다는 것은 나로선 크나큰 복이 아닐 수 없다. 그러나 이보다 더 나를 즐겁게 하는 것이 한두 가지가 아니다. 수전노 같은 주인의 잔소리와 때가 되면 세를 올려달라는 성화를 빼곤 우리가족에게는 크나큰 길지가 아닌가 한다.

저의 처는 늘 이곳을 자랑삼아 이야기를 많이 한다. 즉 이곳이 배산임수(뒤로는 서달산, 앞은 한강)에다 금계포란형의 길지라 우리가 이곳에 정착한 후로는 이것저것 하는 일들이 술술 잘 풀렸기 때문이다. 우선 그처럼 짝을 찾지 못하던 딸이 좋은 배필을 만나 가정을 꾸렸고, 10여 년 이상 속을 썩이던 재건축사업도 순조롭게 진행되어 이제 곧 완공을 눈앞에 두고 있다. 또한 큰 딸은 좋은 의술 덕택에 병원이 성황리 운영되고 있고, 막내아들은 한번도 낙방없이 대기업에 취업하여 잘 다니고 있다. 나도 이곳에서 늦게나마 시인으로 등단하여 부끄러운 필력이나마 이곳 자연을 벗 삼아 소일하고 있으며, 간간히 익힌 서예는 가는 곳마다 입선하여 이곳이 정말 우리가족에게는 남에게 자랑할 만한 삶의 터전이 아닐까 한다.

그러나 이런 것은 하나의 양념에 불과하다 할 것이다. 나는 거의 매일 서달산 자락길 및 충효길을 걸으며 사색하고 시상을 떠올려 보며 허약한 심신을 단련하고 있다. 그리 큰 산은(해발 179m) 아니지만 이곳을 한 바퀴 돌면 두 시간이 소요되어 체력 향상에 큰 도움을 주고 있다. 이것이 한달 1년 3년 이렇게 쌓이다보면 이것으로 얻는 수확은 감히 천문학적 숫자가 아니겠나 하며, 늘 이곳을 고맙게 생각하며 살아가고 있다. 이곳을 조용히 산책하다 보면 갖은 상념이 머리를 스치고 지나가 글 쓰는데 큰 도움을 받았다. 여기서 얻은 몇 백 편의 시와 글은 내가 노년이 되었을 때 과거를 뒤돌아보는 추억이 될 것임에 틀림없다 할 것이다. 그러나 위에서 이야기한 내용은 정말 양념에 불과한 것이고 지금부터는 아내의 꿈같은 이야기가 기다리고 있다.

아내의 이곳 生活은 즐거움을 지나 환희에 가깝다고 할 수 있다. 아내는 사실상 환자인 셈이나 마찬가지다. 오래 전에 큰 수술을 받은 뒤라 나로서는 항상 아내의 건강이 염려되지 않을 수 없다. 그러나 이곳 흑석골로 이사온 후로는 신체적 건강뿐만 아니라 정신건강에도 큰 변화가 왔다.

전에 살던 곳에서는 늘 두통으로 고생했으며 그로인해 기쁜 날보다는 우울한 날이 많은 듯했으며 항상 복잡한 가정사에 얽매여 지냈다. 그러나 이곳에 오자마자 우선 머리가 맑고 상쾌하여 날아갈 듯하다는 것이다. 뿐만 아니라 거의 매일 배낭을 메고 서달산을 넘어 한시간 반이 걸리는 사당동에 있는 남성시장엘 간다. 남성시장은 소문대로 물건이 값싸고 싱싱하며 종류가 다양하여 아내는 값싸고 질좋은 물건을 배낭 한가득 잔뜩 짊어지고 갔던 길을 땀을 뻘뻘 흘리며 돌아오는 쾌감은 이루 말 할 수 없는 모양이다.

얼마나 좋으면 비가 오나 눈이 오나 바람이 불어도 한결같이 거기를 다녀오는 것을 낙으로 삼았을까. 우리 부부는 근 20여 년간을 아침식사로 각종 과일과 채소 요플레 등 몸에 좋은 건강식품을 먹고 있다. 그런데 전에 살던 집에서는 이 재료들을 구하려면 시장도 멀고 비싸고하여 힘들었는데 여기 오니 등산도 하고 값싼 물건도 구할 수 있어 일석이조의 효과를 거두고 있다. 아내는 늘 시장봐온 야채나 과일 등을 콧노래를 부르면서 썰고 말리고 하여 다음날 아침에는 어김없이 조식으로 올라오는 것이다. 나는 처음에는 이런 음식에 거부감을 느꼈으나 이제는 내가 가장 좋아하는 식사시간이 되었다.

나는 아내에게 이런 말을 하곤 한다. 당신이 해주는 건강음식을 매일 이렇게 장만하는 것이 귀찮지 않으냐 물으면 이제는 습관이 되었고 자기의 낙이 되었다는 것이다.

우선 점심 저녁의 일반 음식은 내가 반찬투정을 가끔하니 신경쓰이나 이 건강음식은 그 투정을 송두리째 날려보냈고 또 건강에도 크나큰 도움을 주고 있으니 큰 기쁨임에는 틀림없다 할 것이다.

나는 늘 불평이 많지만 아내는 그런저런 것 다 받아주며 가족건강을 위해 불철주야로 힘써 주신 것에 대해 진심으로 고맙게 생각한다. 또한 이곳으로 온 후로 자기가 가장 좋아하고 즐기고 싶은 일을 하여 정신건강뿐만 아니라 육체적인 건강을 되찾는 계기가 된 것에 대하여 깊은 감사를 드린다. 앞으로 이러한 생활이 계속되기를 간절히 바란다.

이열치열과 이이제이(以熱治熱 以夷制夷)

　이열치열(以熱治熱)은 열로써 열을 다스린다는 뜻으로 한방에서 감기 기침 등으로 신열이 있을 때 취한제(取汗劑)를 쓴다거나 한 여름 더위에 뜨거운 차를 마셔서 더위를 물리친다거나, 혹은 힘은 힘으로 물리친다는 따위에 흔히 쓰이는 말이다.

　또한 이이제이(以夷制夷)는 오랑캐로 오랑캐를 제어 혹은 물리친다는 뜻으로 이 나라의 힘을 이용하여 저 나라를 제어한다는 뜻이니 깊이 생각해 보면 둘은 사촌지간 즉 비슷한 뜻을 지닌 말이 아닌가 한다.

　나는 거의 매일 서달산 자락길 일명 충효길을 오전에 산책한다. 요사이처럼 기온이 30℃를 웃도는 한 여름에도 온몸을 땀으로 목욕하듯 하며 약 2시간가량 돌고난 후 정자에서 잠시 쉬노라면 어디서 불어오는 산들바람인지 몰라도 얼음물에 몸 담그듯 온 몸이 시원하고 상쾌하다.

　그런데 이와는 반대로 무덥다고 산기슭 정자에서 연신 부채질하며 더위를 시킬려고 애쓰는 사람도 많다. 나는 이들을 보면 안타까운 생각이 든다. 부채를 부쳐보면 잠시는 시원할지 몰라도 땀을 흘리지 않고 하는 이런 피서는 임시방편이며 팔의 혹사로 오히려 더위만 점점 더 심해질 뿐이다. 또는 혹서를 피해보려고 휴가를 얻어 온가족이 길이 꼭꼭 막힘에도 불구하고 산이나 강, 바다 등으로 열심히 고생하여 도착하면 이미 몸과 마음은 반 초죽음이 되어 버린다. 간신히 몸과 마음을 추스르고 한숨을 쉰 뒤 계곡에 발을 담그거나 인산인해를 이룬 바닷가에서 작열하는 태양볕을 받으며 잠시 물에 몸을 담구어 보지만 물은 이미 오물이고 헤엄도 칠 줄 몰라 두려움으로 신경이 쓰이는 데다가 해파리, 파리 등 해충으로 고생하게 되고 현지상인들의 해괴한 상술과 바가지요금으로 몸살을 앓고 기분마저 잡치기 일쑤이다.

그리고 잠시 동안 시원한 물에 담그어 보지만 밖으로 나오면 모기, 파리가 창궐하는 데다가 조금 있으면 처음보다 더한 더위를 느끼게 된다.

녹초가 된 몸으로 며칠간의 휴가를 다녀오면 언제 피서갔다 왔는지 기억조차 못느끼고 느낀다한들 악몽같은 날들이었을 것이고 본전 생각 간절할 것이다.

나는 이럴 때일수록 많은 사람들이 한꺼번에 밀어 닥치는 피서를 선택할 것이 아니라 휴가를 남이 가지 않는 가을 같은 때 잡던가 아니면 집에서 앞과 뒷 창문을 활짝 열고 시원하게 불어오는 맞바람을 맞으며 큰댓자로 대자리에 누워서 여태 읽지 못한 유명문학 전집이나 읽으며 교양을 쌓고 평소 못했던 일들을 여유롭게 하며 조용히 보낼 수도 있을 것이다. 그리고 틈을 내어 인근 산이나 계곡 등을 탐방하면서 흠뻑 땀을 흘려 체력을 단련하고 집에 와서 시원하게 목욕하고 수박 한덩이 깨어 먹으면 이것이야말로 한여름 무더위를 이기는 이열치열의 피서법이 아닌가 한다.

영업활동을 하거나 정책을 세울 때 또는 어떤 어려운 일이 닥쳐 해결하려 하면 어떤 걸림돌이 꼭 있게 마련이다.

나의 어린시절을 회상해 보면 지주(당시 증조할아버지께서는 많은 농지를 가난한 이웃에 나누어 주었다)이고 공무원 집안이라 그런대로 잘사는 형편이었다. 그때 아버지는 면의 면장이었고 면에서 한 두 개밖에 없는 정미소도 운영하였다. 그 정미소는 상류에서 댐을 막아 수로를 이용하여 물의 낙차를 이용하는 물레방아였다.

가을이 되면 면내에서 밀려드는 오곡을 도정하느라 분주했다. 그러나 겨울에는 물레가 꽁꽁 얼기 때문에 운행이 불가능했다. 그래서 방앗간을 운전하는 기사는 빨리 겨울이 가고 봄이 와야 수입이 있으므로 봄이 오기 무섭게 얼어있는 방아의 어름을 깨고 빨리 물레방아를 돌려야 했다. 그런데 어느 혹독한 겨울을 이겨낸 이른 봄 기사가 열의에 찬 힘으로 물레방아의 어름을 깨다가 갑자기 깨지는 얼음 때문에 물레가 확 돌아가서 그 안으로 빨려 들어가 안타깝게도 그만 세상을 하직하고 말았다. 저희 집은 그때 직접적인 잘못은 없다하더라도 인명사고인 만큼 도덕적으로나 사용자 책임으로나 무척 어려운 처지에 놓이게 되었다. 피해자 쪽에서의 무리한 요구는 날로 높아졌다. 잘 해결해야 할 방법은 큰 피해금을 지급하는 방법밖에는 없었다. 그러나 농촌에서 그 큰 액수를 마련하기란 쉽지 않을 뿐 아니라 잘못하면 형사사건으로 휘말릴 염려도 있었다. 그런데 그때 그 집안의 친척 중에 저의 아버지와 절친하게 지내는 사람이 있다는 사실을 알게 되었다. 그래서 아버지께서는 그 친척을 적극 이용하여 그 일을 큰 피해 없이 원만히 해결할 수 있었다.

그후 정미소는 폐업하였고 많은 휴유증이 있었지만 아버지께서는 인생에 있어서 크나큰 교훈과 경험을 얻을 수 있었다 한다. 즉 직접 무슨 일을 해결하려고 해도 잘 해결되지 않을 때는 억지로 해결하려 들지 말고 문제가 된 당사자와 인과관계가 있는 사람을 이용하면 한결 문제해결에 도움이 되니 앞으로 어떤 문제 발생시 이처럼 이이제의(以夷制夷)식으로 문제를 해결해 보도록 우리에게 큰 교훈을 주셨다.

문제는 작금에 와서는 모든 문제를 돈으로 해결하려는 황금만능 혹은 배금주의(mammonism) 사상이 이 사회를 지배하고 있는 만큼 옛 어른들의 슬기로운 방법 즉 이열치열, 이이제이 식의 문제해결 방식을 택하는 자 또는 택하려고 노력 하는 者가 과연 얼마나 될까 의심해 본다. 그러나 옛 속담에는 그른 것이 없다는 이 말들을 명심하고 현대를 살아가는 우리에게 큰 교훈이 되었으면 한다.

274

겨울채비

내가 살고있는 집은 흑석골 맨위 서달산 중턱에 자리잡고 있어 아름다운 경치와 맑은 공기, 깊은 산중에서나 맛볼 수 있는 조용한 곳인 데다가 옆에는 호국정신이 깃든 순국선열이 자리하고 있고 앞에는 푸른 한강이 유유히 흘러가고 뒤에는 서달산이 지켜보고 있는 그야말로 풍수적으로나 위치적으로 살기가 무척 좋은 곳이다.

내가 이곳에 온지가 벌써 3년째 접어든다. 아내나 나나 여기온 이후 줄곧 아주 만족스러운 삶을 살아가고 있다. 앞에서 말한 것 이외에도 바로 산중턱이라 매일같이 뒤 서달산을 한바퀴 돈다. 이곳 둘레길을 도는 데는 대략 2시간이 소용되어 이것이 벌써 3년째이니 그 운동효과를 값으로 따져 보아도 가히 상상할 수 없을 정도이다. 하루라도 이 둘레길을 돌지 않으면 뭔가 허전하고 잊어버린 게 있는 것 같다. 아내도 매일 서달산을 넘어 사당동 남성시장까지 걸어서 도착하여 싼 물건을 구입하니 꿩 먹고 알 먹는 꼴이다.

계절마다 색다른 풍광도 나를 즐겁게 한다. 봄에서 여름까지는 매화, 개나리, 이팝나무, 벚나무, 산사나무, 산딸나무, 진달래, 목련등 아름다운 꽃을 볼수 있고 소나무, 잣나무 등 푸르고 신선한 나무들이 그늘을 만들어 시원스럽게 우는 매미소리와 더불어 산자락에서 불어오는 솔바람을 맞으며 여름을 보내게 된다. 가을에는 아름다운 단풍이 붉게 물들어 지나가는 주민들과 길손들의 눈을 즐겁게 하며 겨울에는 흰 눈이 내려 뒷산의 정취를 더욱 돋보이게 한다. 이처럼 4계절의 아름다운 풍광과 여유로움은 나를 계속 이곳에 머물게 하기에 부족함이 없다.

그런데 단 한가지 아쉬운 점이 있다. 이곳이 지대가 워낙 높다보니 겨울 한번 나기가 쉽지 않다는데 있다. 눈이 내려 빙판길이 되기 일쑤여서 이제 곧 70을 바라보는 우리 부부는 겨울만 되면 큰 홍역을 치룬다. 우리끼리 웃자고 하는 소리지만 퇴직하고 과로사한다는 말이 한때 유행할 정도였다. 이처럼 현역때보다 오히려 모임이 훨씬 많다. 매일같이 쏟아지는 모임 메시지는 소음공해에 시달릴 정도다. 그래도 현직때는 어느 정도 지위와 여유도 있고해서 모임에 초청을 받고 가지 않아도 보고 싶다는 성화 전화가 올 정도로 어깨에 힘도 주면서 모임을 유지했으나 이제는 몇 번만 안 나가도 제명이다 벌금이다 하며 농담 반 진담 반의 협박이 난무하니 이것이 백수의 서러움이 아니겠나. 그래서 할 수 없이 참석하게 되나 산중턱인 이곳에서 흑석역까지 20여 분 걸려 내려가다보면 꽁꽁 언 길은 마치 송편에 참기름 바른 것처럼 매끄러워 매우 조심스럽다. 오죽하면 직장 다니는 혈기왕성한 아들과 딸이 제발 다른 곳으로(평지) 이사가서 불편없는 삶을 살고 싶다는 평지생활 염원의 소리가 하늘을 찔렀을까. 그래서 견디다 못해 딸은 결국 항복을 하고 시집을 갔는데 문제는 아들이다. 젊은 나이인데도 넘어져 엉덩이와 무릎이 결단났다고 제 어머니에게 항변이 대단하단다. 오죽하면 평지로 이사가면 장가가겠노라고 제의까지 했을까. 집이 재건축되어도 여기서 계속 살기로 한 아내와의 약속을 저버리더라도 인륜대사가 더 중요하니 내년에는 할 수 없이 평지로 내려가기로 했다.

그런데 금년 겨울 보내는 것이 코앞에 닥친 고민 거리이다. 지난 3년을 보내면서(겨울을 3번 거침) 나름대로는 겨울을 무사히 보내려고 무척 애를 썼다. 눈이 오면 새벽같이 일어나 빗자루 어깨에 메고 뜰에 내려가 집앞에서 Bus정류장까지 눈을 쓸었다. 쓸다보니 이제는 나이를 먹어 체력이 말이 아니다. 땀을 뻘뻘 흘리면서 쓸기는 하는데 별 성과도 없을 뿐 아니라 지나가는 사람들의 애만 태울 뿐이다. 그래도 힘들게 쓸고 나니 나의 가족뿐 아니라 이곳 모든 사람들이 쉽게 다닐 수 있다는 생각을 하니 가슴뿌듯하다. 한번은 열심히 눈을 쓸고 있는데 학생아이들 몇명이 이를 보고 미안했는지 "할아버지 감사합니다" 하며 감사 인사를 한다.

이곳에 살아보니 지리적으로 좋은 점도 많지만 그보다 더 고무적인 것은 남녀노소 누구나 사람을 만나면 인사를 하니 내가 전에 살던 동네와는 격세지감을 느낀다.

학생들 인사를 받고 고마워서 시 한 수 지었다.

눈이 내린다

펄펄 눈이 내린다
단풍 지고 낙엽 떨어진지 엊그제인데…
우리 집은 흑석골 제일꼭대기
사계절 뚜렷하고 공기 맑고 한적하다
봄에는 이름모를 꽃들이 만발하고
가을엔 아름다운 단풍이 울긋불긋
여름에는 선풍기 에어콘 필요없고
겨울에는 산이 감싸 포근하다
산동네라 불편한 점도 이마저만…
여름에는 산사태 걱정 겨울에는 빙판사고

그러나 어찌 다 좋을소냐

조물주 작품인 것을

눈이 펄펄 내린다

내일은 영하 7도

언덕배기 눈을 쓸지 않으면

꽁꽁 언 빙판길을 어찌 다닐 것인가

걱정되어 대빗자루 걸머쥐고

버스정류장까지 쓸고 있는데

지나가는 동네 아이들

"할아버지 감사합니다" 인사하네

내일 아침출근길 등굣길 가벼운 발걸음 생각하니

이내 마음 뿌듯하네

며칠전 첫눈이 내렸다. 진눈깨비라 우리가 인식하지 못하였지만 기상청은 그래도 첫눈의 기록이란다.

내일 아침부터 눈이 내린다 한다. 내야 어찌하면 이 겨울 못나겠냐만 골다공증에 시달리는 아내가 걱정이다. 생각다 못해 아이디어 아닌 아이디어를 하나 내 보았지만 급조한 고육지책에 불과한 꼴이다. 즉 옛날 길가에 좌판을 펴 놓고 그 위에 올려놓고 팔던 검정 고무줄을 구해서 아내와 내가 눈 오고 미끄러운 날 외출할 때 또는 지하철이나 시장을 갈 때 신발에 동여매어 최대한 미끄러짐을 방지하는 방편으로 쓰기로 했다. 생각난 김에 흑석동 재래시장을 둘러보았으나 취급하는 가계가 거의 없어 허탈했다. 그런데 시장 깊숙이 노인이 운영하는 가계에 가 보았는데 다행히도 있었다. 한움큼 사서 집에 가져와 반으로 잘라 여러 개의 고리를 만들어 눈올때 신발에 동여메려고 현관 벽에 걸어놓았다. 아내가 이것이 무엇이냐 물으니 그대 걱정이 되어 내가 급조한 아이젠이오 하니 아내 우습기라도 하였는지 쓴웃음을 지어 보이더니 혼자 돌아서서 자기를 이렇게 위할 줄 꿈에도 몰랐다는 듯 뒷모습에 나타난 표정이 과히 나쁘지는 않은 듯 했다. 이제 눈이 아무리 와도 얼음이 시베리아 벌판만큼 얼어도 걱정이 조금 덜어진 것 같아 마음 흡족하다. 그러나 아직 한 번도 체험해 보지 못한 일이라 기대 반 걱정 반이다.

그러나 이런 것은 호구지책에 불과하고 근본적인 해결책은 오직 우리가 나서서 열심히 내 집 앞 쓸기를 해야 하고 지방자치단체와의 협력을 통해 미리미리 모래와 염화칼슘을 준비 하는 등 오는 겨울을 단단히 준비해야 걱정 없는 겨울을 맞을 것이다.

제 발등 찍지 말자

　어릴 적 산길을 걷다보면 흔히 말하는 까틀복숭아(일명 개복숭아)가 여기저기서 갈 길 바쁜 배고픈 길손들을 유혹한다. 모양은 작고 색깔도 별로 곱지 못하고 재래종이다 보니 까실까실한 털마저 있어 먹기에는 그다지 탐탁하지는 못했다. 배가 고파 하나 따서 먹으려면 벌레가 반이다. 그러나 벌레 먹지 않은 부분을 골라 먹어보면 그 모양과는 대조적으로 맛은 일품이다. 물론 당시에는 배가 고파 그렇겠지만 벌레가 그렇게 많이 달려든 것을 보면 그 맛이 꽤나 좋았던 모양이다. 오죽하면 벌레먹은 복숭아를 먹으면 얼굴이 예뻐져서 좋은 짝을 찾는다는 속설이 있었을까. 지금이야 좋은 기술과 품종 기름진 비료 등으로 정성스레 가꾸다 보니 빛깔도 좋고 크기도 사람 주먹보다 큰 복숭아가 등장하니 누가 재래종을 거들떠보기나 하겠는가.

　이처럼 색깔, 모양, 크기 등이 좋지 않은데도 실속은 겉과는 반대로 좋은 것이 많다.

　요사이 관공서나 기업체에서 인재를 채용할 때 외모를 중시하는 경향이 뚜렷하다. 같은 값이면 다홍치마라고 여기는지 많은 인사 채용담당자들이 외모를 중시한다는 것이다. 이는 우리나라뿐 아니라 옛날 중국에서도 외모를 많이 중시하였는지 서시빈목(西施矉目:莊子天運篇)이란 속담이 있을 정도이다. 서시빈목이란 미인 서시가 병이 있어 눈을 찌푸리고 있는데 이것을 본 마을의 못생긴 여자가 눈을 찌푸리면 아름답게 보이는 줄 알고 자기도 눈을 찌푸리니 더욱 못나게 보였다는 고사에서 온 말로 아무 비판없이 함부로 남의 흉내를 내어 세상 사람들의 웃음거리가 됨을 이른 말이긴 하나 하여튼 예뻐지려고 하는 마음은 동서고금을 막론하고 간절하지 않았겠는가.

이목구비가 잘 생겨야 알아주는 세상이다 보니 성형이니 정형이니 해서 얼굴모습을 바꾸어 보려는 노력도 상당하다 한다. 그러나 외모만으로는 그 사람의 인품이나 학식 덕망 등을 알 수 없을 뿐 아니라 오히려 외모가 출중하지 않는 사람중에서도 더 훌륭하고 유명하게 된 경우를 많이 볼수 있다.

나폴레옹은 별명이 땅꼬마라 불릴 정도로 단신임에도 불구하고 부하들을 휘어잡아 세계를 호령하고 정복했다. 이는 작은 키가 이토록 그를 책찍질하는 계기가 되지 않았을까 하는 속설이 있을 정도이다.

우리의 위대한 지도자 박정희 전 대통령을 보자. 강력한 지도력과 새마을운동으로 우리나라 대통령으로는 전무후무할 정도로 산업발전과 경제개발을 이룩하여 살기좋은 나라로 만들었으나 그분 역시 큰 키는 아니었지 않는가.

고구려 평원왕 때의 온달장군은 왕의 부마로 신라와의 전투에서 혁혁한 공을 세웠고 후주(중국)의 군대를 크게 무찔러 그 명성을 날렸으나 그분 또한 어릴 적 바보온달로 불린 것을 보면 외모가 출중하게 생기지는 않았을 것이라는 추측을 해 본다. 다음은 장자 소요유편에 나오는 이야기다.

길거리에 큰 나무가 있는데 크기는 한데 줄기가 울퉁불퉁하고 가지는 비비 꼬여 자를 댈 수 없을 정도여서 목수들이 거들떠보지도 않았다 한다. 그러나 주위의 다른 나무들은 하늘 높이 쭉쭉 뻗었고 나무모양도 좋아 목수들이 재목으로 죄다 베어갔다 한다. 그래서 위의 모양이 보잘 것

없는 나무는 그 덕택으로 홀로 살아남아 지나가는 사람들의 좋은 그늘이 되고 휴식처가 되는 아주 쓸모있는 나무가 되었다는 이야기다. 이 이야기 말고도 쓸모없는 것이 큰 쓰임에 이용되었다(無用之用)는 장자 이야기가 많이 있으나 여기서는 생략하기로 한다.

이처럼 사람들은 어떤 사물을 봄에 있어 마음속에 어떤 목적을 품고 바라보면 그 쓸모 있고 없고의 판단기준이 편향될 가능성이 크나 목적이나 시공간을 달리하면 다시 말하면 생각을 달리하면 또 다른 쓰임새가 있다는 것을 알 수 있다.

하느님(조물주)께서는 인간이나 사물을 이 세상에 내리실 때 공평하게 내리신 것이 아닌가 한다. 예를 들면 속설이긴 하지만 키가 작으면 고추처럼 맵고 당차며, 얼굴이 못생기면 잘 생긴 사람보다 마음씨가 곱고, 키가 크면 싱겁고 야무지지 못하고, 신체가 약하면 공부를 잘한다든가 하는 이야기를 종종 들어왔고 현실적으로 꼭 그러한 것은 아니지만 주위에서 많이 보아왔다. 이와 관련하여 시 한 수 지어봤다.

평등(平等)

그대는 늘 불평했다오
하필이면 내가 왜 이렇게 병약하게 태어났느냐고
그러나 그대는 머리가 명석하여 늘 시험에 두각을 나타내어
타의 부러움을 독차지했지요
그대는 늘 절규했다오
하필이면 나만 이렇게 못생겨 뭇사람들의 시선을 받지못하느냐고
그러나 그대는 남보다 훨씬 건강한 몸으로 태어나 일찍이 운동
경기마다 소 타고 돼지 타며 동네의 부러움을 독차지했지요

그대는 늘 원망했지요

나는 왜 머리가 나쁘게 태어났느냐고

그러나 그대는 건강하고 잘 생겨 뭇사람들의 부러움을 샀고

뭇 아가씨들의 사랑을 독차지했지요

오두막에 태어난 그대

늘 윗마을 대궐 같은 집에서 태어난 도령 부러워하며

부모 원망하고 자랐지요. 그러나 그 도령 부자일 뿐 병약하고 머리가

명석치못해 건강하고 명석하게 태어난 그대를 늘 부러워했다오

인간이란 모든 것을 함께 가질 수는 없는 것, 태초로부터 하느님께서

평등하게 주신 것이므로 그대 추호도 절망하거나 좌절하지 마시라

그대여!

그대는 누구보다도 더 훌륭하고 멋진 것을 갖고 태어났다오!

　사람의 외모는 그렇다 치더라도 우리의 건강을 지키는 가장 중요한 먹거리를 살펴보자. 대부분의 과일이나 채소, 곡류들은 병충해를 방지하기 위해서는 농약이나 비료 등을 써야한다. 그러나 농약을 치지 않는 유기농 작물은 대부분 벌레가 먹어 모양 색깔이 비유기농보다는 뒤지는 것이다. 물론 건강에 좋은 것만 제외하고는 말이다. 시장에 나오는 채소, 과일, 곡류 등을 구입하는 소비자의 마음은 어떤가. 대부분의 소비자들은 모양과 색깔, 맛이 좋지 않으면 도시 사지를 않는다는 것이다. 오직 모양 좋고 맛 좋은 것만 고르다 보니 건강이야 어찌되든 간에 자연히 불량식품을 먹게되고 이것은 우리의 건강에 지대한 나쁜 결과를 초래하게 된다. 뿐만 아니라 고춧가루, 참기름, 들기름, 식용류 등 기름종류와 빵, 떡, 꿀 등 무수한 조제식품들이 화학원료를 주입하여 맛과 모양을 좋게 한다니 참으로 걱정을 하지 않을 수 없다.

불량식품 과거 사건사고를 잠시 살펴보면 1966년 롱가리트라는 화학약품을 첨가한 알사탕 사건, 1971년 응고제로 석회를 사용한 두부, 1989년에는 공업용 우지라면사건, 2004년 쓰레기 만두소 사건이 있었고, 2014년에는 학교 급식용 김치에 노로바이러스가 오염된 지하수를 사용하여 식중독을 일으켰고, 2015년에는 불량계란을 사용하여 제조한 빵 사건이 있었던가 하면 가짜 백수오 사건으로 한 동안 사회를 시끄럽게 했던 것도 얼마 전의 일이다. 이처럼 헤아릴 수 없을 정도의 불량식품 생산, 제조로 국민건강을 해치므로 국가에서도 불량식품 제조판매시 영구퇴출, 부당이익환수 등 강력한 처벌을 강행하고 있으나 이러한 제도를 시행하고 단속이 강화된다해도 소귀에 경 읽기 식으로 단속이 잠시 느슨해지면 금방 또 나타나는 것이 불량식품이다.

그러면 이렇게 반복되는 것이 누구의 탓인가. 물론 사리사욕에 사로잡혀 불량식품과 농산물을 제조 판매하는 사람이 제일 문제지만 그보다는 바로 그 불량농산물이나 식품을 구입하는 소비자의 잘못이 적지않다는데 큰 문제가 있다고 할 수 있다. 즉 모양이 못생기고 맛이 좀 덜하며 색깔이 별로 좋지 않아도 건강에는 좋은 진짜 먹거리(유기농산물)를 외면하고 색깔 좋고 모양 좋으며 맛이 있는 이들 불량제품을 소비자들이 찾으니 즉 제 발등 찍는 행동을 하니 생산판매업자들도 이런 제품을 만들어 팔지 않을 수 없는 것이다. 또한 기관이나 기업체에서 인재를 채용할 때도 외모를 많이 고려하다보니 진정으로 기업체의 미래를 위하여 힘쓰고 발전시킬 인재를 스스로 놓치는 즉 제 발등 찍는 결과를 가져올 수 있다는 것이다. 너무 외모지상주의로 흐르다보니 구직자들은 조금이라도 좋은 인상을 보이기 위해 성형 등을 통해 모습을 바꿔보지만 비용도 만만찮을 뿐 아니라 그것이 본래의 인성이나 품성까지는 바꿀 수 없을 것이다. 진정으로 국가와 사회를 위해 일할 사람이 누구인지 인격이나 품성, 능력 등도 부디 잘 고려하여 인재를 채용하도록 했으면 한다. 그렇지 않아도 양극화가 심화되어 사회가 분열위기에 있는데 외모지상주의마저 사회 저변에 깔려서야 되겠는가. 워렌 하딩의 오류를 상기하자 (워렌 하딩 : 특출한 외모덕택으로 미국 제29대 대통령이 되었으나 최악의 정치로 미국 대통령 평가에서 늘 꼴찌임)

현재 우리나라 국회가 식물국회이니 동물국회이니 하며 제 갈 길을 잡지 못하고 있는 듯하다. 오죽하면 대통령이 나서서 국회의 현상황을 비판하고 각종 쟁점법안의 처리를 재촉할까.

새누리당이 한나라당 시절 당 소속 국회의장이 주도한 국회선진화법은 대표적인 제발등 찍는 형상이다. 즉 19대 국회를 사상최악으로 만든 국회선진화법은 쟁점법안의 통과를 위해서는 소수정당(야당)이 동의하지 않으면 한발짝도 나가지 못하는 꼴이 되고만 법이다.

당시 상황을 보면 한나라당이 총선에서 패배할 것을 의식해 다수야당 독주를 막을 심산에서 소수당이 되기 전에 미리 만든 법인데 총선결과는 의외로 승리하면서 제발등 찍는 이상한 현상이 벌어지고 만 것이다.

앞으로 수많은 국민이 이용하는 식품이나 농산물 등 먹거리는 이를 제조 생산 판매하는 자의 양심(나와 나의 가족이 먹는 다는 마음) 있는 행동이 절대 필요하고 또 기업체는 기업체대로 일자리를 찾는 수많은 구직자들의 채용과정에서 객관적이고 수준 높은 업무수행(외모중심이 아닌 실력중심)을 함으로써 불의의 낙방으로 좌절하는 사람이 없어야 할 것이다. 또 정치권은 정치권대로 법을 만들 때 후일 이 법이 사회에서 어떤 파장을 몰고 올 지를 심사숙고해서 입법해야 할 것이다. 이에 발맞추어 소비자는 소비자대로 스스로의 양식과 현명한 판단으로 제발등을 자기가 찍는 행동을 하지 않는 것만이 이 사회를 슬기롭게 살아가는 지혜가 아닐까 한다.

설레이는 군생활

춘천은 나의 제2고향이다.

내가 1969년 입대하여 1972년 제대할 때까지 내 청춘을 살찌우고 많은 것을 경험하고 배우며 즐겁게 보낸 곳이 바로 이곳이기 때문이다. 나는 늘 춘천을 생각하면 마음이 설레이고 아늑한 기분이 들기 때문에 내가 태어난 고향 못지않은 포근한 향수를 느끼는 곳이다.

은행입사한 지 2년 즉 대학 2학년 때였기 때문에 군대를 연기하고 학업을 마치고 갔으면 하는 생각도 있었으나 군에 늦게 입대해 본 사람의 말에 의하면 빨리 복무하고 오는 게 상책이라는 것이다.

고향 안동에서 제1차 소집이 있었다. 이곳은 나의 중학교 모교 운동장이어서 감회가 새로웠고 아는 친구들도 많이 와 있었다. 머리를 짧게 깎고 1969년 4월 25일 드디어 열차를 타고 논산 훈련소에 도착하여 25연대 소속 훈련병이 되었다.

2주간의 고달픈 훈련을 마치고 드디어 자대배치가 있는 날이었다. 나는 호명장교의 마이크에 귀를 쫑긋 세우고 호명되기를 기다렸다. 의정부 A부대 B부대 무슨 통신 대대 등 수없이 계속된 호명에도 나의 이름은 불리지 않았다. 호명이 다 되어 가는데도 불리지 않아 불안한 생각이 엄습해 왔다. 이름이 불린 사람들은 자대 인솔자의 인솔하에 차를 타고 출발했으며 나는 그저 그 광경을 부러운 눈으로 쳐다보고 있는데 한 병사가 나에게 다가오더니 내가 지급받은 관물을 모조리 가져가고 헌것만 던져 주고갔다. 그렇지 않아도 마음이 뒤숭숭해 있는데 이런 일까지 있으니 마음이 무척 괴로웠다. 저항할 수도 없는 처지였다.

그런데 호명을 하던 병사 입에서 "L군 KATUSA"라는 말이 떨어졌다. 육군분부에 배치되리라는 기대를 한껏 품고 있었는데(서울 육군본부에 배치되면 남은 학업을 계속할 계획이었다) 의외의 상황이 전개되니 좀 실망은 되었지만 KATUSA(Korean Augmentation to the United States Army : 미군에 소속된 한국군인)라는 직책이 누구나 원하고 갈망하는 곳이란 사실을 나는 조금 후에 알게 되었고 먼저번 어떤 병사가 내 관물을 가져간 이유도 알게 되었다. 그자의 말에 의하면 너는 조금 있으면 미군차가 와서 데려갈 것이고 미군부대에 배치되면 모든 것이 미제로 지급되고 음식은 버터 바른 빵(Bread and butter)과 고기를 먹게 될 터이어서 이 조잡한(?) 제품들은 필요 없다는 것이었다. 나는 미군트럭을 타고 기대 반 걱정 반의 생각을 갖고 부평 KATUSA교육부대에 도착했다. 모든 것이 새로웠다. 나도 코가 크지만 키가 크고 코가 큰 미군병사들이 우리를 기다리고 있었다. 말 그대로 모든 입고있는 옷과 신발을 벗어 버리고 목욕재개하고 막사로 가니 깨끗한 흰 시트에 따뜻한 담요로 덮힌 침대가 기다리고 있었다. 관물함에 새로 지급받은 물건들을 집어 넣고 손만 누르면 쏟아지는 각종 주스와 음료수로 마른 입을 적셨다. 신천지에 온 듯했다.

2주간 영어 등 미군 영내에서 KATUSA가 지켜야 할 행동지침 등을 교육받고 드디어 대망의 자부대 즉 춘천 Camp page에 배치되었다. 내가 배치된 곳은 미사일 기지이다. 즉 지대지 미사일 사령부로 대령이 최고 사령관이었다. 이 사령부 안에 다시 4th support company(4지원중대)에 배속되었는데 이곳은 미군이나 KATUSA에게 각종 보급품을 공급하는 곳이다. 그때 가장 고참이 갈매기(그 후엔 막대기 4개로 변했지만)로 얼마나 무서웠고 높아 보였는지 몰랐다. 사회에 있을 때는 쫄다기 병사로 보았는데 지금 보니 5대 장성의 하나인 병장이라 우리에겐 할애비 격이었다. 그때 KATUSA중에 제일 높은 분이 중사로 우리 KATUSA를 총괄하는 선임하사격이 었다. 그는 나의 출신학교를 보더니 고등학교 후배라며 무척 기뻐하고 행정업무를 보는 병장에게 가장 편한 보직을 주도록 지시했다. 내가 먼저 맡은 업무는 미군의 명찰과 계급장을 달아주는 재봉틀 업무였다. 처음해 보니 자꾸 거꾸로 돌아가고 서툴러서 일이 밀려 처리해야 할 것이 산더미처럼 쌓였다. 열심히 배우고 익히니 빨리 숙달되어 재미있었다. 지금도 재봉틀만 있으면 얼마든지 작업할 수 있는 실력이 있다. 2~3개월 이 업무를 거치고 나니 선임하사가 불렀다. 너를 보낼 곳이 따로 있었는데 자리가 나지 않아 임시로 거기 보냈다며 머리카락이 하얀 백인 1명과 카투사 1명으로 이루어진 Motorpool(차량정비)의 PLL(Prescribed Load List)에 근무하도록 하였다. PLL은 말 그대로 차량의 부속품(베터리, 쇽크쇼바, 타이어, 기름, 스파크프러, 체인 등) 등을 출납하고 서류심사를 하는 업무인데 대부분의 물품들이 비싸고 중요한 부품들이어서 그 당시 미제 차량이 대부분인 한국부대의 차량담당자들도 부속이 필요하면 나를 거치지 않고는 이들을 지급 받을 수 없었다. 그 당시 나를 찾는 부류는 영위관 장교가 대부분이었으며 미군들도 나와 같이 근무하는 미군의 허가 없이는 반출이 불가능하였다. 가끔은 나의 허가 없이 물건을 반출하다 적발되어 한국부대로 전출되는 사람도 있었다. 4중대 소속 병사는 같은 막사에서 생활하게 되었는데 거기에는 의복공급, 식사공급, 차량부속 공급, 의료담당 등 주요 보직을 담당하는 사람들이 대부분이었다.

몇 달 뒤 일등병으로 진급했고 외출시에는 동료들과 어울려 춘천시내 술집 등을 전전하며 재미있는 군생활을 이어갔다. 부대 내에는 PX

가 있어 맛있는 음식을 사 먹을 수 있었고 Bingo game(빙고게임) 당구장 (Rotation 혹은 Nineball이라 함) 등 각종 오락시설이 완비되어 있어 고향생각 은 까맣게 잊고 지냈다. 막사의 절반은 KATUSA 나머지 절반은 미군이 어서 그들의 생활풍습을 익히는 좋은 기회가 되었다. 가끔 장난삼아 미 군인들이 가장 싫어하는 오징어를 난로 위에 올려 놓으면 그 오징어 냄 새(서양 사람들은 오징어 냄새를 아주 싫어함)에 미군들은 혼비백산해 버리고 우리끼리 맛있는 오징어를 구워먹을 수 있었다. 이러한 에피소드도 있 었다. 처음 미군 병영생활을 하는 신임 KATUSA(아마 그때까지 수세식 변소 사용을 해보지 못했는 듯)가 좌변기 위에 발을 올려놓고 용변을 보는 듯 화 장실 문위로 얼굴이 보이니 미군이 의아하게 생각하여 화장실 문을 열 어보고 깜짝 놀라하는 관경을 보고 웃음을 자아냈고 변기에 소변을 볼 때도 자꾸 곁눈질로 쳐다보려다 욕을 얻어먹는 경우도 있었다. 한번은 부대 고참이 군기 잡는다고 어느 막사에 전 병사를 집합시켜 줄빠다(고 참순으로 내려가면서 때리는 기합)를 친 경우가 있었는데 하급병 중에 미군중 대장 운전병이 있었는데 위의 기합을 받아 엉덩이살에 피가 맺히고 부 어올라 엉거주춤한 걸음을 걸으니 미군 중대장이 의하하여 물으니 그 자 바른대로 설명하여 매질없는 미군영내에서 큰 파문이 일어나 그 고 참 다음날로 한국부대로 소속이 변경된 일도 있었다. 나는 부대내 특활 로 유도를 배웠다. 유도 유단자가 카투사나 미군 중 희망자를 선발하여 지도했다. 그냥 시늉만 하다가 말았으나 그래도 유도라는 것이 어떤 것 인지를 알게되었다. 또 축구도 하였다. 미군 영내 넓은 운동장에서 카투 사와 미군 간의 시합땐 나는 goalkeeper로서 상당한 활약을 했고 재대 후에도 K은행 OB팀(영업부)의 골키퍼로도 활약했는데 노상 골먹는 하마 행세를 해서 타동료들의 빈축을 사기도 했다.

한 달에 한번씩 KATUSAkit(카투사에게 지급하는 보급품인데 그 안에는 담배,

치약, 면도기, 비누, 구두약 등)를 지급 받는데 그걸 그냥 시내에 들고 나가 즐거운 저녁 한때를 보내기도 했다. 그때는 미군용품이 시내에서 큰 인기가 있어 외박비로 충분한 듯했다. 그때 즐겨먹던 음식은 지금도 그 명성이 자자한 닭갈비였다. 그래서 얼마전 친구들과 춘천 인근 김유정 역 근처에 있는 금병산에 등산을 갔다가 하산하여 이지역 명품인 닭갈비를 먹기로 했다. 필자가 Camp page 출신인 관계로 인해 부대구경도 할겸 옛날 내가 즐겨찾던 닭갈비집에도 가보자고 제안해서 모두 동의해서 갔는데 옛날 중공기가 착륙했던 큰 비행장은 오간데없고 내가 40여 년 전 근무했던 미사일부대도 없어지고 그 자리에 신도시가 건설중이었다. 그래도 여기가 내가 근무하던 막사였다고 친구들에게 으스대며 자랑하니 지금도 들어가기 어려운 (한 때는 KATUSA 시험이 서울대학교 들어갈 정도 실력이 있어야 한다(?)는 이야기도 있었다) 카투사를 어떻게 들어갔느냐 하며 한소리 들었고, 그래서 영어발음이 그렇게 좋을 뿐 아니라 외국이나 국내에서도 외국인을 만나면 먼저 나서서 이야기를 잘 하는구나 하며 부러워들했다. 부대시찰을 마치고 배에서 반란이 일어나 그 옛날 내가 자주 찾던 닭갈비집을 찾아보았으나 대부분 젊은 사람들로 바뀌어 찾을 수 없었으나 어느 한 집만이 할머니가 하고 있어 들어가니 옛날의 내 모습을 알아보았는지는 모르겠으나 지나간 역사를 이야기하니 죽이 착착 맞아 아마도 내가 자주 들른집이 틀림없는 듯하였고 그 대가로 맛있는 특별 닭갈비를 배가 터지도록 먹고왔다. 그때를 회고하는 시 한 수 써 보았다.

춘천 회고

정들었던 호반의 도시 철마로 돌아드니

옛 영화 간 곳 없고 황무지로 나를 반기네

감개야 무량하다만 그 자취 찾을 길 없고

수년간 지내던 터엔 잡초만 무성하여

이 곳이 비행장 저곳이 나의 막사

어림짐작할 뿐이다

동료들과 먹던 닭갈비 골목 이곳저곳 기웃거리다

어렵사리 찾아드니

머리 하얀 노파가 그 옛날의 추억을

고스란히 간직한다

의암바위 전망대에 올라

시원하게 펼쳐진 호반의 경치 내려보니

가슴이 뻥 뚫리고 눈이 시릴 정도이다

신이 만든 작품인 양 일렁이는 호수 위로

한가로이 노 젓는 이

예나 지금이나 풍류로는 으뜸이로다

떨어지지 않는 발걸음을 어렵사리 옮기니

또 한 번 찾아올까 내 마음을 꼬드기네

　　나는 군입대할 때까지는 정말로 숙맥이고 숫총각이었다. 군생활하고
부터는 그 꼬리를 때는 영광을 맛보았다. 막사 동료들 중에는 이미 총각
때부터 여자를 꼬이는 기술이 있는 자가 많아 가끔 단체로 며칠간 휴가
를 얻어 시내 처녀들과 즐거운 한 때를 보냈고 그때 그 지방에서는 카투
사하면 사위감으로 삼을 정도로 인기가 많아 아가씨들의 선망의 대상이
되었을 정도였다.
　　시간이 흘러 어느덧 계급이 올라 상병이 되어 막사 내에서 어느 정도

고참행세를 했고 성미 고약한 병사들의 심약한 후배 병사들에 대한 횡포를 막아주는 지킴이 행세도 톡톡히 했다. 오죽하면 부산의 모 재벌 회장아들이 입대하여 내 막사에 편입되었는데 내가 보지 않을 때는 고약한 선임병들에게 괴롭힘을 당한다는 것이다. 나는 덕으로 그들을 지도하고 달래고 해서 이 병사를 성심껏 도와주었는데 이 병사는 그 고마움으로 나에게 이런 제의까지 했다. "이 병장님 6개월만 더 이 부대에 근무해 주실 수는 없는지요. 저희 아버지께 말씀드려 보겠으며 제대 후에는 저희 아버지 회사에 취직도 부탁해 볼께요"했다. 사실 이때는 내가 어느덧 병장으로 진급되어 카투사 최초로(?) 미군하사관 이상이 기거할 수 있는 더 고급막사로 이사한 후였다. 미군은 병장 이상이 되면 하사관 막사로 이주하여 한국인 심부름꾼(일병 하스보이)을 쓸 수가 있었다. 내가 병장이 되고 나서 나는 KATUSA의 위상을 한층 높이고 싶었다. 그 전에는 한국 병사는 병장이 되어도 일반병사들이 기거하는 막사에 같이 지냈다. 나는 상부에 강력히 요구했다. 같은 군인인데 한국인이라 해서 차별대우는 부당하다며 지시가 내리기도 전에 나는 하사관 막사로 내 관물을 옮기니 상부에서도 할 수없이 허락했고 아마 그 후에도 알 수는 없었지만 카투사도 계속 혜택을 보지 않았을까 한다.

나는 그 친구 부탁을 정중히 거절했다. 왜냐하면 내 마음대로 군 복무 기간을 늘릴 수 없을 뿐 아니라 이미 나는 제대하면 근사한 직장이 기다리고 있으니 말이다. 그 후임병은 상당히 놀라며 얼굴에 나타난 표정은 금심 걱정으로 점철된 듯했다. 그러나 나는 잘 타일렀다. 왜 안되는지를… 나는 군복무하면서 많은 인심을 미군뿐만 아니라 카투사로부터 얻었으므로 나는 부대원들에 당부했다. 내 제대 후 아무도 괴롭힘을 주는 사람이 있어도 안되고 괴롭힘을 당하는 사람이 있어서도 안된다는 서로의 언약을 주고 받았는데 그 후 들은 이야기로는 그 친구 잘 근무하다 제대했으며 나도 그후 그를 길에서 한 번 만나기 했는데 그때의 고마움을 잊지 못하고 있으며 앞으로 열심히 세상을 살아가겠노라고 다짐받고 헤어졌다.

나는 제대후 영업부 대부계로 발령받아 열심히 근무했고 그때 군에서 근무했던 사람들 모두 사회 각지에서 열심히 살고 있으며 어떤 이는 큰 빌딩을 소유할 정도로 부자로 자리매김하고 있었다.

며칠전 아내와 춘천장을 갔다. 남춘천 철도 밑에 기다랗게 펼쳐진 시장(市場)은 인산인해(人山人海)를 이루고 있었고 없는 것 없는 말 그대로 만물장이 열리고 있어 장구경하는 데도 꽤나 시간이 걸릴 정도였다. 시장구경 후 인근 닭갈비집에서 점심식사 후 내가 복무했던 춘천역 인근 Camp page를 둘러보며 아내에게 가끔 말로만 하던 군대생활의 터전을 보여줄 수 있어 기뻤다.

나는 가끔 다시 젊어진다면 내가 복무했던 캠프페이지(Camp page)에 다시 군생활을 해보고 싶다는 생각을 해 보곤 한다.

어느덧 석양이 우리들의 그림자를 옛 Camp page에 길게 늘어뜨렸다. 춘천발 서울행 열차는 우리를 싣고 그리던 옛 캠프페이지를 뒤로하고 사정없이 달린다.

빗나간 유행

    어린 시절 나의 고향 마을에 항상 입을 크게 벌리고 눈과 턱은 먼 산을 보는 듯 하늘을 쳐다 보는 듯 고개는 약간 옆으로 젖히고 무슨 알아 듣지도 못하는 말을 중얼거리며 마을 어귀를 어슬렁어슬렁 다니던 사람이 있었는데 우리는 그를 바보라고 놀렸다.

    천만명이 사는 서울에서도 바보처럼 버스나 지하철 길거리 등에서 항상 입(지퍼, 단추)을 벌리고 다니는 가방들(bag)을 많이 볼 수 있어 의아하게 생각한 적이 많다. 젊은이들은 말할 것도 없고 중년 장년 여성들까지도 무슨 유행인 듯 대부분 지퍼를 벌리고 다니니 그 곳에 무엇이 들어 있는지는 알 수 없지만 잘못하면 물건들이 빠져 밖으로 흘러나오는 것은 자명하다 할 것이다. 나는 가끔 밖으로 흘러 길에 떨어진 물건, 심지어는 지갑 귀중품 도장 휴대폰까지도 주워서 주인에게 돌려준 경우도 있고 직접 불러 댁의 물건이 아닌지 확인시킨 경우도 종종 있다.

    한번은 아들이 어머니의 도장이 필요하니 달라고 했다. 인감도장이기 때문에 가방에 넣고 지퍼를 꼭 잠글 것을 수없이 다짐하고 주었는데 문을 나갈 때는 잠근 듯했으나 나중에 퇴근해서 도장을 돌려받기 위해 지퍼가 열린 가방을 이리저리 한참 뒤져 보았으나 이미 도장은 가방을 탈출하여 우리와의 인연을 영영 끊고 말았다. 이 도장은 인감도장일 뿐 아니라 각 금융기관 거래용이다. 인감변경을 하느라고 며칠을 쫓아다닌

적이 있다. 주머니나 가방의 단추나 지퍼를 닫고 다녔더라면 이런 문제가 발생하지 않았을텐데 그 후로도 주민등록증, 열쇠 등 수없이 잃어버리기를 되풀이하니 한심한 일이 아닐 수 없다.

또 이러한 일도 있었다. 나의 딸이 대학 1학년 쯤 되었을 때였다. 입고 다니는 청바지가 무릎이 찢어져 있고 바짓가랑이는 땅에 질질 끌려 온갖 오물을 묻혀 집안으로 들어오는 것 같았다. 나는 아내에게 무릎이 찢어져 있어 넘어지면 무릎을 다칠 염려가 있으니 꿰매도록 부탁했고 긴 바지가랑이는 오물 등 각종 오염물질을 묻혀와 건강을 해칠 위험이 있으니 잘 잘라서 단을 만들어 주라고 일렀다. 아내는 나의 요구대로 했단다. 그후 외출하고 돌아온 딸아이의 집이 떠나갈 듯한 분노의 함성이 방 안까지 들렸다. 왜 그러냐고 물으니 무릎은 일부러 찢어지게 입고 바짓가랑이는 질질 끌고 다니는 것이 최신 유행이란다. 나는 자초지종으로 나쁜 폐해를 설명했으나 소귀에 경 읽기였다. 한쪽 구석지에서 실소를 금치 못하고 입을 막고 밖을 보는 척 웃고 있는 아내의 모습이 애처로와 보였다.

이처럼 가방이나 주머니의 지퍼나 단추를 잠그지 않고 다녀 중요한 물건을 잃어버리거나 건강상 좋지 않은 일련의 행위들을 유행이라고 한다면 이는 분명 빗나간 유행이고 정의에 어긋난 일이 아닐 수 없다. 사필귀정(事必歸正)이란 말이 있다. 이런 빗나간 유행은 바르지 못하기 때문에 언젠가는 바른 데로 돌아오리라 나는 확신한다. 다시 말하면 잠그지 않아 물건을 잃어 버렸거나 찾았어도 힘들게 찾았다면 다시는 그런 행동을 하지 않을 것이다. 즉 빗나간 유행이나 정의는 사필귀정을 이길 수 없을 것이다.

나는 성격이 꼼꼼해서 그런지는 몰라도 단추나 지퍼를 잠그지 않고 다니면 불안해서 못견딘다. 확인하고 또 확인한 연후에 외출한다. 자기 몸에 지니고 있는 중요한 물건들을 간수를 잘못해서 잃어버린다면 경제적으로나 시간적 정신적으로 얼마나 큰 손실인가. 쓸데없는 분위기나 유행에 휩쓸리지 않고 실속있는 생활을 하는 자만이 실수 없고 실패가 없으며 손실없는 생활을 향유할 권리가 있을 것이다.

지하철이나 Bus, 길거리, 공연장, 영화관, 시장, 백화점 등 어디서든지 간에 입을 벌리고 침을 질질 흘리는 바보처럼 어리석게 행동하는 일이 없기를 바란다.

금고 이야기

상고를 졸업하고 은행에 입사하여 지점장을 끝으로 은행을 퇴직할 때까지 33년이란 긴 세월동안 금융의 산 역사를 지켜본 지가 엊그제 같은데 벌써 20여 년이 다 되어간다.

지금은 주로 대학졸업자를 신입행원으로 선발하지만 그때는 상고 출신 자를 많이 뽑았다. 웬만한 기업체나 공무원 일류대학을 마다하고 은행에 입사는 것을 가장 선망의 대상으로 삼았다. 그래서 입사 경쟁률은 대단했으며 시험, 면접 등이 무척 어렵고 까다로웠으며 은행에 입사했다고 하면 출신학교나 고향에서 큰 경사로 여길 정도였다.

거기에는 그 만한 이유가 있었다. 우선 급여가 타 직장에 비해 훨씬 우위였고 각종 수당이나 성과급 지원금 등은 타의 추종을 불허할 정도였으니 말이다. 또한 깨끗한 사무실에서 번듯한 양복과 넥타이를 매고 근무하다보니 주위 아가씨들에게 인기가 대단했고 여기저기서 중매가 들어와 어깨가 우쭐하기도 했다.

당시에는 직장인이나 기업인을 불문하고 자금사정이 어려울 때라 대출 받으려는 사람이 줄을 이었고 그만큼 은행 문턱이 높아 대출받기도 어려워 은행원이라면 누구나 가까이 지내려고 하니 자연 그 긍지는 높았다.

근무(재직)중에 군에 입대하면 봉급은 그대로 지급되었고 제대를 하면 현직으로 복직이 자연 이루어지니 은행입사는 자연히 최고의 직장이 되지 않을 수 없었다. 지금은 다르지만 그 당시만 해도 숙직이 많았다(특히 총각들은 단골 메뉴였다). 그래도 야근수당 숙직수당이 지급되기 때문에 마다할 이유가 없었다. 이러다보니 직원 상호간 유대는 어느 직장보다 좋았고 직장 분위기도 좋아 직장 내 결혼이 상당히 많았다. 그 당시 유행하는 말로 동일 은행 내 남녀직원끼리 하는 결혼은 대체방이라고 불렀고 타은행 직원과의 결혼은 교환방이라고 부르는 웃지못할 용어까지 등장했으니 말이다.

내가 입사한 은행은 역사는 짧았지만 직원들의 피나는 노력으로 일약 국내 최고의 은행으로 도약하는 기쁨을 안았다. 물론 후발주자이다 보니 건물도 낙후되었고 보수도 열악하여 모든 면에서 역사가 깊은 시중은행에 비하여 부족하였으나 모든 임직원들의 일등 은행으로 만들어야겠다는 굳은 의지와 단결된 힘은 우리은행을 최고 일류은행으로 만드는 데 그리 오랜 시간이 소요되지 않았다.

그 당시 낡은 본점 건물은 최신식 고층건물로 새로 건립되었고 여러 가지 내부 조직개편과 혁신으로 웅비하는 남대문시대의 서막을 알렸다. 건물을 최신식으로 짓다보니 자연히 지하층도 여러층이 될 수밖에 없었다. 그 지하층들은 모두 금고실로 이용되었다. 무려 수 계층이 금고실이다보니 각종 서류들을 열람하기 위해서는 필요한 층으로 직원들의 출입이 잦았다.

그 당시는 금고를 잠그고 열 수 있는 사람은 대리급 책임자로, 번갈아 가면서 금고열쇠 당번을 맡았다. 그러다보니 그 책임자가 일찍 출근하지 않으면 모든 일이 시작되지 못했다. 왜냐하면 금고 비밀번호와 key는 그 책임자만 소지하고 있기 때문이다. 만약 그 책임자(대리)가 전날 저녁 밤늦게까지 술을 먹거나 늦잠을 자서 늦게 출근하는 날이면 은행

안이 난리법석을 떨어야 한다.

그런데 야근을 하게 되면 금고를 잠글 수 없기 때문에 자연히 금고 담당 책임자는 퇴근할 수 없게 되어 일이 빨리 끝나기를 기다려야 할 뿐 뾰족한 수가 없어 때로는 직원들에게 채근도 하고 잔소리도 하면서 앙탈을 부려 보기가 일수이다. 금고 안이 크다보니 크고 작은 일이 자주 벌어진다. 직원이 금고실 안에 있는지도 모르고 금고를 잠그는 일도 가끔 있고 금고 안의 서류정리로 어수선 할 때도 많다.

그런데 드디어 일이 벌어지고 말았다. 남녀 총각이 금고에 서류를 가지러 간 것을 모르고 금고 책임자가 금고를 잠그고 퇴근하는 일이 벌어지고 말았다.

그 당시는 휴대폰도 없는 시절이라 그 육중한 금고문을 안에서 두드려봐야 아무소용이 없었다. 특히 금고문이 잠기면 대부분의 직원들도 퇴근하는지라 이 둘은 꼼짝없이 금고 내에서 밤을 지낼 수밖에 없었다. 외로움과 추위를 달래며 다음날 금고가 열리기를 기다릴 수밖에 없었다. 사실 외로웠는지 아닌지는 아무도 알 수 없었지만 산소도 부족하고 춥고 해서 얼마나 공포에 떨었겠는가.

지금도 금고 속에서 그 처녀 총각사이에 어떤 일이 일어났는지는 알 수 없으되 아무튼 그 이튿날 금고문을 열어보고서야 직원들이 안에 있는 줄도 모르고 금고문을 잠근 사실을 알았다.

그 당시 모든 직원들은 놀라움과 실소를 금할 수 없었다. 그 후로 직원들 간에 많은 일화를 남긴 이 사건은 결국 두 사람이 드디어 결혼에 꼴인하면서 일단락되었다.

이 믿기지 못한 사실을 두고 아직까지도 많은 사람들은 이 사실을 뇌리에 간직한 채 재미있는 이야기거리로 삼고 있다.

얼빠진 세상

47년전, 반세기가 거의 다 되어가는데도 잊혀지지 않는 나의 Trauma(외상)가 있다. 나는 1969년 육군에 입대하여 논산훈련소 25연대 소속으로 신병 훈련을 받았다. 그때는 훈련 받으면서 배도 무척 고팠고 음식도 지금같이 양과 질이 좋지 않을 때다. 훈련을 끝내고 저녁에 귀대하면 그날 사용한 총을 깨끗이 닦아 놓아야 한다(지금도 마찬 가지지만). 즉 기름 치고 문질러 윤이 반짝반짝 나야 한다. 그렇지 않으면 기합은 피할 수 없다. 어느날 나는 누구보다 일찍 총 소지를 마치고 고향생각(아마 어머니 생각)에 빠져 멍하니 얼빠진 사람처럼 천장을 올려다보고 있었는데 느닷없이 눈에서 별이 번쩍 하더니 그 이후는 정신을 잃고 기절해 버리고 말았다. 잠시 후 정신을 차려보니 제대말년 병장(그 당시 부대 내에서 소문 난 망나니며 개차반)이 총 개머리판으로 내 뒤통수를 후려친 것이었다. 이유인즉 딴 사람은 모두 열심히 총을 닦고 있는데 너만 왜 얼빠진 사람처럼 멍하니 있느냐는 것이다.

어찌나 화가 나던지 사회 같았으면 당장 경찰서 유치장에 집어넣고 싶었으나 힘없는 훈령병이라 가만히 당할 수밖에 없었다. 그는 자기보다 계급이 높은 하사관 머리도 내리친 적이 있다. 심지어는 소위도 눈치를 슬슬 보며 쩔쩔 매는 듯했다. 그뿐 아니라 어떻게 나의 이력을 알았는지 여동생을 소개시켜주든지 용돈을 주든지 하라며 마치 사회의 깡패와 다를 바가 없었다. 그 부대 내에서는 감히 그를 상대할 자가 없는 듯했다. 그러던 중 드디어 나에게 엄청난 고통을 안겨준 사건이 터지고 말았다. 불침번을 협박하여 나의 총 방아쇠를 훔쳐간 것이다.

새벽에 기상하여 총을 살펴보니 총 방아쇠가 없어져서 눈앞이 캄캄하였다. 군용물품 특히 총 방아쇠는 잃어버리면 영창행이 아닐 수 없었다. 불침번에게 물으니 어물어물하는 것이었다. 바로 그때 그 개차반이 나타나 전부 자기 앞에 총을 내려 놓으라는 것이다. 그는 내 총에 방아쇠가 없는 것을 보더니 그자 왈, 영창갈 것인가 돈으로 해결할 것인가 양자택일하라는 것이다. 나는 그때 은행 재직 중에 입대했으므로 제대후 다시 복직해야 하는 처지이고 또 우리집 역사상 옥고를 치러본 사람이 없어(나의 증조부가 독립운동을 하시다 투옥된 것을 제외하면) 영창은 꿈도 꿀수 없는 일이었다. 돈으로 해결할 수밖에 없었다. 나는 급히 집으로 전보(아마 편지를 보낸 듯하다)해서 그 자가 원하는 거금 3,000원(지금으로 환산하면 30만원은 족히 될 듯)을 힘들게 받아 그자에게 치르고서야 그자가 훔쳐간 방아쇠를 되찾을 수 있었다. 참 황당하고 어처구니없는 일이 아닐 수 없었다. 지금도 그때의 충격 때문인지 이명이 남보다 빨리 온 듯하고 머리의 외상이 노년에 집중해서 찾아오는 듯해서 걱정이 이만저만이 아니다. 운칠기삼이라고 누군들 그자에게 당하지 않을 수 있을까. 그 자의부대에 편입된 운수 나쁜 내가 문제였던 것이다. 이따금 나는 사회에서그 자를 만나면 그때 내가 당했던 만큼의 복수를 하고 싶으나 인생이 불쌍해서 더 이상 염두에 두지 않고 용서하기로 하였다.

이야기를 바꿔보자. 지금 우리 사회에서는 어떤 얼빠지고 황당한 일이 일어나고 있는가.

얼마전 모 항공에서 기압 스위치를 끈 채 비행기를 운행하여 비행기에 탄 수백 명의 승객이 공포에 떨어야하는 어처구니 없는 얼빠진 일이 일어났다. 즉 기장이 기내에 공기를 공급해 주는 장치를 작동하지 않은 채 이륙시키는 바람에 승객들이 코피를 흘리거나 귀의 통증을 호소하는 등 큰 고통을 겪어야 했단다. 그 높은 상공에서 비행기가 조금만 흔들리고 상하로 움직여도 공포에 질리는데 무려 1만 피트를 오르락내리락했다니 마치 롤러코스터 타는 듯했으리라.

또 다른 모 항공사는 비행기 출입문을 완전히 닫지 않은 상태에서 이륙하는 황당하고 얼빠진 일이 벌어졌다고 한다. 잘못하면 승객들이 낙하산 없는 낙하를 할 뻔하지 않았을까. 나 같은 겁쟁이는 아마 기절했거나 오줌 소태를 만나지 않았을까 한다. 이들 저가 항공사의 이용객이 금년 말이면 3,000만 명이 넘어설거라 한다. 이렇게 엄청난 숫자를 탑승시키는 항공기를 기본적인 안전수칙도 지키지 않고 운행했다니 이야말로 얼빠진 행위가 아닐 수 없다.

얼마전 지하철 역무원이 지하철 문을 닫지 않고 운행(개문발차)하거나 정차 해야 할 정거장을 그냥 통과(무정차)하는 일도 있었다는데 무슨 심각한 상념에 빠져 있었길래 이런 어처구니 없고 얼빠진 행동이 일어났는지 걱정되지 않을 수 없다.

최근에는 모 종교인이 딸을 구타하여 사망하니까 부활을 꿈꾸었는지 변명인지는 몰라도 1년간 미라로 같이 지냈다는 보도를 보고 사랑하는 자식을 이렇게 할 권리라도 있는 건지 참으로 알다가도 모를 일이다.

또 큰 딸이 없어졌는데도 신고도 않고 있어 수상히 여겨 수사해보니 딸이 말을 듣지 않는다고 구타하여 죽음에 이르니 야산에 몰래 암매장했다는 사실이 5년이 지난 후에야 밝혀졌고, 작은 딸은 학교에도 보내지 않았다는 비정한 어머니가 구속되었다. 또 3살배기 아기와 함께 한강에 투신자살을 시도했으나 자신만 빠져 나오고 아기는 숨지게 하는 황당한 사건도 최근 일이다.

또 많은 보험금을 타려고 몰래 보험에 가입한 후 가족을 살해하고 거액의 보험금을 타내는 파렴치한 범행도 심심찮게 일어나고 있다.

또한, 상속을 빨리 받으려고 부모를 살해했으나 부모만 잃고 상속도 받지 못하는 사건도 있었다는 보도도 본 적이 있다(민법상 존속살해자는 상속권이 박탈당한다는 사실을 몰랐던 듯하다).

이처럼 계속해서 상상도 할 수 없는 패륜과 얼빠진 행위가 연일 발생하니 이 사회가 과연 어디로 흘러가고 있는 건지 걱정스럽다. 그러나 이러한 일이 일어나는 데는 그만한 이유 또한 있을 것이다.

이유없는 무덤이 있던가! 괴로운 그대들이여!

구름낀 하늘에도 언젠가는 구름이 걷히면 밝은 태양이 비치는 날이 있는 것처럼 절망을 버리고 조용히 가슴에 손을 얹고 심호흡 하며 "내가 꼭 이런 비행(非行)과 악행(惡行)을 해야하나"하고 한 번 더 깊이 생각해 보는 시간을 가져보고 또 이미 일어난 잘못된 일은 그걸 반면교사로 삼아 보는 자세를 갖는다면 앞으로는 이런 끔찍한 일은 다시는 일어나지 않을 것이고 언젠가는 그때 참은 것이 참 잘했구나 하는 생각과 함께 나도 모르게 희망이 샘 솟을 것이다.

그리하면 얼빠진 세상의 영혼이 살아숨쉬는 영혼이 될 것이고 나아가 밝고 밝고 평화로운 세상이 되지 않을까요.

실패의 교훈

　일생에 한 두 번쯤 실패를 맛보지 않은 사람이 과연 얼마나 될까하는 의문이 들 정도로 실패는 일상생활에서 다반사로 일어나는 일이다.

　대부분의 사람들은 실패란 말조차도 듣기 싫어하지만 실패는 현실에서 엄연히 존재하니 어찌 하겠는가.

　오죽하면 '실패는 성공의 어머니다'라는 말까지 써 가면서 그 어감을 살려보려하나 아무래도 사람들은 성공이란 말은 듣기 좋아해도 실패하면 마치 모든 것이 끝나는 것처럼 생각하니 큰 문제인 것이다. 물론 항상 성공만 할 수 있다면 그보다 더 좋은 일이 어디 있겠는가. 이는 실패를 너무 크게 또는 확대해서 생각한 때문이 아닐까 한다. 실제로 한 두 번의 실패는 긴 인생살이에서 아주 작은 일부분에 속해 있다 해도 과언이 아닐 것이다. 특히, 나이가 젊을수록 더욱 그러할 것이다. 실패가 있어야 거기서 다시 부활할 때 성공의 밑거름이 될 것인데 몇 번의 실패로 人生을 절망의 구렁텅이로 빠뜨린다는 것은 어불성설이다.

　세계 최초로 비행실험에 성공한 라이트 형제의 경우를 보자.

　이들 형제는 비행기 모형을 만들어 그 모형으로 200회 이상 나는 시험을 했고 1000회 이상 글라이더 비행시험을 한 끝에 드디어 동력장치를 붙여 세계 최초로 비행에 성공했다 한다. 모형으로 200회 이상 시험비행을 했다는 것은 199회의 실패를 거듭했을 것이고 1000회 이상의 글라

이더 시험을 했다는 것도 999번의 실패를 맞본 후에 얻은 성공일 것이다.

특히, 하늘을 나는 시험은 땅위나 물위의 자동차나 배의 시험보다 훨씬 위험부담이 큰 것인데도 불구하고 이처럼 많은 실험을 한 것을 보면 꼭 성공하고야 말겠다는 실패를 두려워 않는 집념의 결과이고 결국 그들로 인하여 지금 우리가 세계 각지를 하루 안에 날아갈 수 있는 원동력이 되지 않았을까 한다.

레오나르도 다빈치나 윈스턴 처칠, 토마스 에디슨 등 세계적인 유명 인사들도 처음에는 난독증, 말더듬, 학습능력 부족 등 많은 장애를 갖고 태어나 인생 시작부터 딴 사람에 비해 불리하게 시작했지만(이는 결국 처음부터 실패작으로 태어났다고 할 수 있을 것이다) 실패나 장애를 두려워 않고 끊임없는 노력과 열정으로 레오나르도 다빈치는 수많은 세계적 걸작품을 남겼고, 윈스턴 처칠은 대영제국의 수상까지 오르지 않았는가. 또한 에디슨은 1000개가 넘는 특허품을 발명하여 인류에 크나 큰 업적을 남겨 그 결과로 우리는 편리한 문화생활을 누리고 있지 않는가.

나도 크나큰 실패를 맞본 사람 중의 한 사람이다.

나는 IMF 때 직장에서 명예퇴직(명예퇴직이라지만 실은 권고사직)하여 그때 받은 퇴직금을 밑천으로 앞으로의 긴 인생길을 걸어야 함으로써 돈을 벌어야 하는 마음은 급하고 갈 길은 멀었다. 어디서 무엇이 수익률이 좋다하면 발이 부르틀 정도까지 쫓아다녔으나 대부분 눈속임이고 함정이었던 것이다. 그러나 아직 겪어 보지 못한 미래는 겁도 났지만 도전해보고싶은 마음도 없지는 않았다. 그러나 이러한 솔깃한 유혹은 당해보지 않으면 쉽사리 포기하려 들지 않는 데서 그 실패는 시작되는 것이다.

나는 친구의 소개로 다단계에 발을 들여놓게 되었다. 처음에는 수익률도 좋았고 취급품목도 좋아 기분이 과히 나쁘지 않았다. 수익금도 매달 꼬박꼬박 통장으로 입금되었다. 그러다 보니 점점 깊이 빠져들어 더 많은 자금을 투입하게 되었고 나중에는 그 굴레에서 빠져나올래야 빠져나올 수 없는 지경까지 간 것이다. 결국 알고보니 먼저 투자한 사람의 수입금은 나중에 투자한 사람의 투자금으로 입막음하는 꼴이 되었고, 급기야는 무너지지 않을 수 없었고, 그 피같은 돈은 허공으로 날아간 꼴이 된 것이다. 그후로는 이런 다단계 유혹을 받아 본 적도 없었지만 설사 유혹을 받았어도 이미 한번 실패한 경험이 밑거름이 되어 다시는 그런일에 빠지는 일은 없었을 것이고 앞으로도 없을 것이다.

또 다른 이야기다. 어느 퇴직한 지인이 있었는데 자녀학비도 벌 겸해서 퇴직금을 이자도 많이 받으면서 안전하게 굴려야겠다는 생각으로 은행 중에서 가장 이자를 많이 준다는 저축은행 후순위채(당시 년 8%)에 투자했다고 한다. 그 당시 저축은행 후순위채는 비교적 안전하다고 생각했고 저축은행도 은행 간판을 달고 있는지라 은행 망하는 일은 극히 드물 것이라고 생각하고 투자했다고 한다. 특히 저축은행 중에도 큰 순위(자산 1~4위)대로 투자하면 이것은 확률적으로 더 안전하고 설마 이렇게 큰 저축은행이 망하겠나 하고 다리 쭉 뻗고 지냈다고 한다. 특히 이들 은행들은 건물이 20층 이상 되는 큰 빌딩도 가지고 있어 마음을 놓을 수 있었다고 한다. 그런데 5년반이라는 긴 저축기간의 절반이 경과할 즈음 세계경제위기가 불어닥쳤고 저축은행은 작은 것부터가 아니라 큰 규모 순대로 망하기 시작하는 아이러니컬한 일이 벌어졌다. 어이가 없었다고 한다. 그 후로 원금이라도 찾아보려고 소송도 하고 각종 노력도 기울여 보았으나 허사였고 일부 불안전 판매가 인정된 부분만 건질 수 있었다고 한다. 그 후론 어디도 믿지 못하겠구나 생각하고 정부에서 보상해 주는 예금자 보호금액 범위내에서만 예금하고 있다고 한다.

다음은 지인이 생애에 다시는 실패하지 말라는 취지에서 확률게임에 대한 콩트 시 한 수를 지어 주었다.

확률(確率)

이 세상의 삶이 대부분 확률게임이다

이길 확률, 질 확률, 성공확률, 실패확률 등

위험이 크면 수익이 날 확률이 크고

안전하면 실패할 확률이 적은 게 세상이치

이 돼지 같은 작자야!

확률게임에서 알뜰히 실패한 어리석은 작자야

孔子曰

젊어서는 색을 조심하고 장년에는 싸움(힘)을 조심하고

老年에는 탐욕(貪慾)을 조심하라 일렀는데

저축은행 4개에 나누어 저축하면

적어도 3개는 살아남겠지 하는 확률은

송두리째 빗나가고 4개 모두 파산했구나

이것은 확률이 아니라 확실(確實)이다

이제 확률게임도 못믿겠다!

정부도 금융기관도 못믿겠다!

오직 너 자신을 믿어보라!

너 자신도 못 믿으면 저 멀리 우주밖으로 나가거라

그것도 안되면 탐욕일랑 저 이글거리는

태양 속으로 던져 버려라.

이상과 같이 많은 실패 사례를 보았지만 실패의 원인을 살펴보면 어
딘가 잘못된 점이 틀림없이 있을 것이다. 그러나 이것을 역으로 생각해

보면 그 실패는 분명 나의 스승이고 가르침이라 할 것이다. 한번 이렇게 실패의 경험을 겪고나면 그 후로는 절대로 똑 같은 시행착오는 안할 것이고 또 말려들지도 않을 것이다. 즉 그 실패의 하나 하나가 모두 나의 큰 가르침이고 교훈이 될 것이다.

위에서도 말했듯이 실패는 경험해보지 못한 사람은 이해하지 못할 것이고 앞으로실패할 확률도 그만큼 클 것이다. 실패의 결과를 바탕으로 그것을 人生의 반면교사로 삼아 실패의 원인을 잘 분석하고 연구한다면 더 좋은 아이디어와 경험을 쌓게되고 드디어는 자기가 바라던 고지에 오를 수 있을 것이다.

'실패는 성공의 어머니'란 말은 영구 불멸의 진리이고 명언이 아닐 수 없다.

汾江이 聾巖先生을 謁見하다

　농암(聾巖) 이현보(李賢輔) 선생은 세조 13년(1467년) 安東府 예안현 汾川里(부내)에서 태어나 洛東江변의 산자수려한 자연과 더불어 성장했으며 일찍이 벼슬길에 올라 70이 넘도록 선정을 베풀다가 붙잡는 임금과 대신들의 만류를 뿌리치고 병을 핑계로 76세로 드디어 낙향하시니 몸은 고향산천에 계시되 벼슬은 그대로 유지되었다(지충추부사). 조정에서는 여러번 벼슬을 내려 불렀으나 고집스럽게도 사양하시니 三公 不換此 江山이라 하여 三公(3정승)과 江山을 바꿀 수 없다며 고향산천을 그렇게도 못 잊으며 그리워하셨다.

　원래 천성이 청백하고 부귀영화를 뜬구름처럼 여기시며 벼슬을 마다하시니 집에서 날로 승진을 거듭하여 숭정대부(崇政大夫 : 종1품 정승반열)에 오르고 청백리에 녹선 되었으며 천하에 제일가는 효자이시어 영지산 기슭에다 애일당(愛日堂)을 짓고 어버이를 기리시니 그 효성이 지극하다하여 임금께서 효절공(孝節公)이란 시호를 내리시니 조선천지에 이만한 효자가 어디 있었을까(구로회를 만들어 귀천을 떠나 관내 노인들에게 잔치를 매년 베풀다).

　또한 어렵게 임금의 만류를 뿌리치고 낙향하여 一生의 염원이었던 강호(江湖)를 노래하며 말년을 보내시니 조정에서는 시귀(蓍龜 : 국가운명을 좌우할 만큼 중요한 구실을 하는 국가의 원로대신을 지칭함)요 재야에서는 태산북두(泰山北斗 : 세상 사람들로 부터 크게 존경 받는 사람을 일컬음)로 추앙되었다.

先生과 나는 汾江의 같은 마을에서 태어났고 500여년(정확히 480년)만에 만나니 先生이 흠모하고 사랑하던 고향 산천은 땜으로 그 자취를 감추고 인적마저 흩어져 사라졌으니 先生의 14세 후손 汾江은 없어진 고향 산천을 그리며 그때의 先生의 詩에 운을 발하여 망향(望鄕)이란 시를 쓰다.

농암가(聾巖歌)

농암에 올라보니 老眼이 猶明이로다(농암에 올라보니 노안이 더욱 밝구나)
人事의 변혼돌 山川이쪼 가실가(사람은 가고 없어도 산천이야 변할까)
巖前에 某水某丘가 어제 본 듯하여라(농암 바위에서 바라본 산천은 어제본 듯 변함 없구나)

*벼슬의 족쇄에서 풀려나 고향 농암 바위에 올라 옛날을 회상해 보니 사람(부모는 이미 세상을 뜸)은 가고 없는데 산천은 변함없음을 읊은 시조 임.(작자 : 농암 이현보)

公의 시조에는 산천은 변함없다 하셨는데 지금 오서서 고향산천을 보시고 깜짝 놀라시며 없어진 고향을 그리는 시를 지으라 명하시다

망향(望鄕)

하늘가 끝닿은 곳
구름이 머물다간 저 너머
내 고향이 있다고 항상 가슴 저미었지
고향 떠난 지 어언 반세기

가족과 함께 거마(車馬)로 돌아드니

배 띄우며 강호가도 노래하던

옥 같은 낙동강은 간데 없고

부모의 효성 기리던 애일당도 보이지 않네

물 빠진 호숫가엔 잡초만 무성하고

용이 머물다 간 호수 밑바닥에서

오랫동안 잠자던 집터엔

깨진 기와 조각과 손때 묻은 세간만 나딩군다

처음 온 처자식에게

저기가 애일당 여기가 아버지 태어난 집터

저기가 옛 친구와 물장구 치고 고기 잡던

낙동강이라 일러주니

저도 가슴 울적 나도 눈물 글썽

오곡백과 무르익던 들판엔

오가던 옛길 아련하고

호미 메고 소 몰던 추억 눈에 선하다

이제 곧 비 내리면 못 볼래라

보고 또 보며 몸과 마음 달래노라.   -지은이 : 汾江 李裕杰

　　마지막으로 이 시대에 우리에게 가장 필요한 것은 효(孝) 사상이고 예절이다. 지금처럼 세상이 어지럽고 혼탁하며 예와 도덕이 사라진 이때 도덕 재무장을 하고 효 사상을 회복하기 위해서는 역사 사극으로 "농암 이현보" 일대기를 제작하여 방영한다면 우리사회에 크나큰 반향을 일으킬 것임을 확신하는 바이다. 정부와 문화계와 방송계의 적극적인 검토가 필요할 때이다.

跋文(발문)

   시인 이유걸은 선비의 고장 경북 안동에서 태어났다. 조선 연산군 중종 때의 학자이자, 문신인 농암(聾巖) 이현보(李賢輔) 선생의 후손으로, 증조부는 독립애국지사였다. 면장을 지낸 유학자인 부친 슬하 5남 3녀 중 3남인데, 백씨(伯氏)가 서울특별시 송파구청장을 역임한, 전통있는 가문 출신이다. 아호(雅號)는 분강(汾江)으로 낙동강 지류인 수려한 고향의 강 이름에서 따왔다. 지방 명문인 안동중학교와 대구상고를 졸업하고, 1967년 국민은행에 들어왔으니, 학교와 직장 모두 발문자의 2년 후배인 셈이다. 그가 1995년 '은행원의 꽃'이라 부르는 지점장으로 첫 발령을 받은 곳이 경북 구미 형곡동이다. 당시 비(鄙)는 구미지점장이기에 직장 선후배를 떠나, 외로운 객지에서 서로를 달래며 친밀하게 지냈다. 그 후 서울시내 여러 점포장을 거쳐, 총 33년을 근속한 금융전문가이다. 성실 근면해 가정에서도 신망이 두텁다.

   산을 좋아해서인지 성품이 부드러워 대인관계가 원만하고, 지금까지도 호형호제하는 가까운 사이로 지낸다. 시인이 퇴직 후는 젊었을 때부터 배워온 서예를 틈틈이 익히며, 문학에도 관심을 기울이던 중, 2014년 비의 권유로 격월간지 「동방문학」통권 제 69호(발행인 이시환)에 詩로 등단하면서부터 느즈막하게 문인으로서의 자질을 발휘하기 시작했다.

예전부터 꼼꼼히 기록해 모아둔 시 약 300여 편, 콩트를 포함한 산문 약 140여 편을 이번에 두 권으로 나누어 상재(上梓)한다.

대부분 산과 자연 인간관계를 소재로 했다. 전문 문필가가 아니기에 문장이 유려하지는 않지만, 느낀 그대로를 담담하게 묘사함으로써 수수함이 돋보인다. 선현은 대교약졸(大巧若拙)이라 했다. 특별한 기교나 미사여구(美辭麗句)없이 쓴 글이, 오히려 잔잔한 감동으로 다가와, 그의 일상에 대한 열정을 엿볼 수 있다. 시인은 처음 육필 출판을 희망했으나, 초고가 붓 혹은 펜글씨가 아닌 점, 독서의 시각적 효과 등의 이유로 통상인쇄로 바꾸었다.

이 글은 일반적인 평설이나 해설문이 아닌 까닭에, 본문의 시는 일체 인용하지 않기로 한다. 한 아마추어 작가의 자연관 인생관이 무섭게 변하는 현대인에게 향수를 달래주고, 한편 찌든 삶에 여운과 여백을 남겨주는 일말의 매체가 되었으면 하는 바람이다. 금면에 고희를 맞는, 그의 최초이자 필생의 작품집이기에, 시인 자신이 더 애착을 가질 것이다. 어쩌면, 마지막 문집이 될지도 모를 옥고(玉稿)에 찬사를 보내며, 발문을 끝맺는다.

不佞 **韓相哲** 勤識

淸洲 韓家 (사) 한국한시협회 회원 (사) 한국문인협회 회원 (사) 한국시조시인협회 회원.
(사) 대한산악연맹 서울특별시 이사 역임.
저서 : 산악시조집 〈山中問答〉 외 총 4권. 한시집 〈北窓〉

부록 / PHOTO

육필원고의 예

서예작품 6점

사진으로 본 나의 뿌리와 나의 삶

치 매 기 (게)

직장 퇴직후 친구들과 공인중개사 사무실을 운영할때 일이다. 집에 퇴근해서 생각하니 사무실 가스불을 끄지 않은 것같다 다시 사무실을 재 출근 하여 확인 하였다. 번번히 헛수고인 이런 행위를 반복 하는것이다. 하는수 없이 이를 방지할수 있는 방법을 강구 했다. "불 껐다"를 세번 외친 후 퇴근 하는 것이다. 그랬더니 어느정도 효과가 있었다.

주유소에서 차에 기름넣기 위해 주유기 앞에 차를 주차 하고 기다리고 있는데 총각이 기름은 안넣고 그냥 멍하니 서있다. 왜 주유 않느냐고 다그치니 그 총각왈 기름값이 너무 많이 나올것 같아 망설인다는 것이다. 왜 그러냐고 물으니 내가 차의 주입구를 누른것이 아니라 뒷 트렁크를 누른것이다. 트렁크에 기름을 넣으니 얼마나 기름이 많이들어 가겠는가 하하하 ....
관악산 정상에서 쉬와 쉬는데 언듯 가스불을 끄지 않은것 같고 문단속도 잘 안된것 같아 걱정 한것이 몇번이었던가. 그러나 돌아와 보면 다 기우였다. 또한 지갑을 가지고 가지 않아 차를 못탄적. 비상금을 못 찾아 온 책장을 뒤진적이 한두번이었던가. 그래서 이제 부터는 생각나는 것은 그자리에서 메모 실천 하고 잊어버리지 않기위해서는 몸에 걸치든지 주머니에 넣는 습관을 들일려 하나 그 자체를 잊어 버리니 한심한 일이다.
이것이 강박증인지 치매 사촌인지는 몰라도 점차 심해지니 걱정이다. 강박이여 치매여 어서물러가라! 저 멀리 우주 밖으로!

서달산의 봄

서달산 자락 너머 나팔소리 은은하고
달마사의 목탁소리 겨울잠을 깨우면
기다림에 지친 그대들 방울 방울 뿜을 내건
벌 나비 인간들 상춘행사 바쁘네
더러는 옷구치는 힘 참지못해 토악질 하고
더러는 새아씨 처럼 조용 조용 새침떼지.
꽃이 상춘객인지 상춘객이 꽃인지
삭신 쑤신 그대들
서로 한데 어울려 마음껏 봄을 희롱하세
봄바람이 춤을 추니 꽃들이 춤을추고
벌나비 춤을추니 상춘객도 춤을추네
대한민국 춤을추니 온백성도 더덩실 춤추네
이 봄의 서달산엔
춤추지 않는것이 없구나.

소외 (疏外)

세상에서 가장 마음 상하는 것은
남에게 인정 받지 못하고
업신 여김 받으며
자존심에 상처 받고
소외 당하는 것이다.
가진 자와 못가진 자의
피나는 암투가 존재 함은
데카브리스트가 짜증나게 만 한다
가진 자는 없는자 감시 하고 업신 여기며
주지육림 (酒池肉林) 하고 살지만
무산자 (無産者) 며시 받고
신세 한탄 하며 비탄의 나날을 보낸다.
인정 받지 못하고
초대 받지 못하는 변방의 人間들
오늘도 가슴에 응어리 안고
타고난 팔자를 한탄 한다.
이것이 정말 인간의 본성이란 말인가
아니면 사회구조 탓인가
그것도 아니면 초리도덕이 무너진 탓인가
아니면
이것 저것 모두의 탓인가   끝

※. 데카브리스트 (de Kab리스터) : 1825년 뻬떼르스부르크
에서 농노제 (農奴制) 폐지와 입헌정치를 요구하며
무장봉기한 러시아 자유주의자들 (12월당이라고도함)
주로 젊은장교들로 소작인는 동원하고 지주계층은 비어했음

순 발력

어느날 뒷동산에 올랐다.
이마에 흐르는 땀을 씻어줄 시원한 바람이 불고
지천에서 매미소리 오란스럽다.
잠시 쉬고 있는데 어느 외국인 여자가 내게 다가와
저기 저소리 무슨 소리냐고 묻는다. 내가 매미 영문자
를 몰라 그냥 한글로 매미라고 할수도 없고 손짓 발짓
할수도 없는 처지여서 우물쭈물 하고 있는데 그 여자가
새소리 (Bird voice?) 냐고 반문한다. 그래서 엉겁결에
Yes 라고 헛소리로 대답했다. 외국인이 간뒤 의자에
앉아 어리석음을 걱정하고 있는데 불현듯 생각이 났다.
휴대폰 검색이었다. 한영사전 누르니 Cicada. Locust
라고 되어 있었다. 그때 이런 생각이 났으면 얼른 찾아
"Lady, Those are cicada's voice" 라고 힘차게
대답 했을 것을 …. 끗끗끗 …. 순발력이 이래서야 …
차간뒤 혼드는격 ….

福不可徼 養喜神以
爲召福之本而已禍不
可避去殺機以爲遠
禍之方而已

汾江李裕杰

제3회 대한민국 다산서예대전 입선
채근담구

恩裡由來生害故快
意時須早回頭敗後
或反成功故拂心霧
莫便放手

汾江 李裕杰

제16회 서울서예대전 입선
恩裏由來

魚得水逝而相忘乎
水鳥乘風飛而不知
有風識此可以超物
累可比樂天機

汾江 李裕杰

제12회 대한민국 해동서예문인협회대전 입선

心體光明暗室中有青天
念頭暗昧白日下生厲鬼

汾江李裕杰

제12회 대한민국 해동서예문인협회대전 입선

淡日濃雲合復開
碧嵐清靄遠縈回
林端高閣望不見
麥外少車猶未來

汾江李裕杰

淺日濃雲合復開碧
嵩清落遠縈迴林端
高閣望已久花外少
車猶未來 汾江 李裕杰

사진으로 본 나의 뿌리와 옛 추억

애일당(愛日堂) (경북 유형문화제 제32호)

농암바위

수몰된 분천의 옛고택(안채)

정연공의 생전 모습(필자의 할아버지)

肯構堂 全景

희원공 내외분 모습(필자의 부모)

분강촌(汾江村)

작가의 증조부 삼현공 대통령 표창

농암 종택

선조의 어필

24세 5형제 모습

도산국민학교제42회
졸업기념
'74. 3. 16

초등학교 졸업사진

1962년 단종릉에서 중학교 친구들과

1966.4.28. 금오산에서 고교친구와

1964. 8. 20 汾川 洛東江邊에서 족친들과

1965.10.7. 속초 설악산에서 고교친구들과

1965.10.8. 강릉 경포대에서 고교친구들과

1966.1.1. 분천 및 청고개 족친 또래들과

1970.1.10. 초등학교 동기들과

1971.7.28. 도산서원 앞에서 고향 친구들과

제대 말년 강원도 춘천 의암호에서

강원도 도청 앞에서

부대 본부 앞에서

군 막사내에서

Pll 사무실에서

군 상병시절

군 유도장에서

1989년 10월 8일 설악산 대청봉 3.18 산악회회원들과

1991년 대전 EXPO기념관에서 가족과

1997년 1월 프랑스 파리 몽마르트 공원에서

흑산도에서 중학교 친구들 부부와(청솔회)

1997.4.7. 금강산에서

1997.10. 독일 라인강변에서

울릉도 성인봉에서 아내와

장가계에서 6순기념 친구와

백두산 천지에서 직장 동기부부와

3.18 친구들과 태백산 정상

제21기 점포장과정 수료기념

스위스 알프스 융프라우에서 직장 동료와

영국 런던 루브르 박물관에서 직장 동기들과

제주도 한라산 정상에서 안우회 6인 용사들과

설악산 오색 약수터에서 석심산악회 맴버들과

월출산 출렁다리에서 안우회 회원들과

안동 대리시절 가족과 함께

김천 직지사 앞에서 가족과 함께

금강산 입구 온정각

황학산 정상에서 형곡동지점 직원들과

동서들과 반포 한강변에서

태백산 정상 천제단에서 3.18 회원들

석심회원들과 설악산 대청봉에서

설악산 대청봉에서 3.18 친구들과

일본 아끼다현 IRIS 촬영지 무사의 집

미국 엠파이어스테이트 빌딩

영국 테임즈 강변에서

파리 에펠탑

네덜란드 암스테르담

금강산 관광, 석심회 친구들과

계림 복파공원에서 검마회원들과

구미 형곡동지점 직원들과

汾江 이유걸(李裕杰) 산문집

서 달 산

초판인쇄 2016년 05월 25일 **초판발행** 2016년 05월 30일

지은이 **이유걸**
펴낸이 **이혜숙**   펴낸곳 **신세림출판사**
등록일 1991년 12월 24일 제2-1298호

04559 서울특별시 중구 창경궁로 6, 702호(충무로5가, 부성빌딩)
전화 02-2264-1972 팩스 02-2264-1973
E-mail : shinselim72@hanmail.net

정가   15,000원

ISBN   978-89-5800-171-3, 03810